Lilo Beil

DAS GLÄSERNE GLÜCK

CONTE *krimi*

Die Übereinstimmung mit realen Personen ist rein zufällig und von der Autorin nicht beabsichtigt.

Bibliografische Information der Deutschen Nationalbibliothek
Die Deutsche Nationalbibliothek verzeichnet diese Publikation in der Deutschen Nationalbibliografie; detaillierte bibliografische Daten sind im Internet über http://dnb.d-nb.de abrufbar.

ISBN 978-3-95602-012-4

Am Rech 14
66386 St. Ingbert
Tel: (0 68 94) 1 66 41 63
Fax: (0 68 94) 1 66 41 64
E-Mail: info@conte-verlag.de
Verlagsinformationen im Internet unter www.conte-verlag.de

Lektorat: Jessica Philippi
Umschlag und Satz: Markus Dawo
Druck und Bindung: Faber, Mandelbachtal

Meinem lieben Verleger Roland Buhles gewidmet.
In dankbarer Erinnerung.

H. Peter Paisley (vormals Herbert Peiser, geb. 1921)
gewidmet, der die Hölle von Gurs überlebt hat.

Das Gedicht vom *glesîne gelücke,* vom gläsernen Glück:

Swenn es uns under ougen spilt und schînet aller Beste.
Sô brichet ez vil lihte in kleiniu stücke.
(Gottfried von Straßburg, um 1200)

»Wenn es uns vor den Augen wunderbar erglänzt,
so bricht es leicht in kleine Stücke.«

1. KAPITEL

Wissembourg

Wissembourg, Weißenburg, wie die Südpfälzer das Städtchen im benachbarten Elsass unbeirrt nannten. Friedrich Gontard wunderte sich jedes Mal aufs Neue, wie der unvergleichliche Zauber dieses Ortes zu erklären war und weshalb es ihn und Anna immer wieder ins nördliche Elsass und speziell in diese Kleinstadt zog. Sie hatten soeben die Grenze passiert, ohne einen Ausweis vorzeigen zu müssen. Eine Grenze, die nun keine mehr war. Die Zollhäuschen hinterm Weintor in Schweigen, stumme Zeugen der Jahre vor dem Schengener Abkommen, standen verwaist. Die Metallrollos waren herabgelassen, die Baracken wirkten verwahrlost, vielleicht würde alles bald abgerissen werden.

Gontard schaute zu Anna hinüber, die auf dem Beifahrersitz neben ihm ebenso wie er in Vorfreude auf einen unbeschwerten Ausflugstag die malerische mittelalterliche Silhouette des Städtchens in sich aufnahm.

Er fuhr an der alten Wehrmauer mit dem Pulverturm vorbei und parkte seinen VW-Bus auf dem riesigen Place de la Foire, wo es immer eine freie Stellfläche gab, noch dazu gratis.

Und heute, an diesem 3. Oktober 1996, dem Tag der Deutschen Einheit, wurde das Städtchen von Bundesbürgern, die den Feiertag für einen Ausflug nutzten, geradezu überschwemmt. Man sah neben den einheimischen Autos mit der Zahl 67 viele Kennzeichen aus dem Saarland, aus Baden-Württemberg, aus der Pfalz und dem Hessischen.

Eine goldene Herbstsonne hüllte die Fachwerkhäuser mit ihren schiefen Dächern und uralten Ziegeln in ein warmes, leicht milchiges Licht.

Anna und Friedrich Gontard schlenderten Hand in Hand in Richtung Rue de l'Etang du Cygne und bogen in die Rue Nationale ein. Von hier aus bot sich ihnen von Weitem schon der Blick auf die Häuserzeilen mit dem imposanten Rathaus aus dunkelrotem Stein auf der rechten Seite, und ganz in der Ferne waren die Umrisse der Eglise Saints-Pierre-et-Paul wahrzunehmen, der gotischen Abteikirche, der nach dem Straßburger Münster zweitgrößten Kirche im Elsass.

Anna blieb stehen und sagte: »Warte mal einen Moment. Ich lauf nur schnell zu *La Tour Blanche*. Ich soll ein Buch für Lilli mitbringen. Sie hat mir den Titel aufgeschrieben, eine Herbst-Neuerscheinung.«

Nach fünf Minuten kam sie freudestrahlend aus dem Laden und überreichte ihrem Mann ein Päckchen.

»So, sie hatten es schon. Und für dich hab ich ganz spontan auch was gekauft. André Weckmann. Den magst du doch. Auf Französisch, damit du deine Sprachkenntnisse wieder ein bisschen aufpolieren kannst.«

»Oh, prima, danke. Ja, klar mag ich André Weckmanns Bücher. Und dieses hier kenne ich nicht. *La Roue du Paon*: Das Rad des Pfaus. Weckmann ist übrigens im gleichen Jahr geboren wie ich, 1924. Und er war ein *Malgré-nous* wie ich.«

Anna verstand nicht. »Ein *Malgré-nous*? Was ist das?«

»So nannten sich die jungen Elsässer und Lothringer, welche die Nazis gegen ihren Willen nach 1940 in deutsche Wehrmachtsuniformen gesteckt haben. Kanonenfutter für die Ostfront zumeist.«

»Na ja, aber du warst doch kein Elsässer?«

»Aber gegen meinen Willen haben sie mich auch in eine Uniform gesteckt. Das haben André Weckmann und ich gemeinsam. Und vielleicht noch dies und das.«

»Ach, Friedrich. Schon wieder das alte Thema. Komm, lass uns den Tag genießen. *Carpe diem.*«

Sie hakte sich unter und lachte.

»Manchmal bist du ein alter Brummbär.«

»Hast Recht, mit der Betonung auf ›alt‹.«

Vor den Auslagen der kleinen Boutique an der Ecke zur Rue des Juifs blieb sie stehen, deutete auf einen schicken Blazer in ihrer Lieblingsfarbe Taupe mit kleinen eleganten perlmuttfarbenen Pailletten am Kragen.

»Den probier ich mal an.«

Sie drückte ihrem Mann die Tüte mit den Büchern in die Hand. »Willst du warten oder mitkommen?«

Und schon war sie in der Boutique verschwunden, ohne eine Antwort abzuwarten.

Typisch Anna, dachte Gontard und trug es mit Gelassenheit.

Schon nach wenigen Minuten kam sie zurück.

»Es sollte nicht sein, in 40 gab es den Blazer nicht. Nur in Puppengröße.«

Sie waren am *Maison du Sel* angekommen, dem alten Salzspeicher mit dem auffallend gewellten Dach. Am Brückchen über der Lauter blieben die beiden kurz stehen und schauten hinüber zur Abteikirche.

»Heute ist vielleicht der letzte Tag, an dem ich im Freien skizzieren und zeichnen kann«, sagte Anna. »Komm, lass uns rübergehen zu den Wasserspeiern und Dämonen und zum Kreuzgang.«

Als sie vor der Fassade der Eglise Saints-Pierre-et-Paul standen, zeigte Anna nach oben.

»Guck mal, den habe ich noch nie richtig wahrgenommen. Ein schwebender Mensch unter all den Vogel- und Löwengestalten da oben.«

Der in Stein gehauene nackte Mann, welcher der Schwerkraft zu trotzen schien, ragte aus dem Pfeiler neben dem riesigen Rosettenfenster hervor, ein Bein ausgestreckt, das andere eingeknickt, als wolle er sich im Gemäuer festkrallen. Mit beiden Händen hielt er sich die Ohren zu, sein Mund war weit geöffnet. Schrie er vor Entsetzen? Wollte er die Menschen, die seit Jahrhunderten unter ihm vorbeigingen, ohne von ihm Notiz zu nehmen, warnen? War sein Schrei ein Hilfeschrei?

Gontard fiel ein, was er über die wechselvolle Geschichte des Städtchens Wissembourg und dieser Kirche gelesen hatte: Der steinerne Warner hatte die grausamen Hinrichtungen des Mittelalters erlebt, das Rädern der Juden, denen man Ritualmorde vorgeworfen hatte, später das Lodern der Scheiterhaufen, auf denen zur Zeit des Schwarzen Todes ihre Glaubensbrüder als Sündenböcke für das Ausbrechen der Pest verbrannt worden waren. Die Aufständischen der Bauernkriege, im Mai 1525 erbarmungslos abgeschlachtet von den Soldaten des Herzogs von Lothringen. Im siebzehnten Jahrhundert die fast völlige Verwüstung der Stadt und deren Entvölkerung während des Dreißigjährigen Krieges. Er war steinerner Zeuge des Erbfolgekriegs gewesen und hatte gesehen, wie die mordgierigen Soldaten des Generals Mélac vorbeizogen, um im Auftrag Ludwigs XIV. die links- und rechtsrheinische Pfalz zu brandschatzen und die Bevölkerung grausam niederzumetzeln. Dann folgte Ende des achtzehnten Jahrhunderts der blinde Vandalismus der Fanatiker der Französischen Revolution. Der Krieg von 1870/71 und danach die fast ein halbes Jahrhundert andauernde preußische Herrschaft. Im zwanzigsten Jahrhundert die beiden Weltkriege und die erneute Verfolgung der jüdischen

Bürger von Wissembourg, ihre Deportation 1940 gemeinsam mit den Juden von Elsass-Lothringen, des Saarlandes, der Pfalz und Badens nach Gurs in Südfrankreich und dann nach Auschwitz. Der steinerne nackte Mann da oben schrie, doch er schrie vergeblich. Er hatte all die Jahrhunderte vergeblich geschrien. Egal, ob als Warner oder als Hilfesuchender. Er hielt sich die Ohren zu, um das Schreien der unschuldigen Opfer oder das eigene vergebliche Schreien nicht hören zu müssen.

Gontard behielt all diese Gedanken für sich, denn er wollte den heiteren Tag nicht verdüstern. Anna hätte ihm den Kopf zurechtgerückt und sich halb mitleidig, halb belustigt über ihn mokiert. Mein altes Sensibelchen, hätte sie vielleicht gesagt. Der Mann da oben ist schlicht und ergreifend ein Wasserspeier. Den Mund hat er so weit geöffnet, damit er das Regenwasser in einem hohen Strahl ausspucken kann. Lass deine Weltschmerzgedanken.

Anna hatte Recht. Sie sollten diesen schönen Herbsttag genießen, bevor es Winter wurde.

»Gehen wir zuerst rein in die Kirche? Das Wetter sieht stabil aus. Draußen kann ich später noch kurz skizzieren.«

Orgeltöne empfingen die beiden Besucher.

Das ist das *Magnificat* von Claudio Monteverdi, dachte Friedrich Gontard. Wie schön. In dem Moment griff der Organist arg daneben, und Anna und Friedrich mussten lachen.

Wie in allen Kirchen roch es auch hier muffig, vermischt mit einem zarten Duft nach Weihrauch. Vor dem monumentalen, elf Meter hohen Christophorus-Fresko blieb Anna stehen und zündete drei Teelichter an, stellte sie zu den vielen anderen auf die Metallhalterung, warf drei Mark in den Opferstock. »Für dich, Lilli und mich. Ach, und für meine Mutter, sie kann es gut gebrauchen«, flüsterte sie ihrem Mann zu, entzündete eine weitere Kerze und warf noch ein weiteres Markstück in den

Schlitz. »Ein bisschen braucht man das Spirituelle ja doch, oder?«

Sie schlenderten nach links zum Hauptschiff. »Da gibt es was für dich zum Zeichnen, guck mal«, sagte Friedrich Gontard leise. »Mir ist, als sähe ich Einiges heute zum ersten Mal. Die Figuren da, welche die beiden Säulen links und rechts tragen. Der Architekt? Die Handwerker?«

»Und dort drüben an der Säule ganz oben, guck mal, die Fratzen«, flüsterte Anna.

Sie ließen sich in der ersten Reihe der Kirchenbänke nieder.

»Hier bleib ich, hier fang ich an mit dem Zeichnen«, sagte Anna und holte aus ihrer geräumigen Umhängetasche Skizzenblock und Zeichengeräte. »Die Fratzen reizen mich.«

Es waren sieben Köpfe, jeder anders gestaltet, und der Kopf in der Mitte trug eine Narrenkappe und hatte den Mund weit geöffnet. Aber dieser hier war kein vor Entsetzen geöffneter Mund wie der des steinernen Nackten an der Außenfassade, sondern ein zu einem grotesken Lachen nach oben gezogener Mund – unheimlich auch er.

Der Kopf daneben streckte den beiden Betrachtern die Zunge heraus, obszön und ordinär. Die anderen Köpfe schienen entspannt und gelassen zu lächeln. Oder war es das alberne Lächeln der Dummen, die sich mit dem billigen Glück zufrieden geben?

Friedrich Gontard liebte es, Anna beim Zeichnen zuzusehen. Wenn sie zeichnete und malte, schien sie ganz und gar bei sich selbst zu sein, alles um sich vergessen zu haben.

Doch der Schein trog.

»Langweilst du dich nicht, mir zuzugucken, wenn ich zeichne?«

»Es irritiert dich, stimmt's?«

»Erraten. Mir wäre es lieber, du würdest schon mal ins Café *Rebert* vorausgehen.«

»Einen Milchkaffee trinken, ein Zigarillo rauchen, ein Törtchen essen, eine französische Zeitung lesen. Gute Idee. Das mach ich.«

Er erhob sich etwas schwerfällig von der niedrigen Kirchenbank, rieb sich ein wenig den Rücken.

»Bis nachher«, sagte Anna, ohne von ihrem Skizzenblock aufzublicken.

Gontard legte kurz seine Hand auf ihre Schulter, sah zu ihr hinunter auf den Zeichenblock. Das dritte Fratzengesicht von rechts streckte ihm breit die Zunge heraus.

»Gut wird das«, sagte er und ging ganz leise zum Ausgangsportal.

Monteverdi wurde nun von Bach abgelöst, der dem Organisten eher zu liegen schien als der italienische Komponist.

Als Gontard sich umblickte, schien durch die gotischen hohen Glasfenster am Hauptaltar die Oktobersonne und tauchte die Szenerie für einen Moment lang in ein fast überirdisches, scharlachrotes Licht.

So, eine Zeitung brauche ich nun, das gehört dazu, wenn ich schon mal in Frankreich bin, dachte Friedrich Gontard und ging in die nächste *Bar-Tabac*. DNA, *Dernières Nouvelles d'Alsace,* prangte es ihm in großen weißen Lettern, rot unterlegt, entgegen.

Und eine Riesenüberschrift mit dem Foto einer verwüsteten Wohnung gleich auf der ersten Seite: *Trio Infernal: Antiquaire trouvé mort à Seebach.*

Während Gontard sich am Zeitungsständer zu schaffen machte und überlegte, ob er sich noch ein *Paris Match* kaufen sollte, jenes Magazin, von dem ein französischer Bekannter behauptete, das sei ein Käseblatt und nur gut für das Einpacken von Fischen auf dem Markt, kam ein Kunde herein. Der Schreibwarenhändler und der Mann, beide um die sechzig und wohl Einheimische, unterhielten sich auf Elsässerditsch und wechselten ständig von ihrem alemannischen Patois ins Französische.

»Charles, *salut,* wie geht der's?«, fragte der Händler den Kunden.

»*Ca va, mon vieux.* 's geht so.«

»Hosch du g'hört vun dem *antiquaire,* dem in Seebach?«

»Bien sûr, drei Männer sollen's si, *la police les cherche partout.*«

Gontard erinnerte sich, an der Gendarmerie nahe dem Parkplatz mehrere Polizeiwagen gesehen zu haben. Er hatte sich noch gewundert. Wissembourg war ihm nicht als besonders kriminelles Pflaster bekannt.

Die beiden Männer ergingen sich nun in grausamen Einzelheiten des Mordes an dem Seebacher Antiquitätenhändler. Er sei garottiert worden, mit einer Drahtschlinge erwürgt.

»D'r halbe Kopf ... *tu comprends,* Charles? Ab. *Et du sang partout.* Iwwerall Blut.«

Der Händler begleitete seine Schilderung durch entsprechendes Gestikulieren und Charles traten fast die Augen aus dem Kopf, so stark fühlte er den Hergang der grausigen Tat mit.

Vor Friedrich Gontards geistigem Auge stiegen Bilder von Francisco Goya auf. Auf vielen Darstellungen des spanischen Malers waren Opfer jener besonders grausamen Hinrichtungsart zu sehen, des Garottierens. Die Opfer, Frauen wie Männer, wurden mit einer an einem Drahteisen befestigten Metallschlinge erdrosselt.

Die drei von der Polizei gesuchten mutmaßlichen Mörder waren in einem Wagen mit deutschem Kennzeichen geflüchtet. Sie hatten wohl nicht ganz das gefunden, was sie gesucht hatten und waren dann ausgerastet, hatten aus Wut und Frust alles verwüstet. Oder vielleicht war doch Bargeld gefunden worden und pure Zerstörungswut war im Spiel gewesen?

Der Händler und Charles ereiferten sich nun darüber, dass die Grenzöffnung vielleicht doch nicht ganz das Wahre gewesen sei. Schengen hin, Schengen her. Da kam doch allerhand Gesindel ins Land.

Friedrich Gontard, der sich zurückgehalten hatte, sagte: »Da ist was Wahres dran, meine Herren.«

»Mir mäne nit Sie, Monsieur«, beeilte sich der Händler zu sagen.

Gontard lachte: »Sicher nicht. Ich nehme die *Dernières Nouvelles* und den *Paris Match*.«

Der Fall interessierte ihn, und er wollte alles selbst nachlesen. Er lüftete sein Inkognito nicht, gab sich nicht als ehemaliger Chef der Ludwigshafener Kriminalpolizei zu erkennen. Wen interessierte das auch? Das war in seinem ersten Leben gewesen, wie er es nannte.

Er sehnte sich nach seinem *café crème*, seinem Zigarillo und dem Zeitunglesen.

Friedrich Gontard kaufte noch eine *Vogue* für Lilli, sie würde sich darüber freuen, seine frankophile Tochter, die seit diesem Frühjahr ein Studienjahr an der Sorbonne absolvierte, bevor es zum Abschlussexamen ging. Auf dem Cover der Zeitschrift war eine fast zu dünne sommersprossige Rothaarige: Kate Moss. Ein neues Gesicht in der Modewelt. Sie sah ein wenig aus wie Lilli, die jedoch nicht hungern musste, um schlank zu sein.

Eine stämmige kleine Dame um die siebzig betrat den Laden, einen Mops an der Leine. Er kläffte laut und wollte nicht mehr aufhören.

»*Arrête*, Chopin. Uffhöre. Bisch ruhig!«

Chopin. Mit Betonung auf der ersten Silbe. Friedrich Gontard zerriss es innerlich vor Lachen.

»*Messieurs-dames*«, empfahl er sich und verließ das *Tabac*, seine drei Zeitungen unter dem Arm.

Draußen fuhr gerade im Schritttempo ein Polizeiauto vorbei und bog wie Gontard in die Rue de la République ein.

Auf der Höhe des Petite Venise, dem malerischen Winkel an der Lauter, von den Einheimischen auch *Schlupf* genannt, machte das Polizeiauto kehrt und fuhr zurück in Richtung *Hôtel de Ville*. Ob sie den Bürgermeister und seinen Gemeinderat festnehmen wollten?

Ich bin pensioniert, was geht mich dieser Mordfall an, dachte Friedrich Gontard und betrat das Café *Rebert*. Was hatte Anna gesagt? *Carpe diem*. Freu dich des Augenblicks, du alter Brummbär. Recht hatte sie.

2. KAPITEL

Eine unverhoffte Begegnung

Gontard war am Café *Rebert* angekommen und öffnete beschwingt die Tür, die mit ihrem alten Messinggriff das nostalgische Ambiente des gesamten Etablissements ankündigte. Schon der Blick auf die Theke mit den fantasievoll dekorierten Törtchen, den Baisers, den pastellfarbenen, gefüllten *Macarons* und den elsässischen Guglhupfen ließ sein Herz höher schlagen.

Sein Gewissen meldete sich unverzüglich, denn heute Morgen hatte ein flüchtiger Blick in den Spiegel ihm gesagt, dass es für seine Silhouette besser wäre, vorläufig auf Süßes zu verzichten. Aber ein einziges Törtchen würde er sich wohl leisten können, dachte er. Sie waren ja miniklein, diese verführerischen Gebilde. Er suchte sich ein viereckiges Schokoladentörtchen aus, das oben mit einem *Cassis-Macaron* verziert war. Dann nahm er den Zettel entgegen, den er der Bedienung am Tisch geben würde.

Er ließ sich an einem der wenigen freien Tische rechts hinten nieder. Eine hübsche dunkelhaarige Bedienung sprach ihn auf Französisch an. Erstaunt stellte Gontard fest, dass die junge Frau einen südfranzösischen Akzent hatte. Keine Elsässerin. Aber die jungen Leute redeten hier offiziell sowieso selten Elsässerditsch, auch wenn sie noch zweisprachig aufgewachsen waren.

Er bestellte sich einen großen Milchkaffee und gab seinen Kuchenzettel ab. Dann nahm er die Zeitung aus der Tasche seines Jacketts und vertiefte sich in den Artikel über den grauenhaften Mord in Seebach. Ein »Pfälzer Auto« habe jemand gesehen, hieß es in dem Bericht, doch das genaue Kennzeichen wurde nicht bekannt gegeben. Rasend schnell sei das Auto gefahren, ein Mercedes, und drei Insassen habe der Zeuge erkannt. Friedrich Gontard legte die Zeitung kurz beiseite, denn die hübsche Bedienung erschien mit Törtchen und Milchkaffee. Sein Gewissen beruhigte sich, denn es war in der Tat ein sehr kleines Törtchen. Er wollte gerade wieder die Zeitung zur Hand nehmen, als sein Blick zur hintersten linken Ecke des Raums ging.

Ein Mann, der in etwa dem gleichen Alter war wie er selbst, saß in ein Magazin vertieft vor einem Glas Pastis und rauchte ein Zigarillo.

Auch so ein Zigarilloraucher wie ich, dachte Friedrich Gontard, und gleichzeitig stutzte er. Sein Gegenüber kam ihm bekannt vor. Das weiße Haar, das ungewöhnlich dicht war und an einen Künstler denken ließ, der ebenfalls weiße Schnurrbart, die schlanke Gestalt, die feingliedrigen Hände, Merkmale eines älteren distinguierten Herrn. Es war das typische Weiß eines ehemals blonden Mannes, das sich unterschied vom Weiß der Dunkelhaarigen.

Gontard überlegte, wo er diesem Mann schon einmal begegnet war, doch sein sonst so gut funktionierendes Gedächtnis ließ ihn im Stich. Er musste sich getäuscht haben. Er schaute noch einmal verstohlen zur Nische des Cafés hinüber, und dann bemerkte er seinen Irrtum. Friedrich Schönfelder, natürlich, es war der Schauspieler Friedrich Schönfelder, dem der Mann dort drüben ähnlich sah. Solch eine verblüffende Ähnlichkeit mit dem Prominenten, der in den Rollen des *Grand*

Seigneur brillierte. Gontard wollte sich wieder seiner Zeitungslektüre zuwenden und wagte noch einmal einen kurzen heimlichen Blick auf sein Gegenüber, als der Mann sich mit der rechten Hand durchs Haar fuhr und sich eine dichte Haartolle aus der Stirn streifte. Diese fahrige Geste wirkte so jugendlich, dass der Schleier des Vergessens in Friedrich Gontards Gedächtnis entzweiriss und sich eine vergessene Szene aus seinem Leben so deutlich vor seinen Augen abspulte, als betrachte er einen Film.

Es war kein Film in Schwarzweiß, wie sich die Jüngeren das Leben der Zeit vor ihrer eigenen vorstellten. Wie Anna zum Beispiel, ein Kind der Fünfzigerjahre, die mit Filmen wie *Pünktchen und Anton, Rosen-Resli* und *Heidi* groß geworden war und welche die Dokumentationen des Dritten Reichs und der Kriegszeit nur als Schwarzweißwelt wahrgenommen hatte.

Friedrich Gontard ließ die Zeitung sinken, steckte sich ein Zigarillo an und überließ sich seinen Erinnerungen an eine längst vergangene Zeit.

Es war der Vormittag des 10. November 1938. Der vierzehnjährige Friedrich Gontard war vorübergehend, für ein Schuljahr nur, als Schüler am Weinheimer Gymnasium eingetragen. Er besuchte die Obertertia und wohnte bei Weinheimer Verwandten.

Seine geliebte Mutter war vor einem halben Jahr verstorben, und deren Schwester, die gutmütige Tante Hedwig, nahm den Frankfurter Neffen auf, der als einziger Sohn von Rechtsanwalt Wilhelm Gontard »einen Halt brauchte«, wie Hedwig und ihr Mann, Rudolf Pfaff, sich ausdrückten. Die beiden waren kinderlos und hatten diesen einzigen Neffen schon immer als einen Ersatzsohn angesehen. In Übereinkunft mit dem Witwer Wilhelm Gontard wurde der halbwüchsige Friedrich am

Weinheimer Realgymnasium angemeldet, das in gutem Ruf stand.

Man würde in Ruhe eine Regelung finden, um Friedrich wieder in Frankfurt wohnen oder ihn ein Internat in der Nähe besuchen zu lassen. Die häuslichen Verhältnisse waren durch den plötzlichen Herztod der noch jungen Mutter zu sehr aus den Fugen geraten, die Großeltern zu betagt und der Vater beruflich zu sehr eingespannt, um sich angemessen um einen Jungen im schwierigen Alter kümmern zu können. Die mütterliche Geborgenheit konnte nur durch die Tante halbwegs ersetzt werden, so war sich der Familienrat einig geworden, und eine bessere Übergangsregelung gab es nicht.

Friedrich hatte sich nun schon ganz gut in die neue Umgebung und auch in die neue Klasse eingelebt und durch sein aufgeschlossenes Wesen Freunde gefunden. Die Lehrer, die den Familienhintergrund des Jungen kannten, behandelten den Halbwaisen freundlich und fair. Alle bis auf eine Ausnahme. Diese Ausnahme war ausgerechnet der Lehrer, der Friedrichs Lieblingsfächer unterrichtete: Deutsch und Geschichte.

Er hasste diesen Lehrer. Dabei hatte er selbst nichts von ihm zu befürchten, da er die besten Aufsätze schrieb und durch sein Interesse an der deutschen Literatur in seiner Gunst stand. Eine Gunst, die er keineswegs erstrebte, denn dieser Wolfram Hellenbrand war, wie Onkel Rudolf und Tante Hedwig es einmal ausgedrückt hatten, ein »Hundertfünfzigprozentiger«.

Seit geraumer Zeit ließ Dr. Hellenbrand, den die Schüler heimlich den »Höllenhund« nannten, einige Schüler ganz offen spüren, dass sie unerwünscht waren.

Lotte Simon, Greta Bloch, Walter Bär, Siegfried Pfälzer und Jakob Mendelssohn gehörten zu dieser Gruppe der Mitschüler, welche unter dem Deutschlehrer zu leiden hatten. Er ließ keine Gelegenheit aus, sie mit judenfeindlichen Kommentaren und kleinen Schikanen zu demütigen.

Auch Wilma Kadel und Erwin Kress gehörten zum Kreis derer, welche auf der Negativliste des Deutschlehrers standen, denn ihre Väter waren überzeugte Sozialdemokraten und daher nicht in die NSDAP eingetreten, obwohl sie beide in der TSG Weinheim, dem renommierten Sportverein, eine führende Rolle spielten. »Lange werden sich eure Väter da nicht mehr halten können«, hatte Hellenbrand gedroht. »Judenfrei ist der Verein schon, und die Sozis werden wir auch noch loswerden.«

An jenem Morgen des 10. November 1938 war der Deutschlehrer besonders in Fahrt. Er schien beflügelt und beseelt von der Muse, die er oft zitierte. Er nannte sich selbst gelegentlich einen »Schöngeist«, und an jenem Morgen zitierte er ein Gedicht, das er folgendermaßen einführte:

»Eigentlich«, begann er theatralisch, »eigentlich seid ihr als Obertertianer noch gar nicht berechtigt oder besser noch nicht in der Lage, ein solches Gedicht zu verstehen, denn ich werde es euch im Original zitieren. Es ist ein mittelhochdeutsches Gedicht, und der Dichter heißt Gottfried von Straßburg.«

Die Obertertianer hielten die Köpfe geduckt, denn sie wussten aus Erfahrung, dass Dr. Hellenbrands Stimmung von einem Moment auf den nächsten umschlagen konnte. Aus der Begeisterung über die Herrlichkeiten der deutschen Literatur konnte Häme werden, Verachtung für diejenigen, die es nicht wert waren, solche literarischen Kostbarkeiten präsentiert zu bekommen. Perlen vor die Säue werfen, nannte er das gelegentlich.

»So.«

Der Pädagoge spitzte den Mund.

In seinem hageren Gesicht, dem ein schwarzer Schnurrbart Ausdruck verleihen und seine politische Zugehörigkeit deutlich unterstreichen sollte, zuckte ein Mundwinkel verräterisch. Die Obertertianer fürchteten dieses Muskelspiel, das stets ein Zeichen dafür war, dass ihr Lehrer sich in großer emotionaler Erregung befand.

Ein Tick, der vom Krieg herrührte. An der Somme bei Arras und Thiepval war Hellenbrand an vorderster Front in den Schützengräben gelegen und bei den Lorettohöhen eingeschlossen gewesen. Dort hatte er den »Erbfeind« kennen gelernt, und oft genug sprach er seinen Obertertianern von der Rache, die man bald für die erlittene Schmach des Versailler Vertrags am »Erbfeind« nehmen würde.

»Gottfried von Straßburg«, wiederholte Hellenbrand. »Wer kennt Gottfried von Straßburg?«

Keine Hand rührte sich. Die Köpfe blieben gesenkt.

»Aber wenn ihr Gottfried von Straßburg nicht kennt, dann wisst ihr doch bestimmt, wo Straßburg liegt?«

»Straßburg ist eine Stadt im Elsass«, meldete sich ein Schüler.

»Elsass, ja. Aber wo liegt das Elsass, frage ich nun?«

Friedrich Gontard meldete sich vorsichtig.

»In Frankreich.«

Das Muskelspiel im Gesicht des »Schöngeists« setzte sich in Bewegung. Es verhieß nichts Gutes.

»Ja, das meinst du, Gontard. Weil Gontard ja auch kein deutscher Name ist. Eigentlich hätte ich gedacht, Gontard, dass du Gottfried von Straßburg kennst, wo du doch sonst nicht so dumm bist. Frankreich … nein, sage ich. Das Elsass gehört zu Deutschland. Es wurde uns durch den unwürdigen Versailler Vertrag abgeluchst, aber ich sage euch heute: Wir werden unser Elsass zurückerobern. Nun aber zu dem Gedicht von Gottfried von Straßburg. Nicht in französischer Sprache geschrieben, sondern auf Mittelhochdeutsch. Und nun hört.«

Er reckte sich, wippte auf und ab.

»Gedicht vom *glêsine gelücke*, verfasst um 1200, also im Hochmittelalter, und Straßburg war damals eine deutsche Stadt und wird wieder eine deutsche Stadt sein.

Gelücke daz gât wunderlîchen an und abe:
Man findet ez vil lîhter danne manz behabe;
Ez wenket dâ man es niht wohl besorget.
…
Ê daz wir âne swaere sîn des lîbes und des herzen,
man vindet ê daz glesîne gelücke.
Daz hât kranke veste:
Swenn ez uns under ougen spilt und schînet aller beste
Sô brichet ez vil lihte in kleiniu stücke.«

Das Pathos des Dr. Hellenbrand ließ die meisten Schüler krampfhaft nach unten schauen, zum Holzboden hin, der nach Bohnerwachs stank, oder auf die abgeschrägte Schulbank mit dem Tintenfass. Sie hätten gerne gelacht, wussten aber, dass sie es bitter würden büßen müssen, wenn sie das Rezitieren des Deutschlehrers nicht ernst nahmen. Friedrich hatte ganz weiße Knöchel, weil er fest die Fäuste unter der Schulbank ballte, um nicht die Beherrschung zu verlieren.

Dr. Hellenbrand hielt inne, um zornig in Richtung von Walter Bär zu schauen: »Bär, du hast eben gegrinst, versuch es nicht abzustreiten mit deiner jüdischen Schläue.«

»Nein, ich hab nicht gegrinst, Herr Dr. Hellenbrand. Mir gefällt das Gedicht«, erwiderte Walter Bär ein wenig stotternd. Sein Gesicht war von Schamesröte überzogen. »Obwohl ich es nicht verstehe«, setzte er zögerlich hinzu.

»Kein Wunder. Ein Jud' kann das nicht verstehen.«

»Aber es ist auf Mittelhochdeutsch. Die anderen verstehen es auch nicht«, traute sich Siegfried Pfälzer mit fester Stimme zu bemerken. »In der Obertertia versteht man das noch nicht. Das haben Sie doch vorhin selbst gesagt.«

Die anderen Schüler hielten den Atem an, wagten nicht aufzusehen.

»Und auch noch frech. Frech wie die ganze Rasse. Und anmaßend. Siegfried hat man nicht zu heißen als Jud'.«

Siegfried Pfälzers olivfarbene Gesichtshaut wurde um eine Schattierung dunkler. Er senkte die Schultern, schien einzuknicken.

Hellenbrand fuhr fort, und ein leichtes Lächeln der Genugtuung umspielte seinen schmallippigen Mund: »Ich werde euch das Gedicht nachher übersetzen. Doch hört nun weiter.«

Er setzte seine salbungsvolle Rezitation fort:

»*... eh dâz wir âne swaere sîn des lîbes und des herzen,*
man findet ê daz glêsine gelücke.
Daz hât kranke veste:
Swenn ez uns under ougen spilt und schînet aller beste.
sô brichet ez vil lîhte in kleiniu stücke.«

Am Ende des Gedichts schaute er triumphierend in die Runde.

»So, nun hätte ich doch gerne gewusst, ob jemand mitbekommen hat, worum es geht in diesem mittelhochdeutschen Gedicht, das, wie Siegfried Israel Pfälzer meint, in der Obertertia noch nicht verstanden werden kann.«

Friedrich Gontard meldete sich: »Das heißt, glaube ich, das gläserne Glück.«

»Gut, Gontard.« Hellenbrand, launisch wie er war, hatte ihn wohl wieder in Ehren aufgenommen nach dem Fauxpas mit dem Elsass. Hellenbrand sprach den hugenottischen Namen Gontard ganz auf die deutsche Art aus, wie man es schreibt, Buchstabe für Buchstabe, nicht, wie Friedrichs Frankfurter Familie es tat, auf die französische Art.

»Der Titel, ja, und weiter?«

Friedrich zögerte. Er wollte nichts Falsches sagen. Dann lieber Schweigen.

Eine Hand ging in die Höhe. Es war Lotte Simon, die, obwohl sie seit längerer Zeit von Hellenbrand gedrückt wurde, wo es nur ging, Klassenbeste war.

Widerwillig gestattete der Deutschlehrer Lotte, sich zu äußern, doch nicht, ohne eine verächtliche Bemerkung von sich zu geben: »Na, Sara Simon?«

»Ich heiße Lotte Simon, nicht Sara Simon. Ich habe einen deutschen Namen und ich bin Deutsche.«

»Papperlapapp. Alle Jüdinnen heißen Sara. Alle Juden heißen Israel. Es steht in den Pässen seit letzten August.«

Lotte schwieg.

»Na ja, dann wollen wir mal hören, was Sara Simon zu diesem urdeutschen Gedicht zu sagen hat.«

Das Muskelspiel im Gesicht des Deutschlehrers kam erneut in heftige Bewegung.

Er war in seinem Element.

Lotte Simon bemühte sich, mit fester Stimme zu reden: »Es geht um das Glück, das aus Glas ist. Viel eher, als dass man ohne Schwere des Herzens und des Leibes ist, findet man das gläserne Glück. Es hat keine Beständigkeit. Und gerade, wenn man denkt, es glänzt am allerschönsten vor unseren Augen, dann zerbricht es. Es zerbricht sehr leicht in kleine Stücke.«

Hellenbrand schaute missbilligend drein und sagte: »Nun, das ist sehr, sehr ungenau.«

Dann fuhr er in gönnerhaftem Ton fort: »Aber lassen wir es ausnahmsweise mal durchgehen. Es ist eine jüdische Übersetzung. Ich gebe euch nun die genaue deutsche Übersetzung.«

Hellenbrands »genaue Übersetzung« entsprach fast wörtlich dem, was zuvor Lotte gesagt hatte, und Friedrich hätte

Hellenbrand gerne darauf hingewiesen. Aber die Angst vor dem Lehrer lähmte ihm die Zunge. Er schämte sich seiner Feigheit.

Hellenbrand wiederholte die beiden letzten Zeilen, indem er pathetisch dazu mit den Armen fuchtelte: »Und wenn man denkt, es glänze am allerschönsten vor unseren Augen, so bricht es sehr leicht in kleine Stücke.«

Er schaute in Siegerpose von seinem Katheder auf die geduckten Köpfe der Pennäler hinunter, als eine Detonation die Scheiben des Klassenraums zum Klirren brachte. Erschrocken schaute die Klasse auf. Man sah gesenkte Köpfe, einige wollten in panischer Angst in Richtung Tür laufen, aber der strafende Blick des strengen Pädagogen ließ sie in ihren Bänken bleiben.

»Hiergeblieben, ihr Feiglinge«, schrie er. Dann wurde er plötzlich ganz ruhig und sagte mit fast feierlicher Stimme, indem er zur Decke blickte: »Endlich. Endlich.«

Das war der einzige Kommentar von Dr. Hellenbrand.

»In Weinheim dauert alles länger als in der Stadt. In Mannheim und allen anderen Städten des Reichs hat es gestern Nacht schon gescheppert.«

Die Schüler sahen sich entgeistert an. Keiner verstand, was der Lehrer meinte. Die angespannte Atmosphäre im Schulzimmer war spürbar, doch die Schüler waren wie gelähmt.

»Ihr wisst nicht, was dies hier war? Ich sage es euch. Das war die Synagoge, der Schandfleck in der Ehretstraße, die sie gesprengt haben. Ja!«, rief er mit erhobener Stimme in Richtung von Lotte Simon, Greta Bloch, Siegfried Pfälzer, Walter Bär und Jakob Mendelssohn. »Da hat es sich nun ausgebetet.«

»Ich bin getauft. Ich bin evangelisch und konfirmiert«, sagte Lotte.

»Und ich bin katholisch«, wagte Walter Bär zu sagen.

Die beiden wurden puterrot. Sie schauten zu Siegried Pfälzer, zu Greta Bloch und zu Jakob Mendelssohn hin. Sie schämten sich, denn irgendwie fühlten sie, dass sie die Klassenkameraden, deren Eltern orthodoxe Juden waren, verraten hatten. Sie wurden niedergebrüllt von Dr. Hellenbrand.

»Nichts nützt es euch mehr, das Getauftsein, euch und eurer ganzen Mischpoke.«

Dann wurde er plötzlich ganz leise, seine Stimme klang fast sanft und einschmeichelnd: »Ihr wollt wissen, was genau geschehen ist? Ich werde es euch sagen: Der Volkszorn hat sich spontan entladen. Der Volkszorn worüber, wollt ihr bestimmt wissen?«

Die Klasse schwieg. Alle hielten den Atem an. Über Lotte Simons Wange rann eine einzige kleine Träne, sie schluckte, wischte die Träne verstohlen und stolz weg.

»Der Volkszorn über einen feigen Mord. Ein feiges Attentat auf den Herrn Legationssekretär Ernst Eduard vom Rath. Vor drei Tagen hat der polnische Jude Herschel Grynszpan, ein siebzehnjähriger Verbrecher, den Herrn vom Rath in Paris mit einem Revolver niedergeschossen. Einfach so. Ein Jude schießt einen deutschen Volksgenossen kaltblütig nieder. Das schreit geradezu nach Rache.«

Mit bedeutungsvoller Miene, die schmalen Lippen fest aufeinandergepresst, blickte Hellenbrand auf die Schüler hinab. Eine Stecknadel hätte man im Klassenzimmer fallen hören können. In diese Stille hinein lachte plötzlich jemand laut auf.

Der Deutschlehrer musterte die fünf jüdischen Schüler, auch Wilma Kadel und Erwin Kress, doch keiner von ihnen hatte gelacht.

Das Lachen wollte nicht aufhören. Es kam von der hinteren Bank. Da saß Georg Fuhrmann, der Stille. Er sprach wenig, er war ein Mathematik- und Musikgenie, auch in Geschichte brillierte er. Er war einer von denjenigen, die Hellenbrand gerne geduckt und klein gehalten hätte, aber er kam nicht an ihn heran. Es hieß, der Deutschlehrer und Georg Fuhrmanns Vater seien in der gleichen Heidelberger Verbindung gewesen als Studenten. Georg Fuhrmann genoss so etwas wie eine unantastbare Autorität unter seinen Klassenkameraden, und auch die Lehrer schienen ihn zu respektieren.

Der sonst so Stille sagte: »Das ist doch alles nur ein Vorwand. Das mit dem Volkszorn, der sich spontan entladen muss. Die Juden sind mal wieder die Sündenböcke. Wie schon immer in der Geschichte.«

Hellenbrand war sprachlos. Er fasste sich an die Kehle, als müsse er nach Luft ringen. Noch nie hatte er in der Klasse Widerspruch erfahren.

Georg Fuhrmann packte seine Sachen zusammen, seelenruhig und fast im Zeitlupentempo, bevor sich das Zornesgewitter des bösen Pädagogen über ihm entladen konnte. Er strich sich die blonde Haartolle aus der Stirn und ging, ohne sich ein einziges Mal umzublicken, in Richtung Tür.

Hellenbrand schien sich mittlerweile gefasst zu haben. Er brüllte dem Schüler, der nun schon draußen im Gang war, hinterher: »Das hat ein Nachspiel. Ein großes Nachspiel. Es wird Folgen haben.«

Es klingelte. Der Deutschlehrer, der keinen Gesichtsverlust ertrug, herrschte die Obertertianer an: »So geht schon hinaus. Aber ganz rasch. Haltet keine Maulaffen feil. Hinaus in die Pause mit euch.«

Und dann schrie er: »Und bis morgen hat mir jeder Schillers *Glocke* abgeschrieben. Im Lesebuch ab Seite 23. Morgen schreibe ich euch das Gedicht von Gottfried von Straßburg an die Tafel. Und es wird auswendig gelernt!«

Als Friedrich Gontard nach Schulschluss mit seinem Kameraden Fritz Meierhöfer zur Villa von Onkel Rudolf und Tante

Hedwig in der Institutstraße hochging, passierte er die Hauptstraße. Es bot sich ihm ein Bild, das er nie mehr im Leben wieder vergessen sollte. Alle jüdischen Geschäfte waren zerstört, die Schaufenster zerbrochen.

Überall lag Glas: große Glasscherben von den eingeschlagenen Schaufenstern der Geschäfte, kleine Glasstücke von zerbrochenem Haushaltsglas. Männer mit langen Stangen und Brecheisen hieben auf das Gemäuer ein. Mobiliar zersplitterte unter geschwungenen Äxten. Der alte Herr Epstein, einer der Geschäftsinhaber, wurde von einem groben Kerl in brauner Uniform, einem SA-Mann, mit einem Gewehrkolben auf den Hänger eines Lkws getrieben, in dem schon andere jüdische Männer saßen. Ein Quartaner, der Friedrich im Schulhof schon als besonderer Raufbold aufgefallen war, beobachtete feixend die Szene, rannte zu Herrn Epstein hin und spuckte ihm mitten ins Gesicht. Der uniformierte Kerl mit dem Gewehrkolben lachte schallend, klopfte dem Jungen wie zum Lob auf die Schulter. Einige Leute standen in kleinen Gruppen mitten auf der Straße, auf dem Trottoir oder in den Hauseingängen. Die Arme verschränkt, beobachteten sie entweder wortlos grinsend in großer Zustimmung die Szene oder redeten untereinander. Einige applaudierten, riefen hässliche Worte zu den Männern auf dem Lkw hin.

»Judenpack, geht's euch endlich an den Kragen«, schrie gellend eine kleine dicke Frau, die Friedrich schon einmal zur Rede gestellt hatte, als er sie nicht gegrüßt hatte. Sie brachte ab und zu Eier und Geflügel für Tante Hedwig und half gelegentlich in der Küche aus. »Vor Irma Krelling müssen wir uns in Acht nehmen«, hatte Onkel Rudolf einmal gesagt, ohne dass Friedrich den Sinn seiner Worte verstanden hätte.

Einige Gardinen wurden hinter geschlossenen Fenstern hochgeschoben, hie und da sah Friedrich ein neugieriges, ein erstauntes, einmal ein beschämtes Gesicht. Eine Frau, welche die Hände vor den Mund hielt, ungläubig.

Er ging mit gesenktem Kopf weiter die Hauptstraße entlang. Der Laden an der Ecke zur Amtsgasse hin bot ein grässliches Bild. Die Waren, zumeist Haushaltswaren, hatte man auf die Straße gebracht, zerbrochen und angezündet. Vom oberen Stockwerk warf ein Mann Matratzen auf den Gehsteig, es folgten Bettzeug und Nachtgeschirr, was von den Umstehenden mit Gelächter quittiert wurde. Eine hagere ausgemergelte ältere Frau in einer Kittelschürze rief bitterböse und ordinär in derbem Dialekt: »Jetzt hott sisch's ausg'schisse bei de vornehme Judde.«

Die Leute um sie herum johlten vor Vergnügen. Es schneite weiße Daunenfedern von den aufgeschlitzten Kissen und Bettdecken von oben herab.

Friedrich Gontard beeilte sich nun, heimzukommen. Fritz Meierhöfer bog schnell vor ihm ab, ohne ihn anzuschauen. Friedrich Gontard hatte immer noch Herrn Epstein vor Augen, der ihn vom Lkw herunter angeblickt hatte, als wolle er sagen: »Warum hilft uns keiner, warum lasst ihr das geschehen? Wir sind Weinheimer wie ihr. Wir sind doch eure Nachbarn.«

Erst am Vortag war er mit Tante Hedwig in Herrn Epsteins Laden gewesen. Er hatte ihm ein kleines Märklin-Auto und bunte Murmeln geschenkt, weil Friedrichs Onkel und Tante gute Kunden waren.

Zuhause angekommen, empfing ihn Tante Hedwig. Sie schien besorgt, rief ihm aber mit gespielter Fröhlichkeit entgegen: »Da bist du ja, Friedrich. Heute gibt es dein Lieblingsessen. Kartoffelpuffer mit Apfelmus. Hat die Kathel extra für dich gemacht.«

Friedrich brachte zunächst keinen Bissen hinunter. Er musste an die Spucke des gemeinen Quartaners denken, die an Herrn Epsteins Wange hing und seinen Kragen hinuntertropfte. Er hatte das gellende Gelächter der gaffenden Leute im Ohr, er sah Herrn Epsteins flehende Augen vor sich.

Tante Hedwig schimpfte nicht, sie sah den Jungen nur an und sagte: »Ich weiß. Das Pack, das den Herrn Epstein und all die anderen mitgenommen hat. Die Kathel hat mir das erzählt. Sie war einkaufen und hat alles gesehen. Und den Knall von der Synagogensprengung hat man bis hier herauf gehört. Die Unmenschen. Da draußen in den Gassen regiert der Pöbel, und wir können nichts dagegen tun.«

Tante Hedwig schaute sich ängstlich um. »Gut, dass die Krelling heute nicht da ist.«

Sie nahm den Teller weg. Wie zu sich selbst und mit kraftloser Stimme sagte sie: »Am liebsten würde ich sie nie wieder in unser Haus kommen lassen, aber da wird sie uns am Ende noch denunzieren. Ach, was sind wir unfrei geworden. Was für erbärmliche Zeiten.«

Zu Friedrich gewandt sagte sie: »Vielleicht hast du später Hunger, ich heb es auf für dich.« Dann verschwand sie mit gesenktem Kopf in Richtung Küche.

Friedrich Gontard zwang sich zum Essen, der Tante zuliebe, aber er legte bald den Löffel beiseite. Seine Kehle war wie zugeschnürt, und ihm wurde übel.

Der Geschmack von Apfelmus und Kartoffelpuffern war seit diesem Tag immer mit einem vagen Gefühl von Unbehagen, Bedrohlichkeit und Angst verbunden.

An jenem 10. November 1938 dachte Friedrich Gontard, als er im Café *Rebert* in Wissembourg saß und zu dem weißhaarigen Mann in der Nische hinüberschaute.

Dieser strich sich erneut mit der linken Hand die weiße Haartolle aus der Stirn. Der Mann in der Nische war Georg Fuhrmann.

Friedrich zog an seinem Zigarillo und überlegte. Sollte er hinübergehen an den Nachbartisch und sich ganz einfach vorstellen? Und wenn er sich täuschte, wenn der Mann dort drüben gar nicht der Schulkamerad von damals war? All die Jahre, die zwischen seinem Weinheimer Intermezzo und dem Heute lagen, würden eine Annäherung, sollte dieser Mann tatsächlich Georg Fuhrmann sein, erschweren.

In diesem Moment des Zögerns blickte der Mann, der in der Nische des Cafés saß, von seiner Zeitung auf, fixierte Friedrich Gontard und stutzte. Es war ihm anzusehen, dass er in seinem Gedächtnis forschte, dass er in Gontard ebenfalls einen Bekannten zu erkennen glaubte. Friedrich Gontard reagierte spontan, indem er dem Mann zulächelte, als wolle er ihn ermutigen, den ersten Schritt der Annäherung zu wagen. Dieses Lächeln war es wohl, das die Erinnerung zurückbrachte. Der andere sprang von seiner Sitzbank auf, eilte auf Gontard zu, der sich ebenfalls erhoben hatte: »Friedrich? Friedrich Gontard?« In seiner Frage schwang noch ein kleiner Zweifel mit, den Gontard vollends zerstreute, indem er ausrief: »Georg? Georg Fuhrmann?«

Sie umarmten sich.

Seltsam, dachte Gontard, so lange musste ich auf diesen Augenblick warten. Damals hatte ich mir insgeheim gewünscht, von Georg Fuhrmann beachtet zu werden, vielleicht sogar seine Freundschaft zu erwerben. Georg Fuhrmann war von einer Distanziertheit gewesen, die nichts mit Arroganz zu tun hatte, sondern der Tatsache geschuldet war, dass er reifer und abgeklärter als seine Altersgenossen war, die diese Distanziertheit automatisch akzeptierten. Gontard war Anbiederung immer fremd gewesen, darum war es damals nie zu einer richtigen Annäherung an Georg Fuhrmann gekommen. Und nach dem 10. November 1938 war alles zu Ende gegangen. Der Aufmüpfige erschien am 11. November nicht in der Schule. Man munkelte, er sei in einem strengen Internat untergebracht worden, irgendwo in Norddeutschland. Von Distanziertheit war nach all den Jahren nichts zu spüren.

Georg Fuhrmann nahm an Gontards Tisch Platz.

»Du gestattest?« Gleich darauf erhob er sich, ein wenig zerstreut, ging zu seiner Sitzbank zurück und holte sich sein Glas, das fast leer war, stellte es vor sich ab.

Er nahm einen Schluck und sagte: »Ach, wir sind ganz schön alt geworden, wir zwei. Stimmt's?«

»Ja, schon, obwohl, du hast deine schlanke Statur von damals behalten. Auch das volle Haar. Und dann die typische Geste, an der ich dich letztlich erkannt habe.«

Gontard strich sich lachend durchs Haar, das bei weitem nicht mehr so dicht war wie in seinen besten Jahren.

»Die typische Geste. Die typische Handbewegung, wie im Fernsehen bei Robert Lemkes *Heiterem Beruferaten*.«

»Füttern wir wie im Fernsehen das Schweinderl?«, ging Fuhrmann auf den Scherz ein.

»Apropos *Heiteres Beruferaten*: Was hat das Leben aus dir gemacht, Friedrich, in welchen Beruf hat es dich verschlagen?«

»Na, dann rate mal, Georg.«

»Irgendwas mit Germanistik? Professor in Heidelberg, emeritiert? Oder Jurist? Doch nein, das ist keine gute Idee. Für die Juristerei bist du doch zu …«

»Zu emotional?«

»Ja, vielleicht.«

»Aber in Richtung Recht und Gesetz geht es schon.«

»Du bist doch nicht etwa bei der Polizei gelandet?«

»Volltreffer. Ich war Kripochef in Ludwigshafen. Nun können wir Robert Lemkes Schweinderl nicht füttern. Nun lass mich aber mal raten: Du siehst aus wie ein Künstler, wie ein Musiker.

Du warst doch ein Musikgenie. Piano und Geige. Oder Mathematikprofessor?«

»Nein, daneben. Das heißt, ganz daneben war es wieder nicht. Ich habe Kunstgeschichte studiert und wurde Kustos an mehreren Museen. Habe mich in der Südpfalz niedergelassen. Ich bin ein Grenzgänger. Obwohl man nun von Grenze ja nicht mehr reden kann. Ein großes Glück, das Wegfallen der Schlagbäume, der Pässe.«

»Glück«, wiederholte Friedrich Gontard. »Das Wort Glück, erinnerst du dich, Georg, dieses Wort hat doch eine ganz besondere Bedeutung für uns alle bekommen. Mir geht es wenigstens so, seit damals, seit jener Deutschstunde bei Hellenbrand.«

Er schaute aus dem Fenster, sah die Touristen vorüberziehen, die bewundernd zu den wunderschönen Elsässer Fachwerkbauten hochschauten. Er nickte der Bedienung zu und fragte Georg Fuhrmann: »Darf ich uns etwas bestellen? Vielleicht zwei Quetsch? Oder magst du lieber einen Crémant? Dann nehm ich auch einen.«

»Ja, gerne einen Crémant für mich. Das muss begossen werden, das unverhoffte Wiedersehen.«

Gontard bestellte und Georg Fuhrmann nahm den Gesprächsfaden wieder auf: »Ja, das Glück, das gläserne Glück. Gottfried von Straßburg, die Detonation von der Ehretstraße her, die Hasstirade von Hellenbrand, unserem Schöngeist. Seine unsinnige Theorie vom Entladen des Volkszorns.«

»Wie ich dich damals bewundert habe«, sagte Friedrich Gontard. »Du hast Hellenbrand zum Stottern gebracht. Du warst für mich ein Held, und ich hab mich so geschämt für meine eigene Feigheit. Ich hatte Angst, und Angst macht einen feige und klein. Du warst uns allen so weit voraus. Du warst so reif für dein Alter.«

Nach einer kleinen Pause fuhr er fort: »Heute würde man das, was du damals gezeigt hast, als Zivilcourage bezeichnen.«

»Kein Grund, mich zu bewundern. Da gab es nichts zu bewundern. Ich war vielleicht reifer als ihr, aber ein Held? Niemals. Ich habe einfach – ohne nachzudenken – die Geduld verloren, eine schreckliche Wut bekommen, ich weiß selbst nicht mehr genau, was da in mich gefahren ist. Und geholfen habe ich keinem mit meiner Zivilcourage. Mir selbst habe ich nur geschadet. Als ich heimkam an jenem 10. November, stand mein Vater schon hinter der Tür und hat auf mich gewartet, denn Hellenbrand hatte ihn vom Sekretariat aus angerufen. Mit dem Ochsenziemer hat er mich halb totgeprügelt. Mein Vater war ein Deutschnationaler, eigentlich noch nicht mal ein Nazi wie Hellenbrand. Er war nie in der Partei, und erst nach seinem Tod habe ich erfahren, dass er zwei jüdischen Familien geholfen hat, nach Amerika zu emigrieren. Aber ich habe meinen Frieden gemacht mit ihm. Er ist übrigens gleich nach dem Krieg mit nur siebenundvierzig Jahren bei einem Verkehrsunfall ums Leben gekommen.«

Georg Fuhrmann hielt inne, strich sich die weiße Haartolle aus der Stirn.

»Entschuldige, Friedrich«, sagte er. »Ich langweile dich mit Familienkram.«

»Was ist interessanter als das, was du Familienkram nennst?«, entgegnete Friedrich Gontard. Die Bedienung hatte die beiden Gläser mit Crémant gebracht, und sie stießen an.

»Auf unser Wiedersehen.«

»Auf den Beginn einer Freundschaft, die lange auf sich warten ließ?«, sagte Georg Fuhrmann nachdenklich.

»Das wäre schön. Sehr schön. Wie spannend doch das Alter sein kann, findest du nicht?«

»Ja, gewissermaßen schon. Wenn auch … die Wehwehchen.«

»An die denken wir heute ausnahmsweise mal gar nicht«, sagte Friedrich Gontard und rieb sich dabei das rechte Knie, das ihn neuerdings immer wieder plagte.

Georg Fuhrmann war die Geste nicht entgangen. »Arthrose? Sehr schmerzhaft?«, erkundigte er sich.

»Kaum, kaum«, winkte Gontard ab. »Es ist zu ertragen.«

Sie schwiegen eine Weile, nippten an ihrem Crémant, der vorzüglich schmeckte: »Ab und zu frage ich mich, was aus all den anderen geworden ist, aus unseren jüdischen Mitschülern. Bist du da informiert?«

»Ja, ein wenig«, erwiderte Georg Fuhrmann, und ein geheimnisvolles Lächeln umspielte seinen Mund. »Ein wenig weiß ich schon Bescheid.«

»Was ist zum Beispiel aus Siegfried Pfälzer geworden? Den hab ich gerne gemocht. Siggi war kein Duckmäuser. Wie er damals dem Hellenbrand contra gegeben hat.«

»Der Siggi, ja. Das war ein feiner Kerl. Seine Eltern, das weißt du vielleicht, waren beide Musiker an der Mannheimer Oper. Wagnerianer. Siegfrieds Mutter Martha Pfälzer war Wagnersängerin. Als dann am 22. Oktober 1940, also fast zwei Jahre nach der Synagogensprengung, die Deportationen nach Frankreich in diese schlimmen Internierungslager stattfanden, sind auch die Pfälzers nach Gurs gebracht worden. Gurs in den Pyrenäen.«

»Ich weiß, ich habe davon gehört, aber ich weiß es noch nicht lange«, warf Gontard dazwischen ein. »Les Milles war mir ein Begriff. Aber Gurs, darüber liest man erst neuerdings mal was in unseren Zeitungen. Aber entschuldige, ich falle dir ins Wort.«

»Am hellen Morgen, ohne Vorwarnung, sind die Familien aus ihren Häusern gezerrt worden. Die Großeltern von Siggi und seine kleine Schwester Edda sind im Lager an Typhus gestorben. In Gurs sind die Schwachen umgekommen. Die anderen hat man dann nach Auschwitz oder in andere KZs geschafft. Siggi ist in Auschwitz vergast worden. Wie seine gesamte Familie, seine Eltern und seine beiden Brüder.«

Gontard konnte seine Bestürzung nicht verbergen, aber er fand keine Worte für seine Gefühle. Ein jämmerliches »Ach, grauenvoll«, das war alles, was er hervorbrachte.

Wie arm unsere Sprache manchmal ist, dachte er, wie hilflos wir selber.

»Und Walter Bär? Greta Bloch? Jakob Mendelssohn?«

»Jakob Mendelssohn hatte Glück. Er ist zwar auch nach Gurs deportiert worden, aber er ist der Hölle dort unten entkommen. Soviel ich weiß, lebt er in England. Die Familie Bär aus Hemsbach ist noch im Dezember 1938 nach Amerika ausgewandert. Sie hatten Verwandte in Wisconsin, die ihnen geholfen haben. Und die Blochs haben Greta und ihre Geschwister zum Kindertransport nach England gegeben, gleich nach der Kristallnacht. Die Kinder konnten gerettet werden, aber die übrige Familie Bloch ist im Oktober 1940 nach Gurs deportiert worden und dort verschollen.«

Er fügte hinzu: »Ja, die Pfälzer und Badener Juden, die vom Saarland und dann die vom Elsass und von Lothringen, die sind unter den Gauleitern Bürckel und Wagner deportiert worden.«

»Woher weißt du das alles?«

»Von Lotte weiß ich das. Von Lotte Simon.«

Friedrich Gontard schaute den Freund ungläubig an.

»Unser Lebensweg hat sich, sagen wir mal, gekreuzt. Später, in den Siebzigerjahren. Das war in England. Ich hatte damals am *Fitzwilliam Museum* in Cambridge zu tun als Kunsthistoriker. Lotte fuhr mich beinahe mit dem Fahrrad über den Haufen. In Cambridge fahren alle mit dem Rad durch die Gegend.

Mit solchen Fahrrädern, die alle vorne an der Lenkstange einen Korb haben. Ich bin förmlich in ihrem Fahrradkorb gelandet.«

Er lachte. Friedrich ließ den Freund weiterreden, der plötzlich wieder ernst wurde.

»Sie war auch nach Gurs gekommen, dann glücklicherweise von einer Hilfsorganisation mit einigen andern Kindern und Jugendlichen in dieses Dorf gebracht worden. Izieu bei Lyon. Dort gab es eine Rettungskolonie für jüdische Kinder. Das Dorf ist vor neun Jahren bekannt geworden durch den Prozess gegen Klaus Barbie, den schrecklichen Gestapochef von Lyon. Der hatte 1944 eine Razzia angeordnet, wobei alle Kinder und ihre Retter von Izieu nach Auschwitz deportiert und umgebracht worden waren. Lotte hat doppelt Glück gehabt. Sie ist durchs Rote Kreuz schon 1942 nach England gekommen. Sie hat übrigens dort später mit Jakob Mendelssohn Kontakt aufgenommen. Ach, Friedrich. Das führt alles zu weit, wir müssen uns treffen. Bei mir zuhause, in meinem kleinen Dorf und in meinem Glashaus. Wir haben so viel nachzuholen.«

»Hast Recht. Aber noch mal zu Lotte. Was ist geschehen, nach dem zufälligen Aufeinandertreffen in Cambridge?«

»Zunächst mal hat sie mich verarztet, denn ich hatte ein paar Abschürfungen am Arm. Von ihrem Fahrrad. Und dann ... Nein, ich erzähle dir das alles, wenn wir bei mir zuhause einen Wein zusammen trinken und die alten Zeiten aufleben lassen. Ich habe so einige Überraschungen in petto.«

»Das Glashaus, die Begegnung mit Lotte damals, und noch mehr?«

»Noch viel mehr«, sagte Georg Fuhrmann geheimnisvoll.

»Die schöne Lotte. Für Lotte habe ich damals geschwärmt«, sagte Friedrich Gontard. »Wer hätte nicht für sie geschwärmt?«

»Nachdem mich damals mein Vater halb totgeprügelt und in das grauenhafte Internat gesteckt hatte, habe ich mehr als ein

Jahr nicht mehr heimgedurft, aber dann, in den Ferien, habe ich Lotte wieder getroffen, wir waren nun sechzehn oder siebzehn. Und es gab eine heimliche Liebesaffäre zwischen uns. Bis zum 22. Oktober 1940, der Deportation nach Gurs.«

»Du hast viel riskiert«, sagte Gontard.

»Ja, es war Rassenschande, eine Jüdin zu lieben. Weißt du, dass die Nazis damals den älteren Bruder von Ortwin Eckert, dem fiesen Eckert, der eine Klasse über uns war, aufgehängt haben?«

Georg Fuhrmann redete weiter, ohne Gontards Antwort abzuwarten. »Der hatte in Mannheim eine Jüdin vergewaltigt, als sie die Geschäfte dort in der Kristallnacht geplündert haben. Die Anklage lautete nicht etwa auf Vergewaltigung, sondern auf Rassenschande.«

»Du weißt vieles, das ich nicht weiß«, bemerkte Friedrich Gontard.

»Ich habe mich mit all dem intensiv beschäftigt«, sprudelte es aus Georg Fuhrmann heraus. Und er fügte hinzu: »Vielleicht viel zu intensiv. Mehr als mir gut tut. Es wäre besser, ich würde mich weniger mit der Vergangenheit beschäftigen. Ich bin da an einer Sache dran, aber nichts davon heute.«

Sein Gesicht nahm plötzlich einen verschlossenen, fast finsteren Ausdruck an, und Gontard verstand. Es war genug. Georg Fuhrmann wollte das Thema beenden.

Ja, wir haben uns noch viel zu erzählen, dachte Gontard. Meine Kriminalfälle, auch die hatten nicht selten mit dem Dritten Reich zu tun. Mit alter Schuld, die vertuscht werden sollte. Mit Euthanasie und anderen Verbrechen gegen die Menschlichkeit. Mit dem Geklüngel der braunen Seilschaften weit in die Nachkriegszeit hinein. Doch es würde zu weit führen, das nun zu erwähnen. Sie hatten doch noch so viel Zeit vor sich liegen. Vielleicht würden sie einmal auch den Mut haben, über die Epoche zu reden, in der man sie zu Mördern gemacht hatte. Halbe Kinder waren sie gewesen, als man sie in Uniformen steckte und zum Töten zwang.

Eine andere Frage, die er die ganze Zeit über verdrängt hatte, beschäftigte ihn: »Du hast dein Glashaus erwähnt, Georg. Du bist mir noch eine Erklärung schuldig. Was meinst du damit?«

»Na ja. Nicht das Haus ist aus Glas, sondern im Haus selbst befindet sich meine Glassammlung. Meist Glas von René Lalique. Es ist meine Obsession. Du kannst mich ruhig verrückt nennen.«

»Dann sind wir beide verrückt. Ich bin, das habe ich dir noch gar nicht sagen können, nämlich ein Antiquitätensammler wie du. Ich mache auch gelegentlich Expertisen für Bekannte. Alles nur ein Hobby. Aber ein wunderbares Hobby. Lalique kenne ich als Schmuckdesigner. Seine berühmte Libellenfrau als Anhänger in Gold und Türkis. Ich weiß aber, dass er ein genialer Allroundkünstler war und ein erfolgreicher Geschäftsmann und dass er nach dem Ersten Weltkrieg hauptsächlich Glas in allen Variationen entworfen hat: Vasen, Lampen, Aschenbecher im Stil des Art Déco. Und sogar Fenster und Türen, zum Beispiel für den Orientexpress, stimmt's? Dazu sakrale Gegenstände aus Glas, gläserne Kruzifixe und Madonnenfiguren. Ach, da fällt mir ein: Anna, meine Frau, hat ein Lieblingsparfümfläschchen im Badezimmer: das legendäre *L'air du temps* von Nina Ricci mit dem hübschen Taubenmotiv. Das ist doch ein Entwurf von René Lalique? Oder etwa von seinem Sohn Marc? Du weißt das bestimmt ganz genau. Der Vater hat für Coty, der Sohn später für Ricci gearbeitet.«

Da ging die Tür zum Café auf und Anna kam herein. Sie trat an den Tisch und legte ihrem Mann die Arme um den Hals.

»Oh, das tut mir wirklich leid, dass ich dich so lange habe warten lassen.« Sie legte ihre Tasche ab und setzte sich. Mit einem fragenden Blick zu Gontards Tischnachbarn hin sagte sie: »Aber du hast dich nicht gelangweilt, wie ich sehe.«

»Nein, überhaupt nicht. Anna, meine Frau«, stellte Gontard vor. »Und dies ist Georg Fuhrmann, ein wiedergefundener Freund aus früheren Tagen. Ein Schulfreund.«

»Ein alter Freund, ja«, bestätigte Georg Fuhrmann.

Er schien sehr wohl zu registrieren, dass Anna wesentlich jünger war als sie beide, aber er überspielte seine Verwunderung.

Anna bestellte sich einen Kaffee und ein Eclair.

»Ihr esst nichts Süßes, und das im Café *Rebert*? Das ist ja fast eine Sünde.«

»Die Atmosphäre hier, die Zigarre und ein Pastis, dann ein Crémant, das ist in Ordnung«, meinte Georg Fuhrmann.

»Mir genügte es nicht«, grinste Gontard, »ich hab mein Schokotörtchen schon hinter mir.«

Anna verkniff sich jeglichen Kommentar, warf jedoch einen vielsagenden Blick auf Gontards etwas rundlichen Bauch.

Annas Blick war ihm nicht entgangen, und ein wenig schuldbewusst fügte er hinzu: »Es war ein sehr, sehr winziges Törtchen.«

»Ach je, dort drüben am Tisch hab ich noch meine Zeitung«, rief Georg Fuhrmann und ging hinüber zur Eckbank.

Er kam mit den *Dernières Nouvelles d'Alsace* zurück und deutete auf die Schlagzeile in Rot.

»Der Mord in Seebach. Ich habe das Opfer gekannt. Mit Maurice Rapp habe ich ab und zu Geschäfte gemacht.«

»Da sieht man es mal wieder, Friedrich. Sammler sind nicht nur ein bisschen verrückt, sie leben auch gefährlich. Sage ich schon immer.«

»Besessen muss man sein, sonst macht es keinen Spaß, das Sammeln«, meinte Georg Fuhrmann. »Und was ist schon ohne Risiko im Leben, Frau Gontard?«

»Warum so förmlich, ich bin Anna.«

»Georg.«

Sie schüttelten sich die Hände zur Bekräftigung des Du.

»Hast du nähere Informationen über den Fall, Georg?«

»Nicht mehr als hier steht, natürlich bin ich entsetzt, aber irgendwie passt es zusammen.«

»Wieso das?«

»Maurice war ein Dickkopf ohnegleichen. Es war auch nicht gerade klug, so geheimnistuerisch von seiner wertvollen Münzsammlung zu erzählen und von einem Safe im Keller. Ich könnte mir denken, dass er so grauenvoll umgekommen ist, weil er nichts verraten hat.«

»Du meinst die Zahlenkombination?«

»Genau das meine ich. Er hat sich auch mal so ausgedrückt mir gegenüber: ›Den Code würde ich niemals preisgeben.‹«

Die Neugier des ehemaligen Kripochefs Gontard war schon lange erwacht.

»Hat dich die französische Polizei schon verhört?«

»Nein, bisher nicht, ich gehöre ja nicht zum näheren Umfeld, aber in Maurices Notizbuch stehe ich bestimmt drin. Im Geschäftspartnerregister. Ich denke, ich melde mich bei denen, bevor sie auf mich zukommen. Das ist ja keine unwichtige Information.«

Anna schaute auf die Uhr: »Oje, nun ist es aber spät geworden. Wir haben ja noch eine Strecke vor uns, und für morgen hab ich noch Einiges für den Unterricht vorzubereiten.«

»Über alles haben wir geredet, nur nicht darüber, wo wir wohnen«, sagte Friedrich Gontard.

»Wir leben im Weschnitztal, in Hohenkirch.«

»Was du nicht sagst, also ganz in der Nähe meiner alten Heimat! Ich habe alle Kontakte nach Weinheim abgebrochen. Seit dem Tod meiner Eltern. Da ist niemand mehr.«

Kein Wunder, dachte Gontard, bei den schmerzlichen Erinnerungen an Weinheim. Das meiste weiß ich noch nicht, werde es aber hoffentlich bald erfahren.

»Ich hab in der Südpfalz eine neue Heimat gefunden«, sagte Fuhrmann. »Lützelbrunn ganz nah an der Grenze, der früheren Grenze meine ich. Das Wasgau-Dorf ist winzig, genau das Richtige für mich komischen Kauz. Eine Idylle mit dunklen Geheimnissen. Und ihr besucht mich in meinem Glashaus? Vielleicht am nächsten Wochenende? Da habe ich schon einige Besucher, und ihr beiden kommt einfach dazu. Überraschung inbegriffen.«

Die Freunde tauschten ihre Visitenkärtchen aus.

»Wieso eigentlich Glashaus?«, wollte Anna wissen.

»Es ist vollgestopft mit Glas. Und das Haus ist eigentlich ein Riemerschmidhaus.«

»Nein, ist ja fast unmöglich«, rief Gontard aus und setzte seine Kennermiene auf. »Ein Riemerschmidhaus. Es wird ja immer besser. Ich platze schier vor Neugierde.«

Anna schaute leicht betreten, ja sogar verärgert zu Boden. Ungeduldig sagte sie zu ihrem Mann: »Aber wir müssen jetzt wirklich heim. Lilli wartet bestimmt schon auf uns. Morgen ganz früh fährt ihr Zug.«

Gontard erklärte dem Freund: »Lilli ist unsere Tochter und sie studiert in Paris. Sie war ein paar Tage bei uns. Sie hütet Hund und Haus und Hof.«

»Schade, dass meine Frau nicht da ist, wenn ihr mich besucht. Sie ist verreist und kommt erst in einer Woche zurück«, erwiderte Georg Fuhrmann wie beiläufig.

Als er Gontards fragenden Gesichtsausdruck bemerkte, erklärte er: »Ja, ich bin verheiratet. Auch komische Käuze können verheiratet sein.«

Es klang, als sei ihm die Tatsache peinlich.

Nach einer herzlichen Verabschiedung gingen Anna und Friedrich Gontard zügig zum großen Parkplatz am Place de l'Etang du Cygne zurück. Trotz der Eile ließ es sich Anna nicht nehmen, in ihrem Lieblingsladen bei Martine Schneider einen Vorrat an Hansi-Karten zu kaufen.

»Dafür muss Zeit sein«, sagte sie. »Meine Uhr geht zehn Minuten vor.«

Anna liebte den Grafiker Hansi, der das alte Elsass verherrlicht hatte in seiner Kunst und der aus seiner antideutschen Einstellung keinen Hehl machte.

»Schau«, sagte Anna und zeigte Gontard eines der Motive.

Die Kinder auf der Karte gingen in Elsässertracht durch ein Fachwerkdorf und schwenkten dabei ihre kleinen Trikoloren. Daneben watschelten die Gänse, auf dem Hausdach brüteten Störche, und im Hintergrund stand ein kleiner Junge mit Tirolerhütchen und mit Lederhosen und um den Hals hatte er ein Lätzchen mit der Aufschrift *Mamas Liebling*.

»Wie schön sich Hansi über die *Dytsche* lustig gemacht hat, über die verhassten Preußen.«

»Ganz schön chauvinistisch, dein Hansi«, lachte Gontard.

»Damals war das so, hüben wie drüben, oder?«

»Hast natürlich Recht. Der ›Erbfeind‹ auf der einen, die *Boches* auf der anderen Seite.«

»Ein Chauvinist war er schon, der Hansi, aber ein toller Künstler.«

Während Anna wartete, um ihre Karten zu bezahlen, rief das Ladenmädchen der Chefin, Martine Schneider, zu: »Isch find se nit, les Küche-Händsching, Madame!«

Die Chefin kramte unter der Theke einen kleinen Karton hervor und sagte. »*Les voilà,* Maryvonne.«

Anna kicherte und sagte zu Madame Schneider: »Küchenhandschuhe. Hab es mir gleich gedacht. Händsching, Handschuhe.«

Und zu ihrem Mann gewandt meinte sie: »Die Pfalz und das Elsass, das ist doch fast eins.«

Eine Kundin neben Anna zog die Brauen hoch, und Anna beeilte sich schnell hinzufügen: »Von der Sprache her, meine ich.«

Die Brauen der Kundin glätteten sich augenblicklich, als sie merkte, dass Anna offenbar nicht vorhatte, das Elsass zu besetzen.

Als Anna und Friedrich Gontard im Auto saßen und durch die Weinberge den Schleichweg entlangfuhren zum Windhof hin, fragte Anna: »Du, ich kam mir vorhin wie ein Banause vor. Was ist ein Riemerschmidhaus? Und hat Lalique auch Glas gemacht?«

»Na, Frau Kunstlehrerin und Ehefrau eines Antiquitätenexperten: Lalique hat doch diese Parfümflacons für Coty entworfen. Und sein Sohn, wie mir vorhin Georg erklärt hat, später dein *L'air du temps* für Nina Ricci.«

»Klar, das Taubenmotiv im Badezimmer. Aber wer ist eigentlich der Oberlehrer, doch im Moment du!«

Gontard ließ sich nicht aus dem Konzept bringen und dozierte: »Und der Richard Riemerschmid war auch so ein Allroundtalent, mehr noch vielleicht als Lalique. Architekt, Designer und Maler.«

»Und dein Jugendfreund wohnt in einem Haus, das Riemerschmid entworfen hat?«

»Und das vollgestopft ist mit Glas. Man darf gespannt sein auf das nächste Wochenende.«

»Wie der Guglhupf duftet«, wechselte Anna, die für ihre Gedankensprünge bekannt war, das Thema. »Lilli wird sich freuen, und mehr noch über die herrlichen *Macarons*. Zur Einstimmung auf Paris. Schade, dass sie morgen früh wieder weg muss.«

Während der Heimfahrt von der Südpfalz zum Vorderen Odenwald hingen Anna und Friedrich Gontard beide ihren Gedanken nach. Anna überlegte, was Georg Fuhrmann damit gemeint hatte, als er von dem geheimnisumwitterten Dörfchen Lützelbrunn gesprochen hatte. Und Friedrich Gontard musste wehmütig an seinen Heidelberger Freund Alfred Melzer denken, der vor einem halben Jahr ganz plötzlich an einem Herzinfarkt gestorben war. Doch wie seltsam das Leben ist. Ein Freund war gegangen, dafür ein anderer unerwartet nach so vielen Jahren wieder in sein Leben getreten.

3. KAPITEL

Ein Telefongespräch

Drei Tage vor dem geplanten Treffen in Lützelbrunn klingelte das Telefon. Rosa Brehm, die Haushaltshilfe der Gontards, war gerade im Flur mit Abstauben beschäftigt und reichte Gontard, der im Wohnzimmer die Zeitung las, den Hörer. Es war Georg Fuhrmann, der dem Freund vor dem geplanten Besuch noch einmal genau den Weg beschreiben wollte.

»So leicht ist es nicht, mich Waldschrat in meinem Glashaus im Wasgau zu finden. Wir wohnen etwas am Rand des Dörfchens unterhalb der Burg Lützelbrunn.«

»Lützelbrunn, der gleiche Name wie das Dorf?«

»Ja, so ist es. Die Burg ragt aus dem Wald heraus. Von Osten her, woher du kommst, leicht zu sehen. Das Glashaus liegt etwa zweihundert Meter unterhalb davon. Man erreicht es über einen gepflasterten Pfad, der recht holprig ist. Das Auto lässt du auf dem großen Privatparkplatz stehen, der ausgeschildert ist. Wir teilen uns den Parkplatz mit einem Nachbarn.«

»Das klingt ja wirklich nach Einöde. Ich hab mich eh schon gefragt, wieso ein renommierter Architekt wie Richard Riemerschmid dazu kam, im Wasgau eine Villa zu erbauen.«

»Unterschätze mir die Hinterwäldler nicht. Riemerschmid hat das Haus 1930 für einen guten Freund, einen Staatsanwalt im Ruhestand, gebaut. Es gibt noch ein Haus in der Südpfalz, das von Riemerschmid entworfen wurde. Es steht in Klingenmünster und war oder ist eine Arztvilla.«

»Interessant, wirklich. Ich kann es kaum erwarten, das Glashaus zu sehen, lieber Georg. Und natürlich die Lalique-Objekte.«

»Ja«, antwortete die Stimme am anderen Ende der Leitung. »Ich habe eine Vision, Friedrich, davon muss ich dir demnächst ausführlich erzählen. Aber hier mal schon ganz kurz: Ein Museum im nördlichen Elsass, in Wingen-sur-Moder, das wäre mein Traum. Ein Glasmuseum inmitten von grünen Weiden und friedlich grasenden Rindern. Da oben, wo René Lalique nach dem Ersten Weltkrieg seine Fabrik betrieb, ein Museum zu gründen, das ist mein Ziel.«

Friedrich Gontard kam nicht zu Wort, der Freund schwärmte weiter von seiner Vision, so beseelt war er von seinem Lebenstraum.

»Entschuldige. Ich bin ein Spinner. Ich bräuchte zunächst mal Sponsoren, um meine Idee umsetzen zu können. Und viel Zeit. Ich vergesse manchmal, wie alt ich bin. Und wichtiger als die Vision ist meine Mission. Viel wichtiger.«

»Welche Mission?«, fragte Friedrich Gontard schnell dazwischen, bevor der Freund, ein wenig atemlos, fortfuhr: »Das verrate ich nicht hier am Telefon. Wie ich schon im Café *Rebert* angedeutet habe: Du wirst eine Überraschung erleben, und diese Überraschung hat mit meiner Mission zu tun. Weniger mit meiner Vision.«

»Du bist rätselhafter als die Sphinx.«

»So soll es sein. Aber ich meinerseits bin auch gespannt auf deine Rätsel, lieber Friedrich. Ein ehemaliger Kripochef, dazu ein Antiquitätenliebhaber, das ist eine seltene Mischung. Der Gesprächsstoff wird uns nicht ausgehen in den nächsten Jahren. Es schellt an der Tür. Ich muss Schluss machen. Bis zum Wochenende. Ich freue mich auf euch, ich freue mich auf dein erstauntes Gesicht.«

»Wegen der Überraschung?«

»Ja«, erwiderte Georg Fuhrmann und legte auf.

Rosa Brehm kam ins Wohnzimmer.

Ganz zaghaft und ein wenig servil, wie es ihre Art war, sagte sie: »Ich müsste Herrn Gontard jetzt hinausbitten. Ins Arbeitszimmer vielleicht? Ich möchte nun doch hier saubermachen.«

Rosa Brehm war die Nachfolgerin von Karin Bickel, die ihr Glück gefunden hatte in Gestalt eines netten Mannes aus den neuen Bundesländern. Sie hatten geheiratet, und sie war mit ihren Kindern nach Ludwigslust in Mecklenburg-Vorpommern gezogen.

Rosa Brehm war eine zierliche Frau von dreiundsechzig Jahren und wohnte am äußersten Ende von Hohenkirch. Sie stammte aus Reichenberg in Böhmen, ihre Eltern waren Textilarbeiter gewesen, und sie hatte als Kind Schreckliches mitgemacht bei der Vertreibung.

Anna war in der Schule, wenn Rosa Brehm zweimal die Woche zum Putzen kam. In Friedrich Gontard fand sie einen geduldigen und interessierten Zuhörer, wenn sie von ihren Kriegserlebnissen erzählte.

Friedrich Gontard schnappte seine Zeitung und seine Schachtel Zigarillos. »So, liebe Frau Brehm, nun können Sie nach Herzenslust wirken. Ich mache uns derweil einen schönen englischen Tee, und dann setzen wir uns noch ein bisschen zusammen. Sie sind ja ganz außer Atem. Ich verordne Ihnen eine Pause. In zehn Minuten etwa?«

Rosa Brehm lächelte, zumal der kleine Hund Belami, der in seinem Körbchen in der Ecke zum Esszimmer geschlafen hatte, schwanzwedelnd auf sie zukam. Sie nahm ein Leckerli aus ihrer Schürzentasche und sagte: »Gib Pfötchen, Belami.« Belami war der Nachfolger von Willi, dem großen weißen Zottelhund, der vor drei Jahren gestorben war. Ein Jahr später, beim

Frankreichurlaub, war Belami den Gontards zugelaufen. In Montauroux im Hinterland von Fréjus, wo Anna und Friedrich jedes Jahr ihre Ferien verbrachten, war ihnen ein kleiner Hund aufgefallen, der verloren umherirrte, während sie im *Café du Centre* ihren Pastis tranken. Als sie den Kleinen auch am nächsten Tag in den Gassen herumstreunen sahen und der Wirt des Cafés meinte, er gehöre allen, nahmen Anna und Friedrich das herrenlose Tier kurzentschlossen mit in ihr Ferienhaus. Ein Hund, der allen gehört, ist das unglücklichste Wesen auf der Welt. »Ein Hund will eine Familie haben«, sagte Anna, und Willis Nachfolger wurde verstaut und mit nach Hohenkirch genommen. Verlaust, zerzaust und hungrig wie er war, hatte er sich bald zu einem gesunden und hübschen kleinen Hausgenossen gemausert. Er war ein nougatfarbener Spanielmischling mit glänzendem Fell, und Lilli war für die Namensgebung zuständig. Da sie sich im Studium gerade mit den Novellen und Romanen von Guy de Maupassant beschäftigte und ein Referat über *Bel Ami* schrieb, setzte sich »Belami« gegen »Nougat« durch.

Beim Teetrinken fragte Rosa Brehm: »Wissen Sie, Herr Gontard, weshalb ich Belami so sehr ins Herz geschlossen habe? Das habe ich Ihnen noch gar nicht erzählt.«

Und sie war wieder bei ihrem Lieblingsthema angekommen, ihrer Kindheit in Böhmen, die so jäh endete mit der Vertreibung aus Reichenberg. Und automatisch verfiel sie in ihren böhmischen Dialekt, der sich durch ihre Ehe mit einem echten Hohenkirchener und das Leben im Odenwald etwas verloren hatte.

»Der Belami, der erinnert mich a bisserl an meinen Hund Carel. Ich hab ihn zurücklassen müssen. Wer hätte auf der Flucht ein Hunderl gebraucht? Eine liebe böhmische Nachbarin, die Božena Kohout, hat sich erbarmt, hat das Hundle genommen.

Die Augen, wie er mir nachg'schaut hat, Herr Gontard. Die Augen werd ich nimmer vergessen. Das Herz hat's mir zerrissen.«

Sie trank einen Schluck Tee, entschuldigte sich: »So rührselig bin i gworden, Herr Gontard. Tut mir leid.«

»Aber Frau Brehm, das ist nicht rührselig. Es gibt keinen Grund, sich zu entschuldigen. Ich weiß, der Krieg hat nicht nur über die Menschen so viel Unglück gebracht. Ich hab mir oft vorgestellt, wie das war, wenn die Menschen ihre Tiere zurücklassen mussten. Entsetzlich. Wissen Sie, bei mir kommt all das Schreckliche vom Krieg immer mehr hoch, je älter ich werde. Ob ich will oder nicht. Früher hat man ja alles verdrängen müssen.«

Und er schenkte ihr Tee nach, während sie Belamis Fell streichelte.

»Ja, je mehr man es zurückschieben will, umso mehr will's raus.«

Ja, dachte Friedrich Gontard bei sich. Genauso ist es. Wir werden die Schatten der Vergangenheit nicht los, wir von der Kriegsgeneration. Und er fragte sich, ob auch die Überraschung, von der sein alter Freund Georg Fuhrmann gesprochen hatte, mit den Schatten der Vergangenheit zu tun hatte.

Belami machte einen Satz und landete auf Rosa Brehms Schoß.

»Carel, du Lieber«, sagte sie. »Ach, ich Dumme. Belami meine ich.«

Sie nahm ihn in die Arme und trug ihn in sein Körbchen. »Aber nun muss ich zurück an die Arbeit.«

Und damit schubste sie Friedrich Gontard behutsam, aber bestimmt aus dem Wohnzimmer.

4. KAPITEL

Mord im Glashaus

Am Sonntag fuhren Anna und Friedrich Gontard bei sonnigem Herbstwetter gleich nach dem Mittagessen über den Rhein in den Wasgau. Belami hatten sie vorher zu Rosa Brehm gebracht, die ihn überglücklich in Empfang genommen hatte. Ein langer Spaziergang würde beiden gut tun, und der kleine Hund würde Rosa Brehm, die nach dem Tod ihres Mannes vor einem Jahr allein und zurückgezogen in ihrem Häuschen am Ende des Dorfes wohnte, für ein paar Stunden die Einsamkeit vertreiben.

Jenseits des Rheins erwartete die Gontards ein anderes Wetter. Schon hinter Speyer begann es in Strömen zu regnen, und bei Bad Bergzabern musste Gontard wegen Aquaplaning ausgesprochen langsam fahren. Die gewundene Landstraße, die nach Lützelbrunn führte, war löchrig und holprig. So abenteuerlich hätten sie sich die Fahrt nicht vorgestellt, und als sie endlich das Haus gefunden hatten, waren sie schon zwanzig Minuten über die vereinbarte Zeit hinaus. Dem Pünktlichkeitsfanatiker Friedrich war dies peinlich, doch Anna meinte lakonisch: »Nimm es locker. Gegen höhere Gewalt ist man machtlos.«

Der Privatparkplatz, auf dem sich große Pfützen gebildet hatten, war mit einem Schild gekennzeichnet: *Fuhrmann-Blenker* unter einem großen *P*.

Drei Autos waren auf dem Parkplatz abgestellt: Ein dunkelgrauer Mercedes und ein weißer BMW, beide mit dem Kennzeichen SÜW für südliche Weinstraße und ein englischer Wagen, ein blauer Vauxhall mit dem gelben Nummernschild MK09LYJ.

Anna holte den großen Regenschirm aus dem Kofferraum, und eingehakt gingen die beiden einen steinernen Pfad hoch, der tatsächlich so unwegig war, wie Georg Fuhrmann ihn am Telefon beschrieben hatte. Zwischen Tannen lugte die Burg hervor, und darunter nahm man das Dach des Glashauses wahr. Es war ein hübsch geschwungenes Dach, wie es den Häusern aus der Zeit zwischen den Kriegen eigen war, mit einem Mansardenfenster und kleinen Fensterscheiben.

Als Friedrich Gontard das weiß gestrichene Gartentor aufstieß, sah er am Eingang der Riemerschmid-Villa ein Paar stehen. Die Frau war gerade dabei, den Regenschirm zuzuklappen, und der Mann neben ihr klingelte.

Der Eingang war so gestaltet, dass der über der Eingangstür liegende Balkon des ersten Stockwerks ein Vordach bildete, das von zwei abgerundeten Seitenpfeilern getragen wurde und der Fassade den Eindruck von Geborgenheit und Harmonie verlieh. Dieses Gefühl von Harmonie und Frieden wurde durch die Bepflanzung noch verstärkt, denn gepflegte Buchsbäumchen in alten weißgestrichenen Holzkübeln waren in regelmäßigen Abständen entlang des mit Kies belegten Weges aufgestellt. Alles wirkte geschmackvoll und wohlgeordnet, ohne die langweilige, übermäßige Akkuratesse vieler deutscher Gärten.

Hinter dem Haus standen uralte Kastanienbäume. Unerlässlich für ein Südpfälzer Ambiente.

»Zum Glück keine Tannen«, flüsterte Anna, welche diese düsteren Bäume verabscheute.

Sie waren nun am Eingang der Villa angekommen, und Anna

klappte den Schirm zu. Das Vordach war groß genug, um außer dem bereits angekommenen Paar auch noch die Gontards vor dem Regen zu schützen.

Georg Fuhrmann hatte von anderen Besuchern gesprochen. Stimmt, dachte Friedrich Gontard. Er hatte es wieder vergessen. Der Mann und die Frau trippelten ungeduldig hin und her, denn niemand erschien, um die Tür zu öffnen.

Der Mann, der geklingelt hatte, fragte die Neuankömmlinge mit leicht englisch gefärbtem Akzent: »Sie sind ebenfalls Gäste?«

Er war mittelgroß und schlank, fast hager, und seine grauen Haare waren stark gelichtet.

Die Frau, ebenfalls wie der Mann in Friedrichs Alter und auffallend elegant gekleidet, hatte fülliges, dunkles, lockiges Haar, das mit einigen grauen Strähnen durchzogen war. Ihre braunen Augen blickten hellwach und intelligent aus ihrem Gesicht, das einen leicht olivfarbenen Teint hatte. Es war das Gesicht einer Frau, deren Schönheit die Zeit wenig hatte anhaben können.

Sie musterte Anna und Friedrich Gontard aufmerksam, und plötzlich rief sie aus: »Friedrich. Das ist doch Friedrich Gontard.«

»Und du musst Lotte sein. Lotte Simon. Noch schöner als früher.«

Er sah den Mann neben Lotte Simon genauer an.

»Jakob Mendelssohn?«

»Früher ja. Heute: James Mendel. Ich bin Engländer geworden.«

Anna, die hinter ihrem Mann stand, schüttelte den Schirm aus und stellte ihn an einem der Pfeiler ab, welche den Eingang flankierten.

»Ein kleines Klassentreffen ist das, wie es scheint«, sagte sie.

Die wiedergefundenen Schulfreunde umarmten sich, beteuerten, wie überrascht sie waren, einander auf diese Weise zu begegnen.

»Aber wo bleibt Georg? Wir läuten schon seit zehn Minuten. Wir haben uns auch ein bisschen verspätet, aber er müsste uns doch schon bemerkt haben.«

»Vielleicht geht die Klingel ja nicht richtig«, vermutete Anna.

Jakob Mendelssohn alias James Mendel läutete noch einmal anhaltend, aber es regte sich nichts im Haus.

»Komisch. Wir sollten mal zum Hintereingang gehen, vielleicht haben wir die Zeit falsch verstanden und er erwartet uns später und hat sich etwas hingelegt«, meinte Friedrich Gontard.

Der Regen hatte inzwischen aufgehört, und die vier Besucher gingen nach rechts, wo ein zweites kleineres hölzernes Gartentor, ebenfalls weiß gestrichen, zu einem Pfädchen führte, das eng am Haus entlang verlief. Durch die Kastanienbäume hindurch schimmerte die gelbliche Silhouette eines benachbarten Anwesens. Die Rückseite des Hauses war noch hübscher als die Vorderfront. Eine Steintreppe führte in elegantem Schwung zu einer Loggia hinauf, deren Glasscheiben klein unterteilt waren und hinter denen exotische Pflanzen den direkten Blick ins Innere verwehrten. Friedrich Gontard klopfte an die Verandatür und rief mehrmals Hallo, doch er bekam keine Antwort. Er drückte die Türklinke herunter, doch die Tür war verschlossen. Er näherte sein Gesicht der Glasscheibe, hielt beide Hände an die Augen, um so vielleicht doch einen Blick ins Innere werfen zu können.

Was er sah, genügte, um ihm zu sagen, dass hier etwas nicht in Ordnung war.

In dem kleinen Vorraum der Loggia nahm er einen zerbrochenen Spiegel wahr, einen umgeworfenen Stuhl und ein Durcheinander von allerhand Papieren und Aktenordnern, die auf dem Boden verstreut waren.

»Wir müssen da rein. Da ist was passiert«, rief er den drei anderen zu, die etwas weiter unten an der Treppe warteten und besorgt zu ihm aufschauten.

»Da, durch das kleine Fenster können wir rein, das ist nur angelehnt.« Anna hatte das seitliche Fenster, vielleicht ein Fenster zum Bad, entdeckt.

Wäre die Situation nicht so prekär gewesen, man hätte die Szene als Beobachter kriminell oder sogar lächerlich finden können: ein älterer, nicht mehr ganz schlanker Herr, der mit Hilfe eines anderen älteren Herrn in ein Haus einstieg, während zwei Frauen Schmiere standen.

Als Friedrich Gontard gerade dabei war, das Fenster aufzustoßen und sich mit einem Ruck auf das Fensterbrett zu schwingen, ertönte vom Nachbargrundstück her eine Stimme: »Was tun Sie denn da?«

Ein Mann von etwa Mitte fünfzig, die grauen Haare nach hinten zu einer Art Pferdeschwanz weggebunden, stand breitbeinig mit verschränkten Armen auf dem nahen Rasen.

»Da muss was passiert sein. Herr Fuhrmann öffnet nicht. Wir sollten uns um drei Uhr hier bei ihm einfinden.«

Der Mann überquerte den Rasen und ging auf die Gruppe zu. Zwischen den Grundstücken gab es keinen Zaun, sondern eine nur an einer Stelle unterbrochene Ligusterhecke.

»Bertram Blenker, Nachbar«, stellte sich der Mann kurz angebunden vor. Friedrich Gontard erinnerte sich nun, den Namen Blenker auf dem Parkplatzschild gelesen zu haben.

»Was soll da passiert sein? Hier passiert nie was.«

Er lachte trocken auf, doch als wolle er sich für seine Ruppigkeit und die Ironie seiner Worte entschuldigen, lenkte er ein: »Vielleicht macht er ja sein tägliches Mittagsschläfchen und hat sich in der Zeit vertan.«

»Aber ich habe einen umgeworfenen Stuhl gesehen, viel

Unordnung im Zimmer hinten an der Loggia. Und zerbrochenes Glas.«

»Lassen Sie mich mal«, sagte der Nachbar zu Friedrich Gontard, der halb zwischen Himmel und Erde schwebte und sich nicht sehr elegant nach unten hievte, unterstützt von James Mendel.

Als wolle er sagen: Ich bin immerhin noch nicht so alt wie Sie und zudem schlanker, schob der Nachbar Friedrich Gontard zur Seite, schwang sich vom Sockel auf das Fenstersims.

»Ich öffne die Verandatür«, rief er laut und verschwand im Inneren des Hauses.

Die vier Besucher gingen zur hinteren Treppe zurück und warteten. Sie warteten lange, und nach einer, wie es ihnen schien, halben Ewigkeit wurde ein Riegel von innen weggeschoben und die Verandatür geöffnet.

Ein völlig verstörter Mann stand vor ihnen, sprach wie in Trance und zu sich selbst: »Grauenhaft. Es ist einfach grauenhaft.«

Die beiden Männer, Friedrich Gontard und James Mendel, wollten die Frauen zurückhalten, die dicht hinter ihnen folgten, doch es war schon zu spät. Von der kleinen Loggia aus sah man ins Innere eines riesigen Raums. Auf dem Boden lag eine Gestalt in einer Blutlache inmitten des verwüsteten Zimmers. Anna schrie auf, Friedrich Gontard nahm sie in die Arme und barg ihr Gesicht an seiner Brust.

Lotte Simon kniete schon neben der toten Gestalt.

»Georg?«, stammelte sie fragend, als sei sie sich nicht ganz sicher, ob der Tote wirklich der Freund aus Schultagen war.

Georg Fuhrmann war grausam zugerichtet. Eine Zeitungsüberschrift ging blitzschnell durch Friedrich Gontards Kopf. Es war ihm, als habe er diesen Toten schon gesehen, an einem anderen Tatort, doch auf die gleiche Art ermordet.

Mit einer Drahtschlinge erdrosselt …

Doch er hatte in Wirklichkeit noch nie einen Garottierten gesehen während seiner langen Laufbahn als Chef der Ludwigshafener Kripo. Er kannte diese Art des Tötens von Bildern her, von alten Gemälden in Kunstbüchern und Kunst- und Antiquitätenkatalogen.

Das hast du nicht verdient, mein Freund, dachte Friedrich Gontard. Doch wie absurd, dieser Gedanke. Wer hatte schon einen solchen Tod verdient?

»Nichts anfassen«, hörte sich Friedrich Gontard sagen, und es schien ihm, als sage das nicht er, sondern ein Fremder. Einer, der den Toten nicht gekannt hatte, der nur funktionierte, wie man in einer solchen Situation eben zu funktionieren hat. Nicht als Freund, sondern als Polizist.

»Ich kümmere mich darum, dass die Mordkommission in Ludwigshafen benachrichtigt wird«, sagte Friedrich Gontard. Blenkers verwunderter Blick machte wohl eine Erklärung notwendig: »Um Mord handelt es sich ja zweifelsfrei.«

Und fast beiläufig ergänzte Gontard: »Ich war vor sieben Jahren noch Kripochef in Ludwigshafen.«

»Ach ja?«, fragte Bertram Blenker fast ungläubig und mit einem Unterton, der fast kränkend gewesen wäre, hätte Friedrich Gontard die Zeit gehabt, ihn näher zu interpretieren.

»Benachrichtigen Sie doch bitte die örtliche Polizei, Herr, Herr …« Friedrich Gontard hatte in der Eile den Namen des Nachbarn vergessen.

»Blenker. Bertram Blenker.« Die Antwort kam trotzig, fast beleidigt, so als müsse jeder diesen Namen sofort parat haben und bei seiner Nennung strammstehen. Wie bei einer Berühmtheit.

Die beiden Frauen waren mit James Mendel aus dem Zimmer geführt worden.

Friedrich Gontard benachrichtigte die Kripo in Ludwigshafen vom Geschehen. Dann ging er in das Zimmer zurück. Erst jetzt nahm er die Szene im Einzelnen wahr.

Das Zimmer, das wohl als Wohn- oder Arbeitszimmer gedient hatte, war größtenteils verwüstet. Bücher waren von den Regalen gefegt worden, offenbar voller Wut. Doch es kam noch schlimmer: Zwei große Vitrinen waren zertrümmert und ihr Inhalt, ebenfalls gläserne Gegenstände, lag zerbrochen am Boden.

»Die Lalique-Sammlung«, flüsterte Friedrich Gontard. Er schlug sich entsetzt und ungläubig die Hände vors Gesicht. Widerwillig besah er sich, was da im Einzelnen zerschlagen worden war.

Parfümflakons mit floralen Mustern oder Tiermotiven: Tauben und Libellen und Schwalben. Eine rote Vase mit einem Schlangenmotiv, eine Fische-Fontäne. Ein zerbrochenes Parfümfläschchen, das eine wunderhübsch stilisierte Zikade in Gold und Bronze darstellte, lag neben der Fontäne. Eine gläserne Pendule in Gestalt einer nackten Frau und eines nackten Mannes, hell und dunkel, Tag und Nacht, genau in der Mitte entzweigehauen. Sie waren vom Sockel getrennt, die Uhr zerschmettert. Sie zeigte auf halb elf. Friedrich Gontard stutzte. Dies konnte ein wichtiges Indiz sein.

Die gläserne Statue einer hübschen nackten Frau, die mit einem Faun tändelte, war wie die Uhr in zwei Teile geborsten: Der linke Arm der Frau, die sich in sinnlicher Pose darbot, war verschwunden, vielleicht beim Zerspringen unter einem Möbelstück gelandet.

Da, eine gläserne Madonna. Ein tiefer Riss ging durch die zierliche Gestalt. Daneben auf dem Boden eine Christusfigur am Kreuz. Nur ein kleines Stück am unteren Ende des Kreuzes war abgesplittert, doch es genügte, um das einstige Kunstwerk für Sammler völlig wertlos zu machen.

Eine Tischlampe aus gerilltem Glas, gekrönt von zwei eleganten Pfauen, lag umgekippt auf einem Tischchen vor dem Sofa. Eine Fülle an Fantasie und überquellendem Ideenreichtum hatte all diese gläsernen Objekte entstehen lassen, doch nicht eines dieser Kunstwerke war unversehrt geblieben.

Die Bücher, die in wildem Durcheinander auf dem mit dicken kaukasischen Teppichen bedeckten Fußboden verstreut waren, hätte Gontard, der Bücherfreund, gerne wieder ordentlich in die Regale zurückgestellt, welche wie in einer Bibliothek zwei Wände des Raumes von oben bis unten ausfüllten. Aber er durfte nichts anrühren, nur schauen.

Er überflog mit geschulten Blicken einige der Buchtitel: Da lag auf dem Teppich der diesjährige Bestseller von Daniel Goldhagen *Hitlers willige Vollstrecker* und *Die Banalität des Bösen* der Philosophin Hannah Arendt, ebenfalls ein Bestseller, den sie nach ihrer Teilnahme an den Eichmannprozessen geschrieben hatte und der ihr solch große und – wie Friedrich Gontard fand – ungerechte Kritik eingebracht hatte. Der Autor Simon Wiesenthal war vertreten und Buchtitel über hingerichtete Widerstandskämpfer gegen das Naziregime, den Karlsruher Juristen Ludwig Marum und den saarländischen Bergmann Josef Wagner. Elisabeth von Thadden, Lilo Herrmann, Gertrud Lutz, Erika von Brockdorff. Die Geschwister Scholl. Die Bewegung der *Roten Kapelle*. Eine Biographie über Edith Stein, die konvertierte Jüdin und Märtyrerin.

Eine Broschüre über Gurs. Ein Band über das Hugenottenstädtchen Le Chambon-sur-Lignon im Zentralmassiv: *Dass nicht unschuldig Blut vergossen werde*. Daneben ein Buch über Izieu bei Lyon, eine weitere Rettungsstation für zuvor in Gurs internierte jüdische Kinder.

Hatte Georg Fuhrmann nicht berichtet, dass Lotte Simon nach Izieu gekommen war?

Dort drüben, neben und vor den Vitrinen, dachte Friedrich Gontard, all das zerbrochene Glas, Sinnbild für Georg Fuhrmanns zerstörte Vision eines Museums in Wingen-sur-Moder im nördlichen Elsass. Und hier, all diese chaotisch auf dem Teppich verstreuten Bücher, Zeugen von Georg Fuhrmanns Mission? »Ich bin da an was dran«, hatte er am Telefon gesagt. Was hatte er damit gemeint? Wer hatte einen solchen Hass auf die Vision oder die Mission des Toten oder auf beides gehabt, dass er nicht nur den Menschen, sondern auch die Objekte zerstören musste, die beides symbolisierten?

Aus der Küche hörte man die gedämpften Stimmen von Anna, Lotte Simon und James Mendel. Warum waren James und Lotte von Georg eingeladen worden? Warum hatte Georg Fuhrmann auch ihn, den Schulfreund, eingeladen? Von einer Überraschung hatte er gesprochen und auf makabre Weise war diese Überraschung geglückt.

»Typisch Dorfpolizei«, platzte Bertram Blenkers Stimme in Friedrich Gontards Gedankengänge hinein. »Der Dorfpolizist ist plötzlich erkrankt. Er liegt mit hohem Fieber im Bett seit heute Morgen, wie seine Frau berichtet. Da müssen wir auf Ihre Kripoleute warten.«

»Es sind nicht mehr meine Kripoleute. Ich bin jetzt Privatmann, habe abgedankt«, entgegnete Friedrich Gontard.

»Und nun sollte man doch auch Gerlinde und Alexander benachrichtigen, oder?«

Gontard blickte den Nachbarn fragend an. Es wurde ihm jetzt erst bewusst, dass er nichts über Georg Fuhrmann wusste.

»Ach, Sie kennen die Familie nicht richtig, oder? Gerlinde ist die Frau des Toten, Alexander sein Sohn. Der studiert politische Wissenschaften in Mannheim. Oder Jura? Das mit den Anrufen mache ich schnell, ich kenne die Nummer von Alexander und auch die Nummer von Gerlindes Mutter in Heppenheim.«

»Ja, Georg Fuhrmann habe ich zufällig nach Jahrzehnten in einem Café wiedergetroffen, wir sind Schulfreunde. Ich weiß wirklich nichts über seine Familienverhältnisse. Er hat meine Frau und mich eingeladen und da waren auch die beiden anderen vor der Tür gestanden, ebenfalls Klassenkameraden von früher.«

»Und Pia sollte ich auch anrufen.«

»Wer ist Pia?«

»Pia Tschukke, sie wohnt hier im Ort und arbeitet als Mädchen für alles. Und noch dies und das.«

Täuschte sich Gontard, oder war der letzten Äußerung Bertram Blenkers eine Idee Zynismus beigemischt? Man wusste es nicht bei diesem Mann. Friedrich Gontard konnte sich keinen Reim auf ihn machen.

»Also, ich ruf jetzt mal bei den Leuten an.«

Er kennt sich gut im Hause Fuhrmann aus, dachte Friedrich Gontard.

Als könne Bertram Blenker Gedanken lesen, sagte er: »Wir sind befreundet. Befreundete Nachbarn. So was soll es schon mal geben.«

Schon wieder diese Ironie. Bevor Friedrich Gontard etwas antworten konnte, war Bertram Blenker schon draußen im Flur. Friedrich Gontard, dessen Gehör neuerdings zu wünschen übrig ließ, konnte nur vom Tonfall her erraten, mit wem er gerade sprach: Zunächst beschwichtigend mit der Ehefrau des Toten. Dann kurz und knapp mit dem Sohn.

Der Nachbar kam zurück. »Gerlinde ist geschockt. Sie wird sich sofort ins Auto setzen und hierherkommen. Heppenheim ist ja nicht so weit. In anderthalb Stunden wird sie hier sein, vielleicht früher. Pia ist nicht zu erreichen. Aber die ist nicht so wichtig. Alexander war nicht daheim. Ich habe ihm auf den AB gesprochen, dass er sich melden soll.«

Friedrich Gontard wollte sich über den saloppen Ton aufregen, aber Bertram Blenker ließ ihm keine Zeit dazu. Er ließ sich gemütlich auf dem Sofa nieder, das zwischen den Buchregalen in der Ecke stand.

Die Stimmen aus der Küche drangen als Bienengesumm an Friedrich Gontards Ohr. Anna, Lotte Simon und James Mendel schienen sich trotz der Katastrophe in Normalität zu üben. Bei einer Tasse Kaffee glückte das manchmal inmitten schlimmster Ereignisse.

Bertram Blenker fuhr sich durchs graumelierte Haar und rückte seinen schütteren Pferdeschwanz zurecht.

»Ich habe ihm immer geraten, sich von der Antiquitätenmafia fernzuhalten. Er hat über meine Warnungen nur gelacht.«

»Sie meinen?«

Friedrich Gontard war dabei, sich ein Zigarillo anzustecken, als Bertram Blenker ihn unwirsch anfuhr: »Machen Sie Ihren Glimmstängel aus! Sofort!«

»Ach, Sie gehören auch zu den Nichtrauchern?«

Der sonst immer höfliche Friedrich Gontard konnte sich die Bemerkung nicht verkneifen.

»Ich will nicht ewig leben«, fügte er lächelnd hinzu.

»Aber ich«, gab Blenker barsch zurück.

»Ewig und immer wieder neu. Ich hatte schon mehrere Leben«, ergänzte er im Brustton der Überzeugung.

Auch das noch, dachte Friedrich Gontard. Bestimmt sagt er mir nun gleich, dass er Alexander der Große, Napoleon oder Einstein gewesen ist.

Im Gefühl, seiner Freiheit beraubt zu sein, stupste er sein Zigarillo im gläsernen Aschenbecher aus, der auf dem Tischchen vorm Sofa stand. Mit hübschen Schmetterlingsmotiven versehen, schwer und massiv, hatte dieses Kunstobjekt relativ schadlos die Zerstörungsorgie überstanden und nur eine kleine Macke an einer Ecke abbekommen.

Das brachte ihn zu seiner Frage zurück: »Sie meinen, Georg Fuhrmann sei von einer Mafiabande umgebracht worden? Aber warum hat man dann die Pretiosen alle zerstört, anstatt sie zu rauben? Ich sehe keine Logik darin.«

Bertram Blenker zuckte mit den Schultern und Friedrich Gontard schwieg ebenfalls. Er hatte keine Lust, mit diesem Mann, der ihm unsympathisch war, Mutmaßungen anzustellen über etwaige Zusammenhänge dieses Mordes mit jenem in Seebach im Elsass. Abwegig war es nicht, es gab einige Parallelen: die Todesart, die verwüstete Einrichtung.

Die *Police Judiciaire* in Straßburg würde benachrichtigt werden müssen. Eine Zusammenarbeit mit den französischen Kollegen, das war es, was Friedrich Gontard vorschlagen würde. Die Abordnung aus Ludwigshafen würde vielleicht in einer halben Stunde eintreffen. Friedrich Gontard war gespannt auf diesen Kollegen, den er nur vom Hörensagen kannte: Udo Schwerdtfeger, ein junger Mann von noch nicht vierzig Jahren, der sein Nachfolger als Kripochef geworden war. Gontard hatte sich bei seiner Pensionierung geschworen, nie, wirklich nie wieder das Kommissariat zu betreten, noch nicht einmal zu Jubiläumsveranstaltungen,Weihnachtsfeiern und sonstigen Anlässen.

Le roi est mort. Vive le roi.

Der alte König hatte abgedankt und würde die Kreise des neuen Königs nicht stören. Und es war gut, dass er sich an das Gebot gehalten hatte. Es gab Gerüchte, wonach Udo Schwerdtfeger ein rigoroses Regiment führte, eine nicht sehr glückliche Hand hatte in Menschenführung, die Mitarbeiter vor den Kopf stieß und auch von Unsauberkeiten munkelte man. Akten und Beweise waren aus der Asservatenkammer verschwunden.

Schlamperei oder bewusste Manipulation? Zudem war die Aufklärungsquote für Verbrechen seit Gontards Pensionierung gesunken.

Udo Schwerdtfegers Stuhl wackelte bedenklich, so hatte es vor kurzem Carmen Buchenauer, Gontards ehemalige Sekretärin, am Telefon ausgedrückt. Carmen Buchenauer hatte schon länger ihren Dienst quittiert, weil sie, wie sie es in ihrem unverblümten Kurpfälzer Dialekt formulierte, »mit dem Stockfisch net klorkumme iss«.

Friedrich Gontard war froh gewesen, mit Udo Schwerdtfeger nie etwas zu tun haben zu müssen und nun sollte es doch anders kommen. Ironie des Schicksals? Denn dass er, Friedrich Gontard, in diesen Mordfall als Zeuge verwickelt war, das war unbestritten. Er verordnete sich schon jetzt Abstinenz, Gelassenheit und Besonnenheit im Umgang mit seinem Nachfolger.

5. KAPITEL

Der Nachfolger

»Wollt ihr nicht auch einen Kaffee oder einen Tee?«

Anna stand in der Tür, wendete bewusst die Augen ab von dem Bündel Mensch am Boden, das mit einer Wolldecke verhüllt war.

»Ein Whisky wäre mir lieber«, entgegnete Bertram Blenker und lachte. »Ein doppelter.«

Typisch, dachte Friedrich Gontard. Das ist vielen militanten Nichtrauchern eigen, dass sie den Tabak verteufeln und den Alkohol verharmlosen. Es lag ihm auf der Zunge, eine Bemerkung in diese Richtung fallen zu lassen, doch er beherrschte sich. Er merkte, dass ihm dieser Mann immer unsympathischer wurde.

Blenker erhob sich mit einem Ruck von seinem Platz auf dem Sofa und ging schnurstracks auf ein Schränkchen zu, in dem sich mehrere Spirituosen und Gläser befanden.

»Der Hausherr würde es erlauben«, scherzte er mit einem kurzen Blick auf den Toten. »Bevor die SpuSi nicht hier war, fasst hier keiner ein Glas an«, wies ihn Gontard zurecht. Beleidigt schnappte Blenker eine Flasche Bourbon und ging Richtung Küche.

Gontard griff nach seinem Zigarillo und mit einem trotzigen Gesichtsausdruck, fast wie ein Schuljunge, der dem gestrengen Lehrer ein Schnippchen schlägt, steckte er sich sein angerauchtes Zigarillo an, das er im Aschenbecher abgelegt hatte.

Sein Blick fiel auf ein Buch, das mit dem Label *Bestseller* versehen war. Ohne es anzufassen, las er den Titel: *Glücklichsein leicht gemacht. 10 Rezepte für ein selbstbestimmtes Leben.*

Diese Bücher überschwemmen neuerdings den Markt, dachte Gontard. Wie unglücklich müssen die Menschen sein, wenn sie schon Rezeptbücher fürs Glücklichsein brauchen! Er schrak förmlich zurück, als er den Namen des Autors las, der in großen Lettern das Buchcover zierte: Bertram Blenker. Daher also die beleidigte Reaktion, als vorhin keiner ausrief: »Ach, *Sie* sind Bertram Blenker, der Erfolgsautor?«

Was Friedrich Gontard für Ironie im Verhalten Blenkers gehalten hatte, war pure Eitelkeit und Selbstverliebtheit.

»Ja, wann kommen denn die lieben Kollegen aus Ludwigshafen?«

»Ist halt Wochenende. Typisch für Beamte.«

Es klingelte Sturm an der Haustür und Gontard konnte seinen Kommentar auf die letztere Bemerkung des Herrn Bestsellerautor nicht loswerden.

Der »gesamte übliche Tross«, wie Gontard immer zu sagen pflegte, traf ein und es war nun endgültig vorbei mit der Ruhe. Der ehemalige Kripochef wurde in seiner Vermutung bestätigt, dass er nicht einen einzigen von der ganzen Mannschaft mehr kannte. Das gesamte Morddezernat schien in den letzten Jahren ausgewechselt worden zu sein. Die Männer der Spurensicherung gingen gerade eifrig zu Werk, als einer von ihnen hocherfreut ausrief: »Ach, der Chef«, auf Friedrich Gontard zueilte und ihm herzlich beide Hände schüttelte.

»Peter Pfannhuber? Wie schön, dass es doch noch ein bekanntes Gesicht gibt in der Truppe.«

Ein dunkelhaariger Mann um die vierzig betrat das Zimmer.

Er musste die Worte von Peter Pfannhuber mitbekommen haben, denn streng wies er diesen zurecht: »Sie müssen sich in der Person geirrt haben. Ihr Chef bin ich.«

Bevor der Zurechtgewiesene sich erklären konnte, antwortet Friedrich Gontard für ihn: »Herr Pfannhuber meinte wohl ›alter Chef‹. Ich bin Friedrich Gontard, Ihr Vorgänger.«

Udo Schwerdtfeger musterte den »alten Chef« von oben bis unten und fragte ihn: »Was tun Sie am Tatort?«

Es klang wie ein Vorwurf, fast wie eine Anklage. Friedrich Gontard konterte:

»Also, junger Mann, wenn Sie schon so direkt fragen: Ich bin weder als Mörder hier noch als Detektiv, sondern schlicht und einfach als Zeuge. Ich bin ein Schulfreund des Toten.«

Und in einem knappen und sachlichen Bericht schilderte er die Vorgänge und die Zusammenhänge, soweit sie ihm selbst klar waren.

Er stellte seinem Nachfolger die anderen drei Zeugen vor.

Bei den Worten »Dies ist Jakob Mendelssohn alias James Mendel« zog der junge Kripochef missbilligend und argwöhnisch die Augenbrauen hoch.

»Wieso alias?«

Nun war es an James Mendel, dem smarten Kripochef contra zu geben: »Ich habe meine Identität nicht freiwillig gewechselt, junger Mann, sondern ganz legal und bei vollem Bewusstsein darüber, dass ich als Überlebender des Holocaust nie mehr in Deutschland leben wollte. Ich zog es vor, Engländer zu werden und in England eine neue Existenz zu gründen. So wurde aus Jakob Mendelssohn der James Mendel, der vor Ihnen steht.«

»Schon gut«, bemerkte Udo Schwerdtfeger ein wenig kleinlaut und zuckte ein wenig mit den Schultern, als wolle er sagen: Eure alten Geschichten interessieren mich eigentlich nicht.

Mit einem Blick auf den Toten, der nun aufgedeckt dalag, sagte er: »Eine nette Art, ermordet zu werden. Drahtschlinge. Hatte ich noch nicht bisher. Neue Methode, nie dagewesen.«

Friedrich Gontard, der die ganze Zeit über seinen Arm um Anna gelegt hatte und sie von dem grässlichen Anblick abhielt, so gut es ging, erwiderte energisch: »Sie irren sich, mein lieber Herr Kollege. Eine neue Todesart keineswegs. Uralt und außerdem erst vor wenigen Tagen im Elsass praktiziert. An einem Antiquitätenhändler in Seebach bei Wissembourg. Ich hab es zufällig gelesen in den DNA.«

»In den DNA?« Die Lippen von Udo Schwerdtfeger waren spöttisch gekräuselt: »Heißt es nicht in *der* DNA?«

»Ich meine in dem Fall die elsässische Zeitung *Dernières Nouvelles d'Alsace*.«

Der junge Kripochef musste immer das letzte Wort haben, denn er fragte schnippisch: »Muss man das wissen?«

»Ich hätte das auch nicht gewusst«, mischte sich Bertram Blenker, der sich bisher zurückgehalten hatte, ein, um dem Kripochef Schützenhilfe zu leisten.

Da haben sich zwei gesucht und gefunden, dachte Friedrich Gontard. Die gleiche Arroganz, die gleiche Selbstgefälligkeit. Sogar den Modegeschmack scheinen sie zu teilen. Beide trugen weiße T-Shirts unter einem schwarzen Jackett, dazu Bundfaltenhosen, der eine in hellem Beige, der andere in Hellgrün. Dazu schwarze College-Schuhe, die teuer aussahen.

Doch während Udo Schwerdtfeger übelgelaunt und genervt wirkte, trug der Nachbar ein Dauerlächeln im Gesicht, als müsse er aller Welt zeigen, dass er den Schlüssel zum permanenten Glücklichsein besaß. Ein kalter Blick aus wimpernlosen Augen traf Friedrich Gontard. Ja, das war es: Es waren diese berechnenden, stahlgrauen Augen, die nicht so recht ins Bild des selbstgenügsam Glücklichen passen wollten.

»Sie sollten, glaube ich, die *Police Judiciaire* aus Straßburg einschalten, Herr Kollege, wenn ich das mal so sagen darf. Die Parallelen zwischen dem Mord in Seebach und dem Mord an unserem Freund sind unübersehbar.«

Friedrich Gontard schilderte die Ähnlichkeiten zwischen den beiden Fällen: die Tötungsart, die Mordwaffe, eine Garotte, die Verwüstung der Wohnung, und die Opfer waren beide Antiquitätensammler beziehungsweise Antiquitätenhändler gewesen. Das konnte kein Zufall sein.

In beiden Fällen schienen die Täter etwas Bestimmtes gesucht zu haben und aus Wut darüber, ihr Ziel nicht erreicht zu haben, hatten sie wohl den Sammler getötet und das zerstört, was ihnen nicht wichtig oder wertvoll genug erschien.

Zögerlich gab Udo Schwerdtfeger zu, dass die Vermutung von Herrn Gontard nicht ganz abwegig sei. Er wolle sich darum kümmern, dass eine gewisse Kooperation mit den französischen Kollegen zustande käme.

»Gibt es Familie?«

Bertram Blenker ergriff erneut das Wort, sozusagen als Insider und Freund des Toten.

Ganz freundlich lud er unvermutet Friedrich, Anna, Lotte und James ein, die Zeit bis zum Eintreffen von Gerlinde Fuhrmann bei ihm drüben zu verbringen. »Wir müssen spätestens bis neun Uhr zuhause im Odenwald sein«, sagte Anna. »Wir haben einen kleinen Hund.«

»Einen Hund?«, fragte Udo Schwerdtfeger wegwerfend. »Und von dem sind Sie abhängig?«

»Wir nicht von ihm, aber er schon von uns«, erwiderte Anna. Dann fragte sie Lotte Simon und James Mendel: »Ihr kommt doch mit zu uns nach Hohenkirch? Oder habt ihr ein Hotel gebucht?«

»Nein, wir sollten bei Fuhrmanns wohnen. Georg hatte uns

eingeladen. Wir sollten bei ihm wohnen, bis seine Frau zurück wäre. So in etwa vier Tagen.«

Friedrich Gontard war es nicht entgangen, dass Lotte Simon mit nicht ganz sicherer Stimme gesprochen hatte, so als wolle sie etwas anderes sagen. Ein kurzer, fast flehender Blick Lottes bestätigte ihm, dass er Recht gehabt hatte.

»Dann kommt ihr natürlich auf jeden Fall mit zu uns in den Odenwald. Ihr seid unsere Gäste, solange ihr wollt. Lilli ist aus dem Haus, wir haben viel Platz.«

Die beiden Schulfreunde reagierten auf die Einladung höchst unterschiedlich.

Während Lotte Simon sofort erfreut zusagte, zögerte James Mendel einen Moment lang. Ein Schatten schien seine Miene zu verdüstern. Doch dann nahm auch er die Einladung der Gontards dankend an.

»Und Sie vier halten sich zu meiner Verfügung für die nächsten Tage. Ich werde eventuell noch Fragen an Sie haben«, sagte Udo Schwerdtfeger etwas förmlich und steif.

»Klar, Ludwigshafen ist von uns aus nur einen Katzensprung entfernt. Dann machen wir halt mal den Ausflug vom Odenwald aus nach Ludwigshafen. Wegen der guten Luft. Oder aus Nostalgiegründen in meinem Fall«, sagte Friedrich Gontard.

Seine Bemerkung wurde von seinem Nachfolger mit einem süßsauren Lächeln quittiert. Der Mann geht zum Lachen wohl immer in den Keller, dachte Friedrich Gontard. Carmen Buchenauer hatte Recht gehabt. Sein Nachfolger im Amt ließ an Talent im Umgang mit seinen Mitmenschen sehr zu wünschen übrig. Peter Pfannhuber, der Mann von der Spurensuche, kam mit einem Fund auf Gontard zu, drehte aber – zu seinem Glück – rechtzeitig ab und zeigte ihn Udo Schwerdtfeger.

»Da, ich habe das eben unterm Sofa gefunden. Das ist eine Halskette. Was machen wir damit?«

»Mm«, brummte Udo Schwerdtfeger. »Mitnehmen, was sonst?«

Gerne hätte Friedrich Gontard das Beweisstück näher unter die Lupe genommen, denn das schien ihm, soviel sah er auch von seinem Platz aus, ein älteres Schmuckstück zu sein, eine Granatkette, wahrscheinlich aus der Biedermeierzeit, wo man gerne diese dunkelroten Steine getragen hatte. Aber er wollte sich nicht unnötig einmischen.

»Nun sollten wir uns allmählich verabschieden«, sagte Friedrich Gontard.

»Viel Erfolg bei Ihren Ermittlungen«, wünschte er dem Nachfolger, der jedoch sehr unwirsch reagierte.

»Erfolg, Erfolg. Das ist immer Glückssache.«

Wollte er sich so für die allseits bekannte schlechte Aufklärungsquote entschuldigen?

»Da müssen Sie sich an mich halten. In Sachen Glück bin ich Experte«, sagte Bertram Blenker, und wie nebenbei bemerkte er: »Ich bin nämlich *der* Bertram Blenker, Verfasser von Bestsellern in Sachen Lebensberatung und Glückssuche.«

Udo Schwerdtfeger schaute ihn wenig beeindruckt an und ließ sich zu einem »Ach ja?« herab.

Im Gesicht des Glücksgurus spiegelte sich eine Mischung aus Enttäuschung und gekränkter Eitelkeit. Friedrich Gontard konnte sich seine Schadenfreude nicht verkneifen. Er fand Udo Schwerdtfeger in diesem Moment sogar nett.

In der Eingangshalle traf Friedrich Gontard auf Peter Pfannhuber.

»Darf ich mal einen Blick auf den Schmuck werfen, den Sie unterm Sofa gefunden haben?«, fragte er. »Toll übrigens, dass Sie das nicht übersehen haben. Kompliment.«

Peter Pfannhuber strahlte übers ganze Gesicht. »Danke, Chef«, sagte er.

Er reichte seinem alten Chef die Plastiktüte mit dem Fundstück.

Friedrich Gontard hatte sich nicht getäuscht. Das Damenhalsband war eine Granatkette aus der Biedermeierzeit mit hochkarätiger Goldverarbeitung. Wunderschön und wertvoll.

»Kompliment«, sagte Friedrich Gontard noch einmal.

»Schade, dass Sie pensioniert sind, Chef«, sagte Peter Pfannhuber mit einem schnellen Blick in Richtung Tatort. »Die Arbeit macht momentan nicht mehr so viel Spaß wie früher, als Sie noch bei uns waren.«

Er packte das wertvolle Indiz vorsichtig ein und ging zu seinen Kollegen zurück, die gerade gründlich die Diele untersuchten.

Friedrich Gontard hätte zu gerne Gerlinde Fuhrmann kennen gelernt, aber sie hatte soeben angerufen, sie sei noch nicht weggekommen, da es ihrer Mutter nicht gut gehe. Sie müsse noch sichergehen, dass die Kranke versorgt werde.

Die Gontards und ihre beiden Gäste gingen zum Privatparkplatz Fuhrmann-Blenker hinunter.

James Mendel hatte von Bertram Blenker erlaubt bekommen, seinen Vauxhall über Nacht auf dem Parkplatz in Lützelbrunn stehen zu lassen, denn der Regen hatte wieder eingesetzt und es war besser, wenn alle vier im Auto der Gontards fuhren. James Mendel kannte den Weg nach Hohenkirch nicht und wollte auch bei der schlechten Sicht nicht hinter Gontard herfahren. Er hatte vor allem bei Dunkelheit zunehmend Probleme mit den Augen, wie er sagte. Der Scheibenwischer war vom Wasgau bis in den Odenwald eifrig in Betrieb. Sturzbachartig ergoss sich der Regen auf die Autobahn und einmal wurde der Wagen Gontards von einem Raser überholt, der beinahe ins Schleudern kam.

»Fährt man so in Deutschland?«, bemerkte James Mendel, der hinter dem Fahrersitz saß.

»Leider fährt man allzu oft so in Deutschland«, antwortete Anna neben ihm.

Keiner sprach ein Wort, bis sie von der Autobahn abgebogen und in Weinheim angekommen waren.

»Eigentlich wollte ich nie mehr in diese Gegend kommen«, sagte James Mendel.

»Aber guck doch mal, James. Wie schön da oben die beiden Burgen sind. Die Windeck rechts unten, darüber, links auf dem Berg, die Wachenburg. Fast wie früher. Nur waren zu unserer Zeit die Burgen noch nicht angestrahlt«, erwiderte Lotte Simon, die neben Gontard saß. Ihre Stimme klang merkwürdig verschleiert. Sie drehte den Kopf weg und schaute seitlich aus dem Fenster.

Gontard, der das Wackeln in ihrer Stimme bemerkt hatte, sah kurz zu ihr hinüber. Nur er konnte sehen, dass Lotte sich verstohlen die Augen wischte.

Rosa Brehm war erstaunt, als die Gontards mit zwei unerwarteten Gästen auftauchten.

Sie gab Belami, der ein »liebes Hundle« gewesen war, ungern an seine Besitzer zurück. Doch sie würde ihn bald wiedersehen. Friedrich Gontard hatte mit Anna ausgemacht, Rosa Brehm von dem Verbrechen in der Pfalz noch nichts zu sagen. Es würde sich schon noch eine Gelegenheit dafür ergeben.

Daheim angekommen, richtete Anna ein schönes Abendessen. Bis spät in die Nacht hinein wurde geredet und diskutiert. Keiner wollte gehen und sich schlaflos im Bett wälzen.

»Wer könnte Georg ermordet haben?«, fragte James Mendel.

»Meinst du wirklich, Friedrich, es waren die gleichen Täter, die den elsässischen Antiquitätenhändler umgebracht haben?«

»Auch der alte Hase muss hier passen«, erwiderte Friedrich Gontard. »Wer weiß, vielleicht schnappt die *Police Judiciaire* schon morgen den oder die Täter des Seebachmordes und dann könnte die Antwort heißen: ja.«

Für sich dachte er: Gerne noch wäre ich in Lützelbrunn geblieben, hätte geduldig die Ankunft von Gerlinde Fuhrmann abgewartet. Und vielleicht des Sohnes Alexander. Aber keine unnötige Einmischung. Nicht bei diesem Kollegen. Wie scheinheilig ich bin. Trotzdem werde ich nach Lützelbrunn fahren und mit Gerlinde und Alexander Fuhrmann reden. Nicht als Kripochef, sondern als Freund des Toten. Das bin ich Georg schuldig. Und außerdem: Wir müssen ja schließlich den Vauxhall abholen, man kann ihn nicht ewig da unten stehen lassen.

6. KAPITEL

Eine Ehefrau

Am nächsten Morgen frühstückten Gontard und seine beiden Gäste ausgiebig, als wollten sie das schreckliche Geschehen des Vortages durch gespielte Normalität verdrängen und übertünchen. *Das Leben geht weiter*, wie der banale Spruch besagt.

Ein anderer Spruch fiel Gontard ein, als er aus dem Fenster schaute und durch die strahlende Herbstsonne geblendet wurde: *Ein Wetter zum Heldenzeugen ist das.* Dieser markige Spruch hatte ihn und seine Altersgenossen in der Jugend begleitet, denn seine Generation war es gewesen, der man Heldentum als etwas Erstrebenswertes vorgegaukelt und schließlich den Heldentod als höchstes Ziel beschrieben hatte. Den Tod erlitten dann tatsächlich viele, doch es war wenig Heldenhaftes daran gewesen, es war meist ein jämmerliches Krepieren in Dreck und Blut gewesen.

Und auch Georg Fuhrmann hatte nun einen jämmerlichen Tod erleiden müssen. Das Gespräch der Freunde kehrte immer wieder zu dem gestrigen Geschehen zurück. Anna war schon lange aus dem Haus gegangen, da sie einen vollen Stundenplan hatte und erst am Nachmittag heimkommen würde.

»Wir fahren zu dritt nach Lützelbrunn«, sagte Friedrich Gontard plötzlich, während er Belami, der unter dem alten eichenen Stegtisch lag, ein Stück Wurst genehmigte. Der Tisch war Belamis Lieblingshundehütte, denn er konnte Kopf und

Pfoten bequem auf dem Steg ablegen und sich behaglich fühlen.

»Ja, man möchte doch der Witwe und dem Sohn das Beileid aussprechen«, meinte James Mendel.

»Und die beiden kennen lernen«, gab Lotte Simon unverhohlen zu.

Nachdem Friedrich Gontard den Hund bei Rosa Brehm abgegeben hatte, die den Kleinen wie immer hocherfreut in Empfang nahm, fuhren die Freunde bei herrlichstem Herbstwetter in die Südpfalz. Die Pfalz zeigte sich von der besten Seite. Die Silhouette des Haardtgebirges leuchtete in prächtigen Herbstfarben, als habe eine Fee einen Farbtopf in Kupfer, Gold und Blutrot über den Hügeln ausgekippt.

Als Gontard mit seinen Gästen in Lützelbrunn ankam, war es schon kurz vor Mittag, und man beschloss, vor dem Besuch die Witwe zuerst anzurufen. Friedrich Gontard ging ins nächste Telefonhäuschen und fragte, wann ein Besuch genehm sei.

Die Frauenstimme am anderen Ende der Leitung klang ziemlich jung, und Friedrich Gontard merkte wieder einmal, dass er nichts über die Familie des toten Freundes wusste. Die Witwe schien sehr beherrscht und gefasst zu sein und versicherte Gontard, dass Freunde ihres Mannes willkommen seien trotz der »komplizierten Situation«, wie sie sich ausdrückte. Der Ludwigshafener Kripochef sei gerade hier und befrage sie und Sohn Alexander zu dem Toten. Aber gegen vierzehn Uhr habe sie Zeit für die Besucher.

In Lützelbrunn gab es zwei Gasthäuser, den *Goldenen Ochsen* und das Gasthaus *Zur Sonne*. Das erste der beiden Lokale wirkte nicht golden, sondern heruntergekommen, trist, schäbig und schwarz. Das Gasthaus *Zur Sonne* erwies sich als eine glückliche Wahl. Das Essen war deftig mit Pfälzer Spezialitäten wie Saumagen, »Fleeschknepp« und Kastaniengemüse. Die Getränkekarte führte die besten Tropfen der Pfälzer Weinstraße von der *Gimmeldinger Meerspinne* über die *Mußbacher Eselshaut* zum *Forster Schnepfenpflug*.

Lützelbrunn, die Waldgemeinde abseits der Weinstraße, ging, zumindest in diesem Gasthaus, mit der Zeit. Die Nähe zum Elsass war zu spüren, da sowohl Flammkuchen, *Quiche Lorraine, Baeckeoffe* und andere elsässische Spezialitäten, als auch Weine der elsässischen Weinstraße wie Gewürztraminer und Riesling angeboten wurden. Man schien auf Touristen eingestellt zu sein, vielleicht auch wegen der Burg, die zwar eher eine Ruine, jedoch durch Wanderwege erreichbar war. Um diese Burg rankte sich eine Sage. Eine weiße Frau solle angeblich da oben des Nachts bei Vollmond geistern und ihr Kind suchen, das man ihr bei einem Überfall durch Raubritter aus den Armen gerissen und am Felsen zerschmettert hatte. Die Sage von der »Weißen Frau von Lützelbrunn« konnte man auf der Speisekarte des Gasthauses nachlesen.

Am Nachbartisch saß ein junger Mann allein mit dem Rücken zu den drei Freunden. Er schien laut mit sich selbst, beziehungsweise mit einem imaginären Gegenüber zu sprechen.

»Nein, Liebling, ich fahre erst noch zum Bäcker und hol uns schönen Kuchen.« Er lachte kurz auf.

Friedrich Gontard fand diese Mobiltelefone komisch, die man neuerdings dann und wann vor allem bei jungen Leuten sah. Man konnte sich nicht dagegen wehren, die banalsten Mitteilungen der Leute mitzubekommen.

»Das ist die Zukunft, *Brave New World*«, sagte James Mendel. »Schöne Neue Welt. Bei uns in England sind die *mobile phones* schon nicht mehr wegzudenken. Hier heißen sie Handy, glaube ich? Ein englisches Wort, das eigentlich was anderes bedeutet. Schon witzig, eure neuen sogenannten englischen Begriffe.«

»Na ja«, fügte er hinzu. »Ich kaufe mir, wenn ich wieder in England bin, auch so ein Ding. Es ist halt praktisch. Und praktisch heißt eben nun mal bei uns *handy.*«

Friedrich Gontard schaute auf die große Pfälzer Standuhr in Nussbaum, die den Gastraum schmückte und erschrak, denn es war schon fast vierzehn Uhr. Sie hatten in dem gemütlichen Lokal bei großartigem Essen und Geplauder die Zeit vergessen. Die Zeit, aber nicht den traurigen Grund des Ausflugs in die Südpfalz. Als Friedrich Gontard seinen Wagen aufschloss, hatte er plötzlich das unangenehme Gefühl, heimlich beobachtet zu werden.

Da er auf dem Land lebte, wusste er, dass es neugierige Leute gab, die hinter Vorhängen hervorlugten, besonders dann, wenn Fremde im Dorf auftauchten. Er schaute sich um, konnte aber nichts entdecken. Keine zurückgeschobene Gardine, niemanden, der sich aus dem Fenster lehnte, um die Straße zu beobachten.

Sie stiegen ins Auto und als Gontard startete, sagte Lotte Simon auf einmal: »Dort drüben in dem kleinen Garten mit den Gartenzwergen steht einer hinter der Tujahecke und beobachtet uns. Er hat uns übrigens schon beobachtet, als wir ins Gasthaus gegangen sind. Ich hab mir vorhin nichts dabei gedacht, aber jetzt kommt mir das wirklich komisch vor.«

Als Friedrich Gontard hinübersah, war die Person verschwunden.

»Ich könnte niemals auf dem Dorf wohnen«, sagte Lotte Simon. »Diese Eintönigkeit. Kein Wunder, dass die Leute auf Abenteuer lauern.«

»Seit gestern ist es nun wohl aus mit der Eintönigkeit«, erwiderte Friedrich Gontard. »Gemordet wird auch hier, wie in den großen Städten. In meinen vielen Dienstjahren bei der Kripo habe ich ebenso viele Fälle auf dem Land wie in der Stadt lösen müssen.«

»Na ja, ein Mord ist ja auch nicht unbedingt das Abenteuer, das man braucht, oder?«, meinte Lotte.

Friedrich Gontard war beim Privatparkplatz angekommen. Die Schönheit der Lage des Glashauses war am Vortag bei strömendem Regen verborgen geblieben, doch nun schimmerte das Riemerschmidhaus durch die herbstlichen Bäume hindurch. Die sorgfältig gestutzten Buchsbäumchen in den Holzkübeln wirkten noch eleganter als am Vortag.

Auf das Klingeln der Besucher hin wurde sofort geöffnet.

Als habe sie hinter der Tür gestanden und die Besucher erwartet, erschien wie ein Kastenteufelchen eine sehr junge Frau, deren burschikoses und lässiges Outfit Friedrich Gontard stutzig machte.

»Pia, führen Sie die Herrschaften in die Bibliothek«, vernahm er aus dem Hintergrund die Stimme, die er vom Telefon her wiedererkannte.

Pia, die Haushaltshilfe, in schwarzen Jeans, dunkelblauem T-Shirt und weißblauen Turnschuhen, die braunen, straff aus der Stirn gekämmten und zu einem Pferdeschwanz hochgebundenen Haare mit einem kleinen dunkelblauen Kopftuch geschmückt, schaute die Besucher aus neugierigen Augen an. Neugierige Augen, dachte Gontard, oder eher gierige Augen? Ohne den Besuchern selbst voranzugehen, deutete sie in die Richtung, aus der die Stimme gekommen war, und ging nach links, wo sich die Küche befand.

Die Witwe war nicht ganz so jung wie ihre Stimme am Telefon klang, aber dennoch viel jünger, als sich Gontard ursprünglich Fuhrmanns Ehefrau vorgestellt hatte.

Gerlinde Fuhrmann mochte sogar noch um einige Jahre

jünger sein als Anna, vielleicht Ende vierzig. Sie war mittelgroß, eine elegante Erscheinung in schwarzem Hosenanzug. Die welligen, aschblonden Haare wurden von einem Reif aus schwarzem Horn aus der Stirn gehalten. Ein Kettchen mit einem Kreuz aus Granatstein schmückte den jungen, faltenlosen Hals der Witwe. Das Gesicht dieser Frau habe ich schon irgendwo einmal gesehen, ging es blitzschnell durch Gontards Kopf. Der auffallend große Mund, die kantige Gesichtsform, vor allem aber der kühle Ausdruck der graublauen Augen lösten in ihm ein Gefühl von *Déjà-vu* aus, das er aber nicht benennen konnte.

Beherrscht und kühl bat die Witwe die Besucher, Platz zu nehmen und fragte sie, ob sie gerne einen Kaffee trinken würden, was alle drei bejahten.

Gerlinde Fuhrmann rief in die Küche hinüber, ganz im Ton einer Frau, die es gewohnt war, Befehle zu erteilen: »Pia, bringen Sie drei Kaffee, bitte.« Dann nahm sie wieder Platz.

»Es ist alles so schrecklich«, sagte sie. »Ein Schock. Es war schwierig, für meine Mutter gleich wieder eine Betreuerin zu finden. Ich war für mehrere Tage vorgesehen, dann der Anruf, dass mein Mann ...«

Nur einen kleinen Moment war ihre Stimme unsicher, dann fing sie sich. »Man hat nicht die richtigen Worte für eine Situation wie diese«, fügte sie hinzu.

Pia, die Haushaltshilfe, brachte ein Tablett mit Kaffeegeschirr im Meißener Zwiebelmusterdesign und stellte es auf dem kleinen ovalen Biedermeiertisch ab, an dem die Gäste und die Hausherrin saßen. Zuckerdose, Milchkännchen, alles passte zusammen. Kleine Silberlöffel mit Monogramm *GF* – Gerlinde Fuhrmann? Georg Fuhrmann? – lagen zierlich daneben.

Pia musterte die Gäste aus ihren hervorquellenden Augen, während sie das Tablett abstellte.

Ein undefinierbares Lächeln umspielte dabei ihren schmallippigen und breiten Mund.

Nun ermunterte Gerlinde Fuhrmann die Gäste, das gestrige Geschehen aus ihrer Sicht zu schildern.

Gontard gab wieder wie schon gestern Udo Schwerdtfeger gegenüber einen knappen Bericht ab, den er so emotionslos wie möglich hielt, schon allein deshalb, weil er sich selbst schonen wollte.

»Ich hoffe, diese brutalen Raubmörder werden bald gefasst und zu Höchststrafen verurteilt«, stieß Gerlinde Fuhrmann hervor.

»Sind Sie so sicher, dass es Raubmörder waren?«, fragte James Mendel. »Was ist denn geraubt worden? Es wurde doch zerstört, nicht geraubt, oder?«

»Aber natürlich wurde auch geraubt. Mein ganzer Schmuck ist weg. Die ganze Schatulle. Ich besaß Schmuck im Wert von 200 000 Mark. Georg hat erst letzte Woche eine Schätzung des Wertes vorgenommen und sich eine Bestätigung eingeholt. Kripochef Schwerdtfeger hat mir gesagt, dass auf seine Veranlassung hin die französische Polizei eingeschaltet werde, möglichst schnell. Weges des Parallelfalls in Seebach im Elsass. Ich wusste das nicht. Woher auch? Aber nun, ich halte das für sehr wahrscheinlich, dass die Seebacher Bande auch hier zugeschlagen hat. Das Gesindel kann ja, seit die Grenzen offen sind, unbehelligt hin- und herwechseln. Die haben doch auch hier bei uns gewütet, wie es aussieht, diese Banditen.«

Banditen, eine seltsame Formulierung, dachte Friedrich Gontard. Es schien fast, als sei der gestohlene Schmuck Gerlinde Fuhrmanns Hauptkummer, ihr ermordeter Mann nichts als ein Kollateralschaden. Und natürlich war es Schwerdtfeger, der eine Einschaltung der französischen Polizei veranlasst hatte.

Lotte Simon und James Mendel waren die ganze Zeit über sehr schweigsam gewesen, doch dann sagte Lotte auf einmal: »Der Tod Ihres Mannes geht mir, geht uns, da spreche ich gewiss für Herrn Gontard und Herrn Mendel, sehr nah. Er war ein feiner Mensch. Ein echter Gentleman.« Und sie fügte mit einem prüfenden Blick aus ihren dunklen, ausdrucksvollen Augen hinzu: »Wissen Sie eigentlich, was Sie verloren haben?«

Für einen ganz kurzen Moment fand Gerlinde Fuhrmann keine Antwort. Sie musste Lotte Simons Worte als große Provokation empfinden.

Mit einem abschätzigen Blick auf Lotte Simon konterte die Witwe: »Warum sollte ich das nicht wissen? Weil ich noch jung bin?«

Provokation gegen Provokation, Auge um Auge, Zahn um Zahn. Eine Weile herrschte eisiges Schweigen, das durch das Eintreten eines jungen Mannes unterbrochen wurde.

»Alexander, gut, dass du da bist. Ich hätte dich sowieso gerufen, damit du die alten Freunde und die alte Freundin deines Vaters kennen lernst.«

Ohne Lächeln hatte sie dies gesagt, aber der süffisante Unterton und das Hervorheben der Adjektive »alt«, vor allem im Zusammenhang mit »Freundin«, war unüberhörbar.

Alexander Fuhrmann glich seinem Vater durch seine Größe und das blonde Haar, das er sich wie dieser ab und zu aus der Stirn strich. Auch Gesten vererben sich offenbar. Mit seinem adrett gescheitelten Kurzhaarschnitt sah er aus wie Muttis Liebling. Doch die Gesichtszüge des jungen Mannes, der in Lillis Alter sein mochte, waren nicht markant wie bei Georg Fuhrmann, sondern weich, fast teigig. Höflich begrüßte er die Gäste, machte aber keine Anstalten, sich zu setzen. Er wirkte fahrig und unkonzentriert und schien auf dem Sprung zu sein.

»Ich habe noch eine Verabredung, Mama«, sagte er. »Zum Abendessen bin ich aber wieder da.«

»Ja, das wäre gut. Es gibt noch Einiges zu regeln wegen der Beerdigung.«

»Die Beerdigung«, sagte sie zu den Gästen gewandt, »findet im allerengsten Familienkreis statt.« Dies war eine deutliche Botschaft an die Schulfreunde ihres Mannes.

»Kein Theater für die Dorfbewohner in diesem Kaff hier. Überhaupt kein Theater für niemanden.«

Bei dem Wort »Dorfbewohner« und vor allem bei der verächtlichen Betonung des Wortes fiel Friedrich Gontard plötzlich ein, an wen ihn die Witwe seines Freundes erinnerte. Das beherrschte, damenhafte und elegante Auftreten, der große Mund und der kühle Blick aus graublauen Augen, die eckigen Gesichtszüge. Sie erinnerte ihn an Isabelle Huppert aus der Flaubert-Verfilmung *Madame Bovary*, wo sie als Emma Bovary ebenso verächtlich über die Dorfbewohner und das Dorf sprach, in dem sie als gelangweilte Arztfrau fernab des kultivierten Pariser Gesellschaftslebens ihr Dasein fristen musste.

»Na klar bin ich rechtzeitig zurück, Mama. Du kannst mit mir rechnen«, holte die Stimme des Sohnes Alexander den in Gedanken versunkenen Friedrich Gontard in die Gegenwart zurück. »Bis heute Abend, Mama«, sagte er und drückte der Mutter einen artigen Kuss auf die Stirn. Dann verabschiedete er sich höflich von den Gästen und verließ den Raum.

»Alexander hing sehr an seinem Vater. Er kann seine Trauer aber nicht zeigen«, sagte Gerlinde Fuhrmann.

Qui s'excuse s'accuse. Wer sich entschuldigt, der klagt sich an, wie es im französischen Sprichwort so treffend heißt, dachte Friedrich Gontard. Spricht sie auch für sich selbst, für ihre eigene Trauer?

Er hatte das Gefühl, es sei an der Zeit, sich nun zu verabschieden. Zu gerne hätte er seine Hilfe angeboten, aber Hilfe wozu? Der Fall war die Angelegenheit seines jungen aufstrebenden Kollegen, und als privater Trauernder war er unerwünscht, wie Gerlinde Fuhrmann ihm und den beiden anderen Freunden ihres Mannes unmissverständlich zu verstehen gegeben hatte. Im engsten Familienkreis. So würde Georg Fuhrmann verabschiedet werden. Trauer war vielleicht das Privateste im Leben eines Menschen, unteilbar mit anderen.

Nie würde er den Tod verstehen, noch weniger diesen Tod, der so ungerecht schien, so unverdient. Gontard haderte mit der Gerechtigkeit und der Sinnhaftigkeit des Schicksals dieses Freundes, den er, kaum wiedergewonnen, schon wieder hatte hergeben müssen. Dazu noch auf diese ungemein grausame, hinterhältige Art und Weise.

Ja, die Täter sollten bald gefasst werden, die höchstmögliche Strafe erhalten, obgleich es Sühne nie geben würde für diese Mordtat aus dem gemeinsten aller Motive, der Habgier.

Er wünschte insgeheim seinem jungen aufstrebenden Nachfolger aus tiefstem Herzen alles Glück der Welt. Trotz allem und Georg Fuhrmann, dem toten Freund, zuliebe.

Als habe er Gontards Gedanken gelesen und spräche für ihn, sagte James Mendel: »Dann wünschen wir eine baldige Aufklärung des Mordfalls, Frau Fuhrmann. Im Interesse von uns allen.«

Lotte Simon verabschiedete sich sehr distanziert von der Witwe mit den mysteriösen Worten: »Viel Glück, was immer das auch sein mag.«

Gerlinde Fuhrmann rief in die Küche hinüber: »Pia, begleiten Sie bitte die Gäste hinaus.«

Langsam schlendernd kam die Gerufene aus dem Halbdunkel des Flurs. Sie öffnete die Eingangstür und sagte in flachem Tonfall: »Auf Wiedersehen.« Es klang eher wie das Gegenteil.

Die drei Besucher gingen über den knirschenden Kiesweg an den akkurat aufgestellten eleganten Buchsbaumkübeln vorüber hinunter zum Parkplatz. Friedrich Gontard drehte sich noch einmal zum Glashaus um. Die Haushaltshilfe Pia stand immer noch in der Tür und sah den Gästen nach. Als sie merkte, dass Gontard sich umdrehte, warf sie die Tür krachend ins Schloss und verschwand im Haus.

»So, was machen wir noch mit dem angebrochenen Nachmittag?«, fragte Lotte Simon, als sie in den Wagen stiegen.

Der Vauxhall von James Mendel würde noch einmal in Lützelbrunn bleiben dürfen. Gerlinde Fuhrmann hatte gnädigerweise die Erlaubnis dazu gegeben.

»Wir fahren nach Seebach«, schlug Friedrich Gontard vor. »Ich denke, das ist nur ein Katzensprung über die Grenze, die keine Grenze mehr ist. Das ist ja ganz nah bei Wissembourg. Ich war einmal dort, es ist schon länger her. Ein wunderschönes Dorf.«

»Seebach, nicht wegen der Schönheit des Dorfes, sondern um den anderen Tatort zu sehen, oder?« James Mendels Scheinfrage blieb unbeantwortet.

Lotte Simons dunkle Stimme klang fast unternehmungslustig, als die drei im Auto saßen und sie fragte: »In deinem Auto darf man doch rauchen, Friedrich, oder nicht?«

»Klar, ich leiste dir Gesellschaft«, erwiderte der Fahrer und steckte sich ein Zigarillo an.

»Und ich übernehme die Rolle des toleranten Nichtrauchers«, sagte James Mendel auf dem Rücksitz. »Wohl oder übel.« Er lachte: »Habt ihr beiden ein Glück.«

»Glück, was immer das auch ist«, konterte Lotte Simon und blies Kringel in die Luft.

7. KAPITEL

Seebach und der andere Tatort

Als die drei Schulfreunde am Weintor in Schweigen ankamen, machte Friedrich Gontard einen spontanen Vorschlag: »Wir steigen kurz mal aus und gucken uns dieses Denkmal der Nazis an. Genau das ist es nämlich. 1934 hat es der saarpfälzische Gauleiter Josef Bürckel eingeweiht mit den markigen Worten: ›Hier stehen Deutsche und nichts als Deutsche‹. Seine Rede war gewürzt mit Schmähungen gegen Frankreich. Ich werde die Rede nicht vergessen, die ich damals als Junge im Radio verfolgt habe. Das Weintor hat er ›die westliche Feldwache der Nation‹ genannt oder so ähnlich.«

Sie gingen um das Weintor herum, schauten zur Galerie hoch und standen unter dem der französischen Seite zugewandten Teil des Tors, der den riesengroßen Reichsadler zeigte.

Die Skulptur hielt einen Siegerkranz in den Klauen.

»Oh, das ist ja kaputt!«, rief Lotte Simon.

»Klar ist das kaputt! Nach 1945 hat man das Hakenkreuz rausgeschlagen, das da im Siegerkranz eingemeißelt war. Entnazifizierung hat man das genannt.«

»Interessant«, sagte Lotte Simon trocken. »Eine interessante Epoche.«

»Die mich bis an mein Lebensende mit Fassungslosigkeit erfüllen wird, meine Lieben«, meinte Friedrich Gontard. »Kommt, lasst uns weiterfahren. Ins ›Feindesland‹. Ins Land der *Wackes*.«

James Mendel verstand nicht. »*Wackes*?«

»So nennt man die Elsässer.«

»Immer noch?«, wollte Lotte wissen.

»Was weiß ich? Ich glaub, es ist nicht ganz feindlich und böse gemeint. Eher ein Spitzname als ein Schimpfwort.«

»Die Grenze zwischen Spitzname und Schimpfwort ist fließend, oder?«, fragte James Mendel.

Es klang ihm immer noch, nach all den Jahren, im Ohr, wie der aufgehetzte Weinheimer Mob vor der Villa seiner Eltern geschrien hatte: »Judde raus. Judde raus.« Doch er behielt dies für sich.

Schweigend gingen die drei zum Auto zurück. Die ganze Fahrt über hing jeder seinen Gedanken nach und es wurde nichts gesprochen, bis sie im Dörfchen Seebach angekommen waren. Gontard, der vor Jahren einmal hier gewesen war, war erstaunt, dass der moderne Tourismus, der das südlicher gelegene Elsass um Colmar und die *Route du Vin* herum schon seit den Siebzigerjahren fest im Griff und zum Nachteil verändert hatte, dieses Dorf verschont hatte. Die schönen Fachwerkbauten mit den typischen Vordächern an jedem Stockwerk im gleichen Stil wie drüben in der Südpfalz waren wohltuend unversehrt geblieben. Keine Plastikstörche mit Ziehbrunnen in den Vorgärten, keine babyrosa Hängegeranien an pseudoantiken Balkonen, keine falsche Butzenscheibenromantik, keine Kiosks, Souvenirläden, kein Fastfood-Restaurant. Eine einsame Touristin, sichtlich entzückt angesichts einer solch unverdorbenen Idylle, machte ein Foto von einem Fachwerkhaus, in dessen Hof Bäume mit besonders intensiv farbigem Herbstlaub standen, von der Nachmittagssonne durchglüht. Als Wermutstropfen, der diese Idylle störte, empfand Friedrich Gontard, der bekennende Tierfreund, den Anblick eines Kettenhundes im hinteren Teil des Hofes. Kettenhunde gab es in seinem Dorf Hohenkirch im Odenwald nirgends mehr und auch im übrigen Deutschland nicht. Das Elsass, Frankreich überhaupt, hatte noch einen großen Nachholbedarf, was den Tierschutz betraf.

»Armer Kerl«, entfuhr es Friedrich Gontard.

In eine Serviette eingewickelt hatte er noch einen Knochen vom Mittagessen in der Tasche, den er Belami mitbringen wollte. Er warf dem Kettenhund den Knochen hin. Ein klein bisschen Glück für ein armes Mitgeschöpf, wenigstens für einen Moment. Er wandte sich ab. Gerne hätte er das Tier gerettet, es mit nach Hause genommen. Das Gontardsche Haus wäre schon längst zum Tierasyl geworden, wenn er und Anna jedem Rettungsimpuls nachgeben würden. Eine ältere Frau, die mit einer Milchkanne aus dem Nachbarhaus kam, fragte er nach dem Haus des Antiquitätenhändlers Maurice Rapp.

»D´r isch dood, *mort.*« Sie machte eine untermalende Geste. »*La gorge.* D'Kehl durch g'schnitte.«

»Ich weiß, Madame.«

»Do isch jetzt *d'Police*«, sagte sie und zeigte mit der Hand in Richtung Straßenende. »*Là-bas.* Nit weit weg. Nummer fünfzehn. *Quinze.*«

»*Merci, Madame*«, erwiderte Friedrich Gontard, und die drei Schulfreunde gingen in Richtung des Hauses. Es war abgesperrt und gesichert. Ein Polizeiwagen stand davor. Das Haus war ein besonders hübsches stattliches Fachwerkhaus mit Inschriften. Es stammte aus dem siebzehnten Jahrhundert und hatte einem Jean und einer Madeleine Petillon gehört. Das Auslegerschild des Antiquitätenhändlers, in Schwarz und Gold, war edel, aber es war diskret an der Seite angebracht: *Maurice Rapp. Antiquités.*

Der Polizist in seinem Wagen sprach Friedrich Gontard etwas ruppig auf Französisch an. Er war kein Elsässer, denn

Gontard erkannte den Akzent des Südfranzosen, der ihm aus zahlreichen Sommerurlauben mit der Familie vertraut war.

Das sei keine Touristenattraktion, meinte der Polizist. Was sie denn hier suchten?

Gontard, der ganz gut Französisch sprach, erklärte, dass er früher selbst bei der Kripo gewesen war. *Dans le Palatinat.* Ludwigshafen. Und dass er und seine Freunde keineswegs als Touristen hier waren, doch dem Polizisten schien diese Erklärung nicht zu genügen. Er blieb misstrauisch.

Lotte Simon griff ein, und es war gut so. Sie sprach Französisch wie eine Einheimische. Während ihrer Zeit als Internierte im Lager von Gurs in den Pyrenäen und danach im Rettungslager von Izieu hatte sie fließend Französisch gelernt. Dem Polizisten zuliebe versuchte sie sogar ein klein wenig den Midi-Akzent, und es wirkte.

Sie seien als Zeugen eines Mordes in der Südpfalz hier, ihr Freund sei ermordet worden. Es gäbe Parallelen zwischen den beiden Fällen und die französische Polizei sei, soweit sie wusste, schon in die Ermittlungen eingeschaltet. In dem Moment trat ein jüngerer Mann Anfang vierzig aus dem Haus. Der Polizist im Wagen sprach mit ihm, worauf er auf Friedrich Gontard zuging, ihn als *cher collègue* begrüßte und sich selbst als Jules Loeffler, *Chef de la Police Judiciaire à Strasbourg*, vorstellte. Von seinem Vorgänger, Jean-Claude Bouvier, hatte er den Namen Friedrich Gontard schon gehört. Die beiden hatten einige Male dienstlich miteinander zu tun gehabt.

Ja, er sei eingeschaltet, die Untersuchungen liefen auf vollen Touren. Es gebe eine heiße Spur, die nach Pirmasens führe. Und morgen würde er in Lützelbrunn die Familie des Opfers befragen. Dieser Mord hier in Seebach sei zweifellos ein Raubmord, denn es sei in Maurice Rapps Haus ein Safe gefunden worden. Ein Safe voller alter wertvollster Münzen, wie es aussah. Die endgültige Expertise stand noch aus. Die Täter hätten wohl diesen Safe gesucht, Maurice Rapp hatte geschwiegen, die Stelle des Safes nicht verraten. Eine Nachbarin hatte ein auffälliges Auto mit Pirmasenser Kennzeichen beobachtet, das schon seit Tagen abends immer wieder extrem langsam durchs Dorf gefahren war, an dem späteren Tatort vorbei.

»Gut manchmal, die Neugierde der Dörfler, oder?«, sagte Friedrich Gontard.

»Ja. In diesem Falle Gold wert. Ein Glücksfall«, lachte Jules Loeffler. »Die Frau hat sich das Kennzeichen gemerkt. Wir sind ganz nah dran.«

Doch mehr dürfe er nun nicht sagen über den Fall. Friedrich Gontard und Jules Loeffler tauschten Adressen aus. Als Zeuge des deutschen Mordes würden ihm vielleicht noch wichtige Details einfallen, die auch dem französischen Fall helfen könnten.

»Der Fall interessiert mich als Freund. Als Freund des Opfers«, sagte Friedrich Gontard.

»Nur als Freund? *Non, mon cher collègue.* Die Katze lässt das Jagen nicht, so sagt man doch?«

»Ja, ein alter Kater wie ich spürt immer noch gerne Mäuse auf. Der Polizist in mir ist hellwach.«

»Sie sind Französin?«, fragte Jules Loeffler nun Lotte Simon, denn er hatte von ihrer Unterhaltung mit dem Polizisten im Wagen Einiges mitbekommen.

Sie antwortete auf Französisch, sie habe ihre Sprachkenntnisse zwangsweise im Krieg gelernt, als Gefangene in Gurs, ebenso wie ihr Freund James Mendel, dessen Französisch lupenrein war wie ihres. Der junge *Chef de Police* reagierte peinlich berührt auf diese Antwort, denn die Rolle seiner Kollegen während jener Zeit war alles andere als rühmlich gewesen, wie er wusste. Tausende von französischen Polizisten hatten bei der Festnahme von dreizehntausend Pariser Juden mitgewirkt, damals im Juli 1942. In der Radsporthalle, dem *Vél d'Hiv*, waren sie zusammengepfercht und dann in die Vernichtungslager gebracht worden. Ein Drittel davon waren Kinder gewesen. Eine Tatsache, welche gerne vertuscht wurde von der Regierung und überhaupt von vielen Franzosen, welche nach dem Krieg die Welt gerne glauben machten, jeder Franzose sei in der *Résistance* gewesen. So wie jeder Deutsche im Widerstand.

»Das war ein ungutes Kapitel der Geschichte«, antwortet der junge Polizeichef. Und als müsse er sein Land rehabilitieren, fügte er hinzu: »Letztes Jahr hat sich unser Präsident Jacques Chirac für die Razzia im Wintervelodrom durch die Polizei damals im Jahr 1942 entschuldigt.«

Vierundfünfzig Jahre danach, dachte Friedrich Gontard. Reichlich spät. Doch wer im Glashaus sitzt, sollte nicht mit Steinen werfen. Wir sind auch nicht besser mit der Aufarbeitung unserer Vergangenheit. Da gibt es viel Scheinheiligkeit auf beiden Seiten.

Als müsse er die Entschuldigung seines Staatspräsidenten für Versäumtes persönlich bekräftigen, schüttelte der junge Polizeichef Lotte Simon und James Mendel herzlich die Hände.

»Fassen Sie Maurice Rapps Mörder schnell«, sagte Friedrich Gontard zu dem jungen Mann. »Viel Glück, Herr Kollege.«

»Und die Mörder Ihres Freundes«, erwiderte dieser, aber Gontard und seine Gäste waren schon auf dem Weg zum Auto.

Als Friedrich mit Lotte und James über die Rheinbrücke bei Speyer Richtung Odenwald fuhr, überlegte er sich, ob sein Nachfolger auf die Idee gekommen war, im Riemerschmidhaus nach einem verborgenen Safe zu suchen.

Anna war beim Korrigieren von Englischheften, als die drei Schulfreunde in Hohenkirch ankamen. Zu ihren Füßen lag

Belami. Er japste im Schlaf, träumte wohl von einer Verfolgungsjagd.

»Lotte«, sagte Anna. »Ich bräuchte eine Zeitzeugin für den Unterricht einer Kollegin. Würdest du morgen mit mir in meine Schule kommen?«

»Drittes Reich? Deportation? Gurs? All das? Eigentlich würde ich sagen: nein. Auf keinen Fall. Aber für die Frau eines alten Freundes: ja. Oder besser für die Kollegin der Frau eines alten Freundes. Und es ist ja nicht Weinheim, sondern der Odenwald. Ein bisschen Distanz, wenn auch nicht viel.«

Anna klappte das letzte Heft, das sie korrigiert hatte, zu. »Und jetzt zeige ich euch noch einen neuen Hausgenossen. Friedrich, nicht böse werden. Wir haben Nachwuchs bekommen, und sogar Belami hat nichts dagegen.«

»Etwa eine Katze? Nein. Der arme Belami.«

Friedrich Gontard wusste, es war vergeblich, zu protestieren und auch der Gäste wegen waren seine Entrüstung und der Versuch eines Vetos gemildert. Zumal in Annas grünbraunen Augen das Grün deutlich überwog, als sie ihren Mann ansah. Ein untrügliches Zeichen dafür, dass sie fest entschlossen war, ihren Willen durchzusetzen.

Lotte, James und Friedrich wurden von Anna in die obere Etage geführt, wo in Lillis ehemaligen Mädchenzimmer ein schnurrendes Etwas lag: Ein schwarzes Katerchen mit weißen Pfoten, einer weißen Brust und einer weißen Schwanzspitze.

»Er heißt Heinz. Er streunt schon seit Tagen im Schulhof und im Kirchgarten herum.

Die Schüler sagen, er gehört ganz bestimmt niemandem. Sie haben ihm in den Pausen ihre Wurstbrote verfüttert. Und trotzdem ist er ganz mager. Ich finde, er sieht aus, als würde er Heinz heißen.«

Kein Kettenhund, dafür ein streunender Kater. So was, dachte

Friedrich Gontard. Er beugte sich zum Katzenkörbchen hinunter und strich dem kleinen Kerl über das etwas struppige Fell.

»Wir müssen dich aufpäppeln, Heinz«, sagte er dabei.

Beim Abendessen wurden die beiden Fälle von Seebach und Lützelbrunn besprochen, die, wie es aussah, nun ganz kurz vor der Aufklärung standen.

Gontard träumte in dieser Nacht von Isabelle Huppert, die mit einer Milchkanne durch ein einsames, düsteres Dorf im Elsass ging, nein, schwebte. Einige Meter über dem Kopfsteinpflaster, hinter sich einen Hund an einer Kette herziehend. Der schwarze Hund miaute, hatte weiße Pfoten, eine weiße Schwanzspitze, eine weiße Brust und glupschige Augen. Ein Basedowhund? Eine Basedowkatze? Auf einmal regnete es Fragezeichen vom Himmel, sie prasselten auf Gontard herunter, begruben ihn unter sich. Er rang nach Luft und erwachte, im Gefühl, dass es wirklich mehr als zwei Fragezeichen gab in diesem Mordfall.

8. KAPITEL

Die Vertreibung aus dem Paradies

Lotte und Anna verließen am nächsten Morgen um sieben Uhr das Haus, denn Lottes Vortrag über Deportation und Rettung sollte in den ersten beiden Stunden gehalten werden. Anna lieferte Lotte Simon bei ihrer Kollegin Helene Bauer ab und ging in ihren Englischunterricht. Helene Bauer und ihr Gast begaben sich in Raum 308 im 2. Stock. Lotte erkundigte sich auf dem Weg nach oben: »Das ist eine zehnte Klasse, wie Frau Gontard mir sagte?«

»Ja, es ist eine sehr interessierte Klasse. Ich bin gerne Klassenlehrerin in der 10b.«

»Untersekunda, so haben wir das damals genannt. Das passt. Die Schüler sind also ungefähr sechzehn Jahre alt? Genauso alt war ich damals, als ich mit meiner Familie mein Paradies in Weinheim verlassen musste. Wie habe ich das Städtchen geliebt. Über alles in der Welt habe ich Weinheim geliebt.«

Vor dem Klassenzimmer standen einige Mädchen und Jungs, warteten auf ihre Lehrerin und betrachteten ein wenig neugierig den Gast.

»Ich habe euch eine Zeitzeugin mitgebracht. Mrs. Lotte Simon.«

Helene Bauer sprach den Nachnamen englisch aus.

Der Gast aus England unterbrach kurz: »Die modernen Engländerinnen nennen sich nicht Mrs., sondern Ms, aber am liebsten bin ich hier und heute einfach Lotte Simon. So hieß ich als ganz junges Mädchen. Ein deutscher Name.«

»Dann lassen wir am besten Frau Simon gleich erzählen und sie hat viel zu erzählen.«

Und Lotte Simon sprach von ihrer unbeschwerten Kindheit in Weinheim an der Bergstraße, den Freundinnen, Lehrern, von den Nachbarn, die fast über Nacht abweisend und kalt wurden, die ihren Kindern nicht mehr erlaubten, mit den jüdischen Kindern zu spielen, die die jüdischen Geschäfte boykottierten, in denen sie vorher so gerne eingekauft hatten.

Schon nach wenigen Sätzen hatte die Frau mit der angenehm dunklen Stimme ihre jungen Zuhörer in den Bann gezogen.

»Wir waren doch Nachbarn«, sagte Lotte fast tonlos.

Im Raum 308 herrschte Totenstille.

Ganz hinten in der letzten Reihe saß ein Mädchen, welches Lotte schon die ganze Zeit über aufgefallen war.

Immer wieder waren Lottes Blicke während ihres Vortrags unwillkürlich zu diesem Mädchen gewandert, das sich die meiste Zeit hinter seinem aufmerksam lauschenden Vordermann, einem stämmigen blonden Jungen mit pausbackigem gutmütigem Gesicht, zu verbergen schien oder hinter dem Vorhang seiner langen dunklen Haare und mit gesenktem Blick auf die Bank vor sich starrte. Einmal schaute das Mädchen wie genervt zur Decke und seufzte laut, als langweile es sich unendlich. Lotte, die sensibel auf ihre Umwelt reagierte, versuchte, sich durch das störende Verhalten des Mädchens trotzdem nicht aus der Ruhe bringen zu lassen. Ihre Stimme blieb auch dann ruhig und fest, als ein leises Geräusch wie vom Trommeln nervöser Finger auf der Schulbank ertönte.

Dann traf ein plötzlicher abschätziger Blick aus kalten Augen die Rednerin vorne am Pult wie ein Blitzschlag. Es war ein Blick voller Verachtung und Hass. Und es war dieser Blick, der Lotte Simon mit einem einzigen Schlag ein Erlebnis ins Gedächtnis rief, das sie ausgespart hatte in ihrem nüchternen

Bericht. Ihre Sachlichkeit, ihre Ruhe, ihr vermeintliches Versöhntsein mit den Ereignissen der Vergangenheit waren eine Maskerade gewesen. Bewusst hatte sie ihre Emotionen weitgehend verdrängt, um vor diesen netten, aber dennoch wie alle ihre Altersgenossen sich cool gebenden jungen Leute nicht als widerwärtige Heulsuse dazustehen. Es war gerade diese Sachlichkeit, diese Gelassenheit ihrer Erzählweise, das spürte sie von Anfang an, welche ihr Sympathien entgegenbrachte und eine Brücke baute zu den jungen Leuten.

Ihr Unterbewusstsein schlug ihr nun jedoch ein Schnippchen, ausgelöst durch den hasserfüllten Blick aus diesen hellblauen Augen, welche ihr bekannt vorkamen.

Sie stand vorne am Pult, sprach nahezu emotionslos von der schleichenden Ausgrenzung, von Missgunst und Gesten der Abneigung, welche einstige Freunde, frühere Nachbarn und Schulkameraden ihr und ihrer Familie entgegenbrachten und sie spüren ließen, dass sie unerwünscht waren in diesem neuen Deutschland der braunen Herren. Sie war in ihrem Bericht noch nicht angekommen beim Tag der Deportation, jenem endgültigen Einschnitt, dem Ende ihres bürgerlichen Lebens in der vorher doch so friedlichen Kleinstadt an der idyllischen Bergstraße.

Ein Film erschien vor Lotte Simons Augen, während sie vor diesen jungen Leuten stand, die sich vielleicht fragten, was diese ältere Frau ihnen heute noch zu sagen hatte, wo doch alles für sie Geschichte war. Sie las nun von ihrem in der letzten Nacht verfassten Manuskript: Daten. Namen. Informationen. Keine Gefühle zeigen. Keiner ihrer Zuhörer ahnte, welche Turbulenzen sich in ihrem Innern abspielten. Der Blick aus eiskalten Augen brachte die Ereignisse zurück, als seien sie erst gestern geschehen.

Es war der 22. Oktober 1940.

Lotte war sechzehn Jahre alt und freute sich auf die bevorstehende Herbst- und Winterzeit. Der November war ihr liebster Monat. Ein Monat, den alle anderen hassten, denn er brachte Nebel, Kälte, kurze Tage und lange Nächte. Manchmal schon den ersten Schnee, Frost und den Tod der Natur. Doch Lotte mochte diesen Monat vor allen anderen Monaten, weil sie gerne bei ihrer Familie zuhause war.

Herbst und Winter, das bedeutete Nähe zur Familie, gemeinsame Spiele, Musizieren mit den Eltern und den Geschwistern. Kuscheln mit ihrem kleinen Hund Alberich. Spielen mit den beiden Katzen Brunhilde und Kriemhilde. Basteln für Weihnachten, Heimlichtun wegen der Geschenke, warmes Feuer im Kamin, Kerzenschein und weiche Wolldecken, in die man sich einhüllte, während man las, ganze Nächte durch, heimlich, nicht wie im Frühling oder Sommer, wo es Aktivitäten im Freien gab.

Lotte war froh, dass ihre Familie, obwohl jüdisch, seit drei Generationen getauft war. Was hätte sie nur ohne Weihnachten gemacht? Das Weihnachtsfest mit seinem Riesenchristbaum inmitten des großen Wohnzimmers, bis zur hohen Stuckdecke reichend. Vater und sie schmückten den Tannenbaum jedes Jahr, es war zur Familientradition geworden.

Doch es war nun erst Ende Oktober, sie würde noch warten müssen bis zum Fest.

An jenem 22. Oktober trank sie gerade ihren Frühstückskakao zu Ende, schnappte ihre Schultasche und wollte das Haus verlassen, etwas nervös, denn es würde eine Mathearbeit geschrieben werden. Sie schickte sich an, sich fertigzumachen.

Mutter sagte: »Kind, zieh deinen warmen roten Mantel an. Am besten noch einen Schal dazu. Heute Nacht hat es Frost gegeben. Der Winter kommt. Und die Zugvögel sind gestern in Scharen über die Burg gezogen.«

Alma, dem Dienstmädchen, das in der Küche hantierte, rief sie zu: »Leg bitte tüchtig Briketts nach. Es wird heute kalt.«

Es klopfte an die Haustür, laut und polternd. Lotte, die Schultasche in der Hand und bereit zum Weggehen, öffnete verwundert.

Zwei Männer standen vor ihr, breitbeinig. Einer war in Zivil. Er trug einen langen Mantel, einen Hut mit einer breiten Krempe und hielt eine Aktentasche unter dem Arm geklemmt. Der andere war uniformiert.

Lottes Eltern waren mittlerweile herbeigeeilt, von dem lauten Pochen alarmiert. Der Mann in Zivil las in barschem Ton eine Verfügung vor. Die Familie Simon habe eine halbe Stunde Zeit, ihre Koffer zu packen. Jedes Familienmitglied habe Anspruch auf einen Koffer, Erwachsene durften bis zu fünfzig Kilo Gepäck mitnehmen, Kinder bis zu zwanzig. Diese Regelung sei bei Strafe unbedingt einzuhalten.

Ungläubig starrte Lotte die Männer an. Es musste alles ein Irrtum sein. Die Straße war menschenleer. Im Haus gegenüber bewegte sich ein Rüschenvorhang, Lotte nahm undeutlich das Gesicht von Frau Gaber hinter dem Fensterkreuz wahr. Frau Gaber, die freundlich geblieben war, wenn auch ein klein wenig distanzierter als früher. Lotte las Bestürztheit und Scham in der Miene der Nachbarin. Der Rüschenvorhang senkte sich.

»Wir sind genau in einer halben Stunde wieder da. Bis dahin sind alle Koffer gepackt und los geht die Reise.« Der Mann in Zivil sagte dies zackig und lachte dann. »Deine Schultasche brauchst du nicht mehr, Sara, für solche wie euch gibt es keinen Platz mehr in deutschen Schulen. Immer Ferien ab heute. Ist doch wunderbar! Das habt ihr uns zu verdanken.«

Er lachte noch einmal schnaubend, schob sich den Hut mit der breiten Krempe tiefer ins Gesicht. Der Uniformierte neben ihm lachte läppisch mit. Schämten sie sich, zu einer solch erbärmlichen Rolle verurteilt zu sein und meinten sie, die Grausamkeit der Situation durch Witze überspielen zu können?

Bevor Lotte und ihre Eltern eine Frage stellen konnten, drehten sich die beiden Männer um und schritten mit staksigen Schritten in ihren hohen Schaftstiefeln zum schmiedeeisernen Gartentor. Sie wurden von Nebelschwaden verschluckt. Ein Nieselregen setzte ein, Blätter fielen lautlos zu Boden, goldgelb, kupferfarben, blutrot. Die letzten Dahlien blühten noch. Sie gehen jetzt zu Hirschs und zu Pfälzers, dachte Lotte, um auch ihnen zu sagen, dass sie ihre Koffer packen müssen und zu all den anderen jüdischen Familien. Zwanzig Kilo für die Kleinen, fünfzig Kilo für die Großen. Gut, dass Hirschs ihre Kinder schon vor zwei Jahren, kurz nachdem die Synagogen im ganzen Land brannten, zum Kindertransport nach England gebracht haben, das dachte sie auch. Rahel, Aaron und Lea waren in Sicherheit. Hirschs hatten die Zeichen der schlimmen Zeit schon lange erkannt, doch Lottes Eltern wollten nicht aufgeben, hierbleiben und weitermachen, solange es ging. Und Simons waren sich zudem ganz sicher, dass ihnen als getaufte Christen nichts passieren würde. Sie waren doch Deutsche. So sahen sie sich, als Deutsche, nicht als Juden. Lottes Vater hatte gezögert, sie und ihre Geschwister zum Kindertransport zu geben. Die Kleinen brauchten doch noch ihre Eltern und Lotte selbst hatte sich geweigert, die Familie als Einzige zu verlassen. Es würde schon nicht zum Schlimmsten kommen, so dachte Familie Simon, so dachte Dr. Augspurger, der beliebte Arzt, der seinen ärmeren Patienten kein Geld abverlangt hatte. So dachten fast alle, die am 22. Oktober 1940 von uniformierten und zivilen Nazis aufgefordert wurden, in einer halben Stunde ihre Koffer zu packen. Wie benommen, stumm, ohne Tränen, ohne Gejammer machte sich Familie Simon ans Kofferpacken. Gehorsam und brav wie die Lämmer, die man zur Schlachtbank führt, ließen sie es geschehen, dass man sie im Schlosshof zusammentrieb und auf Lastwagen verlud, auf denen schon die Familien Hirsch, Rosenberg und Ellwanger auf ihren Koffern kauerten. Auch sie mit tränenleeren Augen, passiv, wie gelähmt.

Wenige Minuten vor Ablauf der Frist war jemand bei Simons an der Hintertür erschienen.

Es war Frau Gaber, die, beschämt, traurig und ungläubig, fragte: »Kann ich Alberich aufnehmen, bis ihr zurückkommt?«

»Kommen wir denn zurück?«, erwiderte Lottes Vater.

Frau Gaber schwieg. Dann sagte sie: »Und die beiden Katzen. Die nehme ich auch in Obhut.«

Alberich war, während die Familie in Eile die Sachen für die Abreise gepackt hatte, winselnd von einem zum anderen gelaufen. Ohne ihn noch einmal zu streicheln, hob Lotte den kleinen Hund hoch und gab ihn der Nachbarin. Lotte nahm ein Buch aus der Schultasche, die am Spiegel im Flur stand und reichte es Frau Gaber. Es war *Effi Briest* von Theodor Fontane. Frau Gaber liebte Fontane über alles.

»Die Katzen werde ich mit Milch anlocken, es wird schon klappen«, beeilte sich Frau Gaber zu sagen.

»Sie sind ein guter Mensch«, sagte Lottes Mutter. Ganz spontan nahm sie ihre schwarzgoldene Biedermeierbrosche ab, die sie immer am Kragen trug und steckte sie Frau Gaber in die Schürzentasche.

»Zur Erinnerung an mich. Gehen Sie nun schnell, damit Sie keine Scherereien kriegen.«

»Nun bin ich nicht mehr so ganz allein, wenn ich die Tiere habe«, sagte Frau Gaber und huschte zur Hintertür hinaus. Sie schlüpfte, ohne sich umzusehen, wie eine Verbrecherin durch die Gartenhecke in ihr Haus zurück. Als Lottes Vater auf den Lastwagen stieg, fragte er, ob er schnell zu seinem Haus laufen könne, es sei ja nicht weit. Er wolle noch ein oder zwei Wolldecken extra holen für die Kinder.

»Bleib do«, sagte einer der Männer, der in Uniform, und es klang beinahe gemütlich, liebevoll und besorgt, wenn da nicht der hämische Unterton gewesen wäre, begleitet von einem ebenso hämischen Grinsen: »Mir decke eich schun zu, ihr Judde.«

Lottes Vater wollte etwas entgegnen, aber der flehende Blick seiner Frau ließ ihn verstummen. Er ballte die Fäuste in der Manteltasche. Herr Lehmann, der Kriegsversehrte, sah ihn stumm an, er war weiß wie eine Wand, ein erstarrter Mensch. Warum lassen wir das geschehen, schienen seine Blicke zu sagen. Warum wehren wir uns nicht gegen dieses Unrecht, gegen diese Unmenschen? Ich war Frontkämpfer im Ersten Weltkrieg, ich habe meine Gesundheit für Deutschland gegeben. Meine beiden Brüder sind gefallen. Ich dachte immer, ich sei Deutscher.

Lotte schaute zu Boden, nahm die kleine Schwester Emma in den Arm, die zu weinen begann, denn ihre Puppe Annelie hatte sie vergessen mitzunehmen. Lotte drückte ihr den kleinen Steiff-Bär, den sie für sich selbst mitgenommen hatte, in die Händchen. Er war ein Geschenk von Georg Fuhrmann.

Einige Leute standen an der Straße, die hinunter zum Bahnhof führte. Beschimpfungen schallten zu den Menschen auf dem Lastwagen empor: »Judenpack. Volksschädlinge. Saujuden.«

Einige Leute am Rand der Straße starrten schweigend, sensationslustig. Gaffer. Es war endlich was los in der langweiligen Kleinstadt. Lottes Wange wurde von einem nassen Etwas getroffen. Es war Spucke. Das Mädchen, das Lotte angespuckt hatte, schaute zum Lastwagen hoch. Eiskalte hellblaue Augen blickten hasserfüllt zu Lotte hoch, die oben auf dem Lastwagen saß, bemüht, nicht umzukippen. Sie hielt sich an ihrem Köfferchen fest, lehnte sich an ihre Mutter an, die permanent nach unten schaute, auf den Boden des wackligen Lastwagens, um diese Gesichter nicht sehen zu müssen, die sie kannte. Denn es waren doch Nachbarn, Gemeindemitglieder gewesen, die früher gerne mit ihr geplaudert hatten und nun gleichgültig, untätig oder feindselig dieser Deportation Unschuldiger zuschauten.

Das spuckende, hässliche Mädchen mit den eiskalten Augen lachte und zeigte mit dem Finger auf Lotte, die nichts unternahm, um die Spucke wegzuwischen. Lottes Mutter nahm stumm ihr Taschentuch und säuberte die Wange ihrer Tochter.

Die Lotte Simon des Jahres 1996 überlegte sich, während sie nun sachlich von ihrem Manuskript las, ob sie in der Lage wäre, ebenso sachlich den Hauptteil ihres Berichts vorzutragen, nämlich die Deportation nach Gurs.

Das Mädchen in der hintersten Reihe des Klassenzimmers Nummer 308, war sie eine Enkelin jenes Mädchens damals in der Bahnhofstraße, das ihr die eklige Salve ins Gesicht gespuckt hatte? Nein, Unsinn. Menschentypen wiederholen sich immer wieder. Das Mädchen damals hatte Grete Rott geheißen, und sie war in Georg Fuhrmann verliebt gewesen, der sie keines Blickes würdigte.

Lotte drehte sich schnell weg, blickte wie ihre Mutter und fast all die anderen frierenden und angsterfüllten Menschen oben auf dem wackligen Lkw starr zu Boden.

Die Tiere sind in Sicherheit, wenigstens die Tiere, dachte Lotte.

Sie schaute noch einmal zurück zu den beiden Burgen, der mittelalterlichen Ruine Windeck und der um die Jahrhundertwende erbauten Wachenburg, diesem künstlichen Gebilde, von Pseudoromantik und Deutschtümelei zeugend.

Lottes Bericht des 22. Oktober 1940 fiel ebenso sachlich aus wie der Bericht über die Anfänge der Ausgrenzung der jüdischen Bevölkerung. Ob einige Schüler enttäuscht waren, dass sie ihnen kein schluchzendes Kitschstück servierte, dass sie ruhig blieb und nahezu emotionslos?

Lotte berichtete nun von Gurs, dem Internierungslager in den Pyrenäen, davon, dass ihre kleinen Geschwister, Emma und Ernst, drei und fünf Jahre alt, unter den ersten Opfern gewesen waren. Sie waren gleich nach der Ankunft im Elendslager an Typhus gestorben, ebenso wie Abraham und Lea Augspurger, die Eltern von Dr. Augspurger und seine schwangere Frau Hertha. Der Schmutz in Gurs, der schlammige Morast, die kalten Baracken, der Hunger und die Krankheiten, die nicht ausbleiben konnten bei den unbeschreiblichen sanitären Verhältnissen, Ungeziefer, Flöhe, Mäuse und Ratten: Ein Albtraum wurde wahr für all die Menschen, die in geordneten Verhältnissen, in festen Häusern und zum großen Teil in Wohlstand und Luxus gelebt hatten, oft beneidet. Die Wachleute im Lager, alles ausnahmslos Franzosen, waren bezahlte Schergen, die ihre Arbeit taten für die französische Obrigkeit, die mit den Nazis gemeinsame Sache machte. Einige ergriff Mitleid, sie waren keine Unmenschen, da wurde heimlich Brot verteilt, allerhand Essbares, was eigentlich nicht vorgesehen war.

Lotte sprach von all dem, doch sie sprach nicht von dem Einen, dem Unmenschen, dem Sadisten, der Spaß am Quälen hatte und am Demütigen. Der Eine, der entlarvt worden wäre, wenn es den Mord an Georg Fuhrmann nicht gegeben hätte. Georg war »nah dran« gewesen, wie er gesagt hatte.

Sie sprach von ihrer wunderbaren zweifachen Errettung aus

Gurs und später aus Izieu bei Grenoble, ihrem Entkommen vor dem Schlächter von Lyon, Klaus Barbie. Einige Schüler kicherten, als Lotte den Namen Barbie an die Tafel schrieb.

»Barbiepuppe«, hörte sie einen Jungen zu seinem Nachbarn sagen. Das Mädchen mit den kalten Augen in der hintersten Bank lachte dümmlich.

Lotte war mit ihrem Zeitzeugenbericht zu Ende, die Lehrerin wollte wissen, ob es noch Fragen gebe. Ein Mädchen wollte wissen, warum die Einheimischen damals nichts für ihre jüdischen Mitbürger getan, ihnen nicht geholfen hatten. Hätten sie nicht einfach protestieren können gegen den Abtransport?

»Ach, die Menschen waren voller Angst und um ihr eigenes Leben besorgt. Außerdem war die Deportation perfekt durchorganisiert von Gauleiter Robert Wagner. Es klappte alles wie am Schnürchen, und es war von oben angeordnet worden, möglichst keine Gewalt anzuwenden, anders als bei der Kristallnacht zwei Jahre zuvor. Es sollte der Anschein erweckt werden, die jüdischen Mitbürger würden nur evakuiert, man sprach von Umsiedlung, und ganz vielen Deutschen war dies nur recht, denn der Neid und die Missgunst den Juden gegenüber war gewachsen in den Jahren der Arbeitslosigkeit. So meldete Reinhard Heydrich, der oberste SS-Mann und Polizeigeneral, die Aktion sei reibungslos vonstattengegangen und ganz ohne Störung durch die deutsche Bevölkerung. Ganz nebenbei bemerkt stellte sich Heydrich in der Öffentlichkeit gerne als begnadeter und zarter Geigenspieler dar. In Wirklichkeit war er einer der schlimmsten Massenmörder. Er wurde bei einem Attentat vor Kriegsende umgebracht, und die Nazis rächten seine Ermordung auf grausamste Weise. Noch irgendwelche Fragen?«

Ein Junge meldete sich: »Warum haben Sie sich damals nicht gewehrt?«

»Lämmer können sich nicht wehren gegen Wölfe. Wir waren nichts als Lämmer, die man zur Schlachtbank führt.«

Der Schulgong ertönte. Die Doppelstunde war zu Ende. Die Lehrerin dankte der Zeitzeugin und die Schüler applaudierten höflich. Das Mädchen in der hintersten Reihe rührte keinen Finger.

Als die Schüler den Klassensaal verlassen hatten, sagte Helene Bauer: »Ich muss mich für Chantal entschuldigen. Sie ist, na ja, sagen wir mal, sie ist schwierig.«

Lotte Simon dachte bei sich: Schwierig nennt man das in der heutigen Pädagogik und macht wohl die Lebensumstände des Mädchens dafür verantwortlich, dass sie ist, wie sie eben ist, diese Chantal: böse. Wie jene Grete Rott damals böse war. Aber sie behielt diesen Gedanken für sich.

»Nicht alle Eltern finden es gut, wenn im Geschichtsunterricht über das Dritte Reich gesprochen wird. Seit der Wende vor allem gibt es einige, die sich ›aufgeklärte Patrioten‹ nennen. Da stört es, wenn man die Verbrechen der Nazis thematisiert. Man muss die zarten Seelen unserer Kinder schützen, sagen solche Eltern. Wie scheinheilig, denn das sind die gleichen Eltern, die ihren Kindern erlauben, sich bis spät in die Nacht Horrorvideos anzuschauen. Wir haben es nicht immer leicht in unserem Beruf«, sagte Helene Bauer. Dann entschuldigte sie sich, sie müsse gleich in die nächste Stunde eilen, da werde eine Klassenarbeit geschrieben und sie müsse etwas kopieren.

Lotte wartete im Lehrerzimmer auf Anna, die Pausenaufsicht hatte. Während sie ihren Kaffee trank, den ihr Helene Bauer hingestellt hatte, ließ sie die beiden Stunden Revue passieren.

Ach, so vieles wäre noch zu sagen gewesen, so vieles war unsagbar, zu vieles zu privat.

Zum Beispiel das Gefühl, das sie überkommen hatte, als sie mit ihrer Familie oben im Schlosspark zur »Sammelstelle«

getrieben wurde. Sie hatte noch einen letzten Blick in den Schlossgarten geworfen, wo Georg und sie heimlich und in großer Gefahr zweimal zusammen gewesen waren. Dort, an der Stelle, an welcher Balzac 1832 ein Kapitel seines autobiografischen Romans *Louis Lambert* geschrieben hatte, als er Lady Jane besuchte, wie es hieß. Am Sandsteintisch im Schlosspark trafen sie sich. Küsse, geflüsterte Liebesworte. Schwüre: »Ich bin dir treu, egal, was geschieht.« Und: »Wenn der Spuk der Braunen vorbei ist, später, dann heiraten wir.«

Er hatte ihr das Bärchen geschenkt, als Talisman. »Das ist Honoré«, sagte er.

»Wie Honoré Balzac, der hat auch wie ein Bärchen ausgesehen«, lachte Lotte. »Wie ein tapsiger, unglücklicher Bär.«

Anna hatte nun zwei Freistunden und nutzte die Zeit, um Lotte nach Hohenkirch zurückzubringen. Lotte war seltsam schweigsam, weshalb Anna fragte: »War es sehr schlimm?«

»Ich hätte nicht kommen sollen. Ich habe meine Stärke überschätzt. Ich habe nicht mit der Wucht der Erinnerungen gerechnet.«

Ihre Stimme bebte leicht, sie war kreidebleich.

»Es tut mir so leid, es ist meine Schuld«, sagte Anna.

»Nein. Es sollte so sein. Alles ist gut«, erwiderte Lotte Simon und legte Anna die Hand auf die rechte Schulter, als wolle sie sie trösten.

9. KAPITEL

Das Trio Infernal

Friedrich Gontard hatte ein kleines Essen bereitet. »Für die arbeitende Bevölkerung«, sagte er zu Anna. »Und natürlich auch für uns Pensionäre. James hat eifrig mitgeholfen. Der italienische Salat ist sein Werk, der Rest ist meines.«

Anna hatte ihrem Mann vor dem Essen in der Küche, während die beiden Gäste sich im Wohnzimmer unterhielten, angedeutet, dass der Zeitzeugenvortrag Lotte Simon ziemlich mitgenommen hatte. Man beschloss, die Schulstunde nicht zur Sprache zu bringen, es sei denn, Lotte würde von sich aus darüber reden wollen.

Bei *Quiche Lorraine* und französischem Rosé, einem exquisiten *Château d'Assas* aus dem Languedoc-Roussillon, beratschlagte man, ob es eine gute Idee sei, am nächsten Tag nach Lützelbrunn zu fahren und den Vauxhall abzuholen.

»Ein schöner Vorwand, noch mal nach dem Rechten zu sehen, oder?« Anna brachte es auf den Punkt.

»Vielleicht hast du Recht, Anna. Unser Unterbewusstsein hat uns den Vauxhall da unten in der Südpfalz stehen lassen.«

Das Telefon schrillte, und Gontard ging zum Flur hinaus. Zu seinem Erstaunen war am Ende der Leitung der französische Polizeichef aus Straßburg, Jules Loeffler.

Er entschuldige sich, er hoffe, er störe nicht, aber nach dem gestrigen Gespräch und da die Telefonnummern ausgetauscht worden waren, meinte er, es dem *ancien chef de police* schuldig zu sein, ihn über die neuesten Ereignisse zu informieren.

»Aber Sie haben doch Udo Schwerdtfeger bestimmt schon darüber informiert?«

»Natürlich. Aber ich wollte Ihnen das persönlich mitteilen, bevor es mein deutscher Kollege tut. Sie sollten wissen, dass die Mörder gefasst sind.«

Friedrich Gontard fand keine Worte. So schnell hatte er nicht damit gerechnet.

Ein Wortschwall ergoss sich nun über ihn.

»Es sind drei Männer. Ein *Trio Infernal* sozusagen. Sie sind in Perpignan abgefangen worden, die Bande wollte sich über die spanische Grenze absetzen. Dort wollten sie Ware verhökern, aber einer der Hehler hat gepfiffen. Das *Trio Infernal* besteht aus einem Deutschen aus Zweibrücken, einem Lothringer aus Sarreguemines und einem Spanier aus Valencia. Miguel Alvarez heißt der Kerl. Das Auto mit dem Pirmasenser Kennzeichen war übrigens gestohlen.«

»Ein Spanier. Deshalb die Garotte.«

»Ja, wahrscheinlich. In Spanien liebt man diese Waffe immer noch.« Loeffler lachte etwas unmotiviert.

»Die Ware, von der Sie sprachen, das war wohl wertvoller Schmuck?«

»Wieso das?«

»Der Schmuck von Gerlinde Fuhrmann. Der Frau des Opfers von Lützelbrunn. Sie sprach mir gegenüber von Schmuck, der gestohlen worden war.«

»Schmuck? Nein. Das waren ganz andere Objekte. Gestohlene Antiquitäten aus dem Bestand des Antiquitätenhändlers aus Seebach. Unter anderem drei wertvolle holländische kleinformatige Gemälde aus dem siebzehnten Jahrhundert. Zwei von Gerrit Dou und eines von Cornelis de Vos.«

»Dann hat das Trio den Schmuck schon vorher verhökert?«

»Nein. Den Schmuck konnten sie nicht haben.«

»Wieso nicht?«

»Weil sie gar nicht in diesem Haus Fuhrmann waren. Sie haben Georg Fuhrmann nicht umgebracht. Direkt nach dem Mord an Maurice Rapp sind sie nach Südfrankreich geflohen. Es gibt Zeugen. Sie können den Mord nicht begangen haben, denn für die Zeit, in der vermutlich der Mord an Fuhrmann begangen wurde, haben sie ein lupenreines Alibi. Das wird natürlich alles noch exakt überprüft. Bei uns läuft alles auf Hochtouren, ich muss Schluss machen. Ich halte Sie auf dem Laufenden.«

»Wie hat der Kripochef, Herr Schwerdtfeger, Ihre Nachricht aufgenommen?«

»Er hat geflucht. *Merde*, hat er gesagt, auf Deutsch allerdings. *Da muss ich nun wieder von vorne anfangen.*«

»So sieht es aus. Die Fälle haben nichts miteinander zu tun. Es wäre auch zu einfach gewesen. Ich hatte gleich meine Bedenken.«

»Sie meinen?«

»Ach, nichts.«

»Ja, nun muss sich Ihr Nachfolger nach einem anderen Täter umsehen.«

»Danke, dass Sie mich trotz Ihrer vielen Arbeit so schnell informiert haben.«

»Das bin ich meinem Vorgänger, Jean-Claude Bouvier, schuldig, der so viel von Ihnen gehalten hat, *M. le commissaire.*«

Die Anrede tat Friedrich Gontard gut. Jean-Claude Bouvier hatte einen netteren Nachfolger als er selbst. Er dachte an den schnöseligen Udo Schwerdtfeger, der ihn nicht in Kenntnis gesetzt hatte von den neuesten Ereignissen. Aus Scham vielleicht?

Anna und die Gäste aus England schauten Friedrich Gontard erwartungsvoll entgegen.

»Die drei sind gefasst, meine Lieben«, sagte er. »Das sind die Mörder von Maurice Rapp aus Seebach, aber nicht die Mörder unseres lieben Freundes Georg.«

Und er gab den Bericht des französischen Kripochefs weiter.

»Nicht die gleichen Täter, doch die Tat: fast identisch. Das gleiche Tatmuster. Ich bin kein Kriminalist«, sagte James Mendel, »aber das heißt doch, entschuldigt, aber mein Deutsch ist ein bisschen eingerostet, vor allem, was die Feinheiten betrifft. Sagt man Trittfahrer?«

»Beinahe, James«, half Lotte aus: »Du meinst Trittbrettfahrer.«

»Ja. Natürlich. Trittbrettfahrer. Die springen auf den Zug auf, auf dem andere fahren.«

»Meinst du, das waren mehrere Täter, James?«, wollte Anna wissen. »Es kann doch auch ein Einzelner abgekupfert haben.«

»Die Kriminalistengattin spricht hier«, meinte Gontard. »Die vielen Jahre mit mir waren also doch nicht umsonst.«

Er lachte und gab Anna einen Kuss auf die Wange.

»Vielleicht, vielleicht auch nicht.«

»Ach du, wie die männliche Sphinx kommst du mir manchmal vor oder wie die Hexen aus *Macbeth* mit ihren mysteriösen Prophezeiungen. Ich lese nämlich gerade *Macbeth* mit meinem Englisch-Leistungskurs.«

Sie schaute auf die Wanduhr.

»Apropos Schule. Ich gehöre noch der arbeitenden Bevölkerung an und gehe nun in die Federn. Bin hundemüde. Ihr drei könnt ja noch den Fall lösen. Was macht ihr morgen? Ach ja, ihr habt es ja schon gesagt: den Vauxhall holen. Dann sehen wir uns morgen Nachmittag. Eine Referendarin kommt zum Kaffee her, Sabine Schmittinger, eine ganz Nette. Wir müssen ihren Unterrichtsbesuch besprechen. Shakespeare ist immer schwierig zu vermitteln, wenn man noch keine Routine hat. Sie ist ganz aufgeregt und ich werde ihr bei der Planung helfen. Gute Nacht, ihr drei Nachteulen.«

Sie nahm Belami am Halsband.

»Komm, wir gehen noch mal runter, mein Kleiner. Auf deine Pipiwiese.«

Schwanzwedelnd folgte ihr der kleine Hund und trottete an der Barockkommode vorbei, vorsichtig um das Körbchen herum, in dem das Findelkind, Katerchen Heinz, froh schnurrte.

10. KAPITEL

Glück und Glas

Die Turmuhr der spätgotischen Kirche von Lützelbrunn gab drei helle Töne von sich, als Friedrich Gontard auf dem Privatparkplatz Fuhrmann-Blenker ankam.

»Mein Vauxhall sieht komisch aus. Ganz schief steht er da«, meinte James Mendel.

Er stieg schnell aus und ging zu seinem Wagen. Dann rief er die Freunde herbei.

Stumm deutete er auf die Hinterreifen. Sie waren beide zerstochen.

»Ist das Ihr Auto?«

Vom oberen Weg her, der zum Parkplatz führte, kam ein junger Mann mit rötlichen Haaren auf die Gruppe zu. Er war hochgewachsen, eher kräftig und trug eine Rastafrisur. Viele kleine Silberringe schmückten das linke Ohr und auch die Nase war gepierct, was ihm das Aussehen eines Bären mit Nasenring verlieh. Auch sein Gang war etwas bärenhaft, als er um den Vauxhall herumging. Aber er war ein freundlicher Bär, denn er schüttelte den drei bestürzt aussehenden Leuten die Hand.

»Das da wollte ich gerade oben melden.« Er zeigte auf die Reifen.

»Ach ja, ich bin Florian Blenker«, stellte er sich vor. »Ich wohne da oben. Das ist unser Parkplatz. Unserer und der von Fuhrmanns.«

Nie hätte Friedrich Gontard, den Ähnlichkeiten zwischen Familienmitgliedern schon immer interessiert hatten, in dem freundlichen Nasenbär den Sohn von Bertram Blenker vermutet.

Er stellte sich und seine beiden Begleiter nun dem jungen Mann vor und schloss aus seiner Reaktion, dass zwischen Vater und Sohn nicht gesprochen worden war über die Freunde des ermordeten Nachbarn. Offenbar wusste er auch noch nichts über die neuesten Ermittlungsergebnisse aus Ludwigshafen beziehungsweise aus Straßburg und die Festnahme des Trios. Er sprach von dem »schlimmen Raubmord« und dass er hoffe, die Kerle würden bald gefasst werden.

»Und wer das hier getan hat«, wieder deutete er auf die Reifen, »also das hier ist auch ganz schön gemein.«

Gontard wollte gerade fragen, ob Florian Blenker eine Ahnung habe, wer das getan haben könnte, als eine Stimme rief: »Mein Herr Sohn ist schon da? Gibt es nichts mehr zu tun bei der Arbeiterwohlfahrt? Die bei der AWO Bad Bergzabern sind ja wohl besonders faul.«

Bertram Blenker, der Glücksguru, wie Gontard ihn bei sich nannte, näherte sich vom oberen Weg her, der zu seinem Anwesen führte.

»Ja, genau. Wenn du meinst«, lautete Florian Blenkers Antwort, ebenso knapp, wie die Frage seines Vaters ironisch gewesen war.

»Dann kannst du mir ja beim Holzaufschichten helfen. Der Kamin will Futter für den Winter, und es wird kälter.«

Er kam näher.

»Aber Ihr Vauxhall sieht komisch aus. Oh.«

»Ich glaube, wir sollten die Polizei holen«, schlug Friedrich Gontard vor. »Da hat einer mutwillig die Reifen zerstochen.«

»Ein kleiner Scherz der gelangweilten Dorfjugend«, meinte Bertram Blenker. »Warum immer gleich dramatisieren? Die

Jugendlichen wissen nichts mit sich anzufangen in dem Nest hier. Die sehen ein schickes ausländisches Auto, haben ein paar Bierchen zu viel intus und schwupps kommt einer auf die Idee, ein bisschen Spaß zu haben. Wir waren doch alle mal jung.«

»Ich finde aber, Herr Gontard hat Recht, das ist kein Scherz.«

»Ach, mein sozialer Sohn äußert Betroffenheit. Nehmen Sie es nicht so schwer, Mr., Mr.?«

»Mendel. James Mendel«, erwiderte James kühl.

»Mr. Mendel. Also, wir gehen hoch zu mir und rufen die Werkstatt an. Die montieren im Nu neue Reifen. Basta. Und Sie können den Vorfall vergessen.«

»Also gut, rufen wir die Werkstatt an, lassen wir es auf sich beruhen. Aber nur, weil ich keinen Ärger möchte«, gab James Mendel nach.

Sie folgten Bertram Blenker den steilen Pfad zu dessen Haus hoch. Florian Blenker verschwand mit gesenktem Kopf in die obere Etage, vermutlich, um sich Arbeitsklamotten fürs Holzhacken oder Holzaufschichten anzuziehen. War dies ein Männerhaushalt? Gab es keine Frau Blenker? Das Haus sah recht unordentlich aus.

»Florian ist zwar nicht der Sohn, den ich mir gewünscht hätte«, sagte Bertram Blenker. Als könne er Gedanken lesen, fuhr er fort: »Aber er hilft mit, damit der Haushalt einigermaßen funktioniert. Ausgerechnet Sozialarbeiter musste er werden anstatt zu studieren und sich ein schönes und vor allem glückliches Leben zu machen. Stattdessen gibt er sich mit Verlierern ab. Und wird selbst einer. Das hat er von seiner Mutter. Die hat sich nur immer um andere gesorgt als Krankenschwester. Und dann ist sie an Krebs gestorben, wie das so ist bei Leuten, die es nicht hinbekommen, positiv zu denken.«

Gontard konnte sich nicht zurückhalten, diese lieblose, falsche und dreiste Tirade des Glücksgurus zu unterbrechen.

»Nun machen Sie aber mal einen Punkt! Sie wollen doch nicht behaupten, man sei an seinen Krankheiten selbst schuld? Überhaupt: Von Schuld zu sprechen in diesem Sinn ist doch unangebracht. Wissen Sie, wie viele positiv denkende Leute in meinem Bekanntenkreis schon an dieser Krankheit gestorben sind und wie viele Pessimisten gesund und munter leben? Und außerdem wünsche ich Ihnen von Herzen, dass Ihnen nie ein Schicksalsschlag Ihre schönen Glückspläne durchkreuzt, Herr Blender, Entschuldigung, Herr Blenker.«

Der Freudsche Versprecher war ihm herausgerutscht, aber Bertram Blenker schien ihn nicht wahrgenommen zu haben. Mit Menschen wie diesem Glücksdogmatiker war nicht zu diskutieren. Sie beharrten stur auf ihrer Meinung und posaunten sie als unumstößliche Wahrheit in alle Welt hinaus. Und mit missionarischem Eifer verstanden sie es, leichtgläubige Sinnsuchende von ihren sogenannten Wahrheiten zu überzeugen.

Gontard fielen die Titel des Herrn Erfolgsautors ein, die er in dem wild durcheinandergeworfenen Bücherhaufen gesehen hatte: *Schnelles Glück für Manager und Gestresste,* sowie *Glücklichsein, leichtgemacht.*

Auch Bertram Blenker, ging es durch Friedrich Gontards Kopf, wusste offenbar noch nichts von der Festnahme der drei Männer und somit auch nichts von der neuerlichen Wende im Mordfall Fuhrmann. Sollte er ihn aufklären? Er beschloss, dies nicht zu tun.

Der Automechaniker ließ nicht lange auf sich warten. Bertram Blenker bot den Wartenden einen Tee an, er selbst genehmigte sich einen Cognac, nachdem die Gäste Alkohol am frühen Nachmittag abgelehnt hatten. Mit spöttischer Miene betrachtete er diese komischen und langweiligen Teetrinker, während er selbst seinen Armagnac trank.

Zu gerne hätte Friedrich Gontard ein Zigarillo geraucht und

auch Lotte Simon deutete Gontard mit stummen Blicken an, dass eine Zigarette nicht fehl am Platz gewesen wäre. Nicht aber in diesem Haus. Einem Haus, das mit hässlichen Billigmöbeln vollgestopft war. Ein Erfolgsautor hätte sich doch etwas Luxus leisten können? Aber das war wohl eher eine Frage des Geschmacks.

Vom Schuppen her hörte man ein Rumoren und das Geräusch von Holzhacken. Sohn Florian war fleißig am Werkeln, wie es der Vater befohlen hatte.

Der Automechaniker klingelte an der Tür und meldete, dass der Vauxhall repariert war.

James Mendel beglich die Rechnung. Zögerlich. Er hätte doch die Polizei rufen sollen. Doch nein. Ein Dummejungenstreich. Vielleicht nicht mehr. Es hatte wirklich Schlimmeres in James Mendels Leben gegeben.

Ein Wagen fuhr auf dem Parkplatz vor. Eine Frau Ende dreißig stieg aus.

Bertram Blenker, hocherfreut, eilte auf die Frau zu und rief: »Schön, dass du da bist, Erika.«

Sie war groß und schlank, ihre Haare waren aschblond und gewellt. Sie trug schwarze, schlichte Kleidung. Da war etwas Bekanntes um ihren Mund, in ihren Gesichtszügen, in ihrer Mimik und ihrem Gang.

Bertram Blenker stellte die Neuangekommene vor: »Das ist Erika Köster, die Schwester von Frau Fuhrmann. Die Herrschaften wollen eh weiterfahren«, sagte er mit einer Geste, die weltmännisch sein sollte. »Gehen wir hoch zu Gerlinde. Sie hat Trost von ihrer kleinen Schwester nötig.«

Süffisant wandte er sich an Friedrich Gontard: »Ihr Herr Nachfolger hat sich angesagt. Er wird gegen siebzehn Uhr bei Frau Fuhrmann vorsprechen. Adieu.«

Und er ging mit Erika Köster den steilen Pfad zum Glashaus hoch.

Ich weiß, was der Herr Nachfolger zu verkünden haben wird. Ich weiß schon alles, dachte Friedrich Gontard. Nun lächelte er seinerseits etwas mysteriös.

Lotte stieg zu ihm in den Wagen. Sie fragte: »Du hast nichts dagegen, James, wenn ich mit Friedrich fahre? Kein Misstrauen gegen dich.«

»Obwohl Misstrauen nicht abwegig wäre. Ich fahre nicht gerne rechts. Aber ich fahre hinter euch beiden her und kann dabei auch meinen Gedanken nachhängen.«

Als James Mendel in sein Auto stieg, sah er eine Gestalt, hinter den Tannen verborgen und es schien ihm, als beobachte ihn diese Gestalt durch einen Feldstecher oder als mache sie Fotos.

Gontards Wagen hatte sich langsam in Bewegung gesetzt.

Sie erreichten Hohenkirch nach einer kleinen Kaffeepause unterwegs am frühen Abend.

James Mendel parkte seinen Wagen in der Gontardschen Garage. Da sah er Schriftzüge auf den staubigen Kofferraum geschrieben: »*Die, Jew. Die.* Stirb, Jude, stirb«, murmelte er ungläubig.

Und es war ihm, als müsse er ohnmächtig werden. Seine Hand fasste unwillkürlich an sein Herz, dann an seine Kehle. Er rang nach Luft. Anna, die gerade zur Tür kam, eilte zu dem Gast, der nur stumm auf die staubigen Schriftzüge auf seinem Auto deutete. Anna führte James Mendel ins Haus.

»Es geht schon wieder, danke«, sagte er. »Das war eben wie damals. Nur schrieben die ihre Hasssätze auf Deutsch. Die Nazis konnten früher kein Englisch. Das ist neu.«

Katerchen Heinz strich um James Mendels Beine, als wolle es ihm zeigen, dass die Welt in Ordnung sei: heimelig und gemütlich.

11. KAPITEL

Lottes Geschichte

James Mendel, von Anna behutsam ins Wohnzimmer geführt, erzählte nun den anderen von seiner Entdeckung der gehässigen Kritzelei auf seinem Vauxhall.

»Das ist doch bestimmt nicht eben bei unserem Zwischenstopp passiert, sondern schon in Lützelbrunn«, sagte Friedrich Gontard. »Da wusste jemand ...« Er zögerte.

»Ja, sprich es doch nur aus, Friedrich. Da wusste jemand, dass dieser Wagen mit dem englischen Kennzeichen einem Juden gehört.«

»Es ist ekelhaft«, sagte Anna. Sie schaute nachdenklich vor sich hin: »Da gibt es seit ein paar Jahren wieder diesen Aufwind für Rassisten, angefacht durch den neuen Patriotismus nach der Wende, das muss ich leider mal so sagen. Kaum zu glauben, aber wahr: Ich musste mich neulich von einem Kollegen, der sich als einen aufgeklärten Patrioten bezeichnet, fragen lassen, wie es denn so um meine Vaterlandsliebe stünde. Da hatte sich ein Elternpaar bei ihm als Klassenlehrer beschwert, weil ich im Kunstunterricht dem Thema ›Nazis und Entartete Kunst‹ zu viel Raum geben würde. Otto Dix und George Grosz, so viel Hässlichkeit, das sei doch nicht gut für die jungen Seelen. Ist das nicht unglaublich?«

»Was hast du geantwortet?«, wollte Lotte Simon wissen.

»Dass Kunst etwas mit Gesellschaftskritik zu tun hat und

nichts mit holder Erbaulichkeit. Und dass es zu unserer Geschichte gehöre, also Bildungsgut sei, über die sogenannte entartete Kunst zu sprechen oder über das, was die Nazis entartet nannten. Es war keine sehr gute Antwort. Ich glaube, einige Leute sind da unbelehrbar.«

»Ich denke«, sagte Lotte Simon, »es ist nun endlich an der Zeit, dass ich euch sage, weshalb Georg uns eigentlich eingeladen hat. James und mich, vor allem aber mich. Die Ereignisse haben sich nun so überstürzt, wir waren auf Georgs schrecklichen Tod fixiert und vor allem auf diese Raubmörder. Ich bin einfach noch nicht dazu gekommen, darüber zu reden.«

»Auf die Raubmord-Theorie waren wir vor allem fixiert und diese ist ja nun gebröckelt«, ergänzte Friedrich Gontard. »Und wir müssen woanders suchen, womöglich nach einem anderen Motiv.«

»Vielleicht habe ich einen Hinweis auf dieses andere Motiv«, fuhr Lotte Simon fort.

Sie holte tief Luft: »Georg wusste von meinen Erlebnissen während des Krieges, vor allem wusste er darüber Bescheid, was mir zugestoßen ist. Ich hatte ihm schon damals in Cambridge, bei unserem zufälligen Zusammentreffen …«

»Ich weiß, er hat etwas mir gegenüber angedeutet«, warf Friedrich Gontard kurz ein.

»… also bei jenem abenteuerlichen Zusammentreffen in Cambridge habe ich ihm von einem schrecklichen Vorfall, dem schrecklichsten unter all den schlimmen Dingen, die in Gurs passiert sind, erzählt. Und von dem Mann, um den es dabei ging. Ich kannte seinen Namen, zumindest den Spitznamen, vor allem aber kannte ich sein Gesicht, das ich auch nach hundert Jahren noch wiedererkennen würde. Und seine Stimme, diese schreckliche Stimme. Obwohl ich alles dafür geben würde, wenn ich die Erinnerung daran einfach aus meinem Gedächtnis ausradieren könnte.«

James Mendel, Anna und Friedrich Gontard schauten Lotte Simon erwartungsvoll an, als seien sie auf einen Bericht gespannt, aber sie sagte nur: »Wartet, ich geh nach oben an meinen Koffer und hole das Büchlein.«

Nach wenigen Minuten kam sie zurück, gab Friedrich Gontard ein Buch, eher eine Art Schulheft, mit den Worten: »Lest selbst, ich kann es euch nicht vorlesen. Vielleicht bin ich wirklich dabei, alles vergessen zu wollen. Ich hatte vor, Georg das Heft zu zeigen, das ich neulich unter meinen alten Dokumenten wiedergefunden hatte, ich hatte es verlegt, vielleicht ein Freudscher Verleger, um es mal so zu sagen. Nun sollt ihr es lesen. Meine Schrift ist zum Glück immer ordentlich und schön gewesen, darum wirst du damit keine Probleme haben, Friedrich. Ich geh zu Bett und versuche, zu schlafen. Hundemüde bin ich.«

Es entstand eine längere Pause.

»Ich mach uns einen Tee«, sagte Anna, um die Situation aufzulockern. »Richtig englisch, ja, James? Mit viel Milch. Ich hab noch einen wundervollen Typhoo da.«

Anna kam aus der Küche zurück mit einem großen Tablett, darauf eine Kanne dampfenden und wundervoll duftenden Tees und mit drei Teebechern mit Beatrix Potter-Motiven, Mitbringsel vom letzten Englandaustausch. Schöne heile Peter Rabbit-Welt!

Und dann las Friedrich Gontard den aufmerksam Lauschenden Lotte Simons Bericht aus Gurs vor:

10. Dezember 1940

Gurs, Ilot M, Baracke 4

Lieber Georg,
dies hier schreibe ich an dich und für dich. Eigentlich sollte es ein Brief sein, aber ein Brief würde dich nicht erreichen, selbst wenn er hier aus dem Lager herauskäme.

Deine Familie würde ihn abfangen, oder noch schlimmer: Du würdest Schwierigkeiten bekommen. Man würde dich in ein KZ stecken. Wegen Rassenschande, wegen »schriftlichen Verkehrs« mit einer Jüdin. Vielleicht wirst du irgendwann einmal dieses Heft sehen, wer weiß, aber ich lebe nur von einem Moment zum anderen hier, wie die anderen auch, die hier sind. Keiner weiß, was morgen ist.

Hier im Lager von Gurs gibt es außer Schlamm, Hunger, Not und Tod kaum Hoffnung.

Einige sagen, vielleicht ist dies hier nur eine Zwischenstation. Wir werden nach Afrika gebracht, nach Madagaskar, sagen andere. Wir bekommen dort eine neue Bleibe. Wir werden umgesiedelt. Es gibt alle Arten von Gerüchten, vor allem aber: Es gibt nichts zu essen. Mir gellen immer noch die Worte der SS-Leute und der Gestapo in den Ohren. Die Unmenschen haben uns angebrüllt: »Rauf auf die Bahnsteige! Einsteigen!«

Ein Zug mit siebenundzwanzig Waggons stand bereit.

Die Uniformierten haben geschrien: »Wer versucht, auszusteigen und sich heimlich davonzumachen, wird erschossen! Wer mehr als hundert Reichsmark dabei hat, wird erschossen!«

Der alte Herr Löwenberg ist ausgerutscht und hingefallen. Einer der SS-Schergen hat mit einem Gewehrkolben auf ihn eingeschlagen, bis er keinen Laut mehr von sich gegeben hat. Wir mussten Herrn Löwenberg tot da liegenlassen.

Ein Kind von etwa fünf Jahren, es hieß Lilli Wiener, hatte heimlich sein Kätzchen mitgenommen. Es maunzte, und ein anderer SS-Mann, ein dicker Kerl mit einem brutalen Gesicht, hat das Maunzen gehört, entriss dem Mädchen das Tier und zerschmetterte es auf den Gleisen. Lilli hat laut aufgeschrien, war auf einmal ruhig und hat sich dann hin- und hergewiegt. Ich bin zu Lilli hingegangen, habe sie in den Arm genommen. Ich hatte einen Malstift in der Manteltasche und einen kleinen Block, ich habe eine kleine Katze darauf gemalt und Lilli den Block und den Stift gegeben. Sie hat etwas gemalt. Es waren Stiefel, die großen groben Stiefel des Unmenschen, der davonstelzte wie ein Gockel. Ich dachte, dass ich Glück gehabt hatte, dass Alberich bei Frau Gaber bleiben durfte. Ich war ein Glückskind, oder?

Anna, die neben Friedrich auf der Couch saß, schaute mit entsetzten Augen zu ihm hoch, während er dies las. Er nahm ihre Hand in seine und fuhr mit dem Lesen fort.

Während der Fahrt »ins gelobte Land«, wie ein SS-Mann das Reiseziel zynisch genannt hat, gab es mehrere Selbstmorde. Ein junger Mann war aus dem Zug gesprungen, zwei Männer haben sich die Pulsadern geöffnet und ein altes Ehepaar hat das Zyankali geschluckt, das im Gepäck vorbereitet war. Es sprach sich rasch herum, doch keiner zeigte große Bestürzung. Wir waren alle wie gelähmt. Jeder war mit sich selbst befasst. Die Toten haben ihre Ruhe, sagte jemand.

Da waren die beiden älteren Männer, die Brüder Alfred und Gustav Levy aus Klingenmünster an der Weinstraße. Zwei so liebe Menschen. Sie sprachen den Leuten unentwegt Trost zu und halfen, wo es nur ging.

Drei Tage und vier Nächte dauerte die Fahrt ins Ungewisse. Wir wussten nur, dass es Richtung Süden ging.

Da war nur Gebrüll: zuerst deutsches Gebrüll, dann Gebrüll auf Französisch. Mitten in der Nacht sind wir in Gurs angekommen, bei strömendem Regen. Ich hatte feste Stiefel an, das war mein Glück. Da gab es Kinder und alte Leute, deren Füße im Schlamm und Matsch steckenblieben, weil sie nur Halbschuhe trugen.

Gurs ist in sogenannte îlots *eingeteilt, also in Inselchen. Das klingt lustig, fast wie in den Ferien, doch die dreizehn »Inselchen«, neun für Männer und vier für Frauen, sind mit Stacheldraht umzäunt, damit wir, die »Verbrecher«, nicht ausbüxen können.*

Man hat uns in Baracken getrieben, es gab keine Betten, noch nicht einmal Matratzen. Wir haben uns auf unsere mitgebrachten Decken gelegt, gefroren.

Es gibt in Gurs viele gefangene Spanier, vom Spanischen Bürgerkrieg her Internierte, Männer und Frauen. Sie sind hilfsbereit und haben uns in den ersten Tagen etwas von ihren Essensrationen aus ihren Blechdosen abgegeben.

Die Menschen, die man aus den Altenheimen und den Krankenhäusern heraus zu den Deportationssammelstellen gezerrt hat, sterben hier wie die Mücken. Die Kranken und die Schwachen, überhaupt die Alten und die kleinen Kinder, sind die ersten Opfer. Meine kleinen Geschwister sind in die Krankenbaracken gekommen, man spricht davon, dass es eine Typhusseuche gibt.

Einige Frauen hier schreiben Briefe, bekommen auch Pakete mit Esswaren, Lebensmitteln, Nähzeug. Frauen, die Freunde haben und Verwandte aus anderen Gauen, nicht aus Baden und Saarpfalz. Denn die anderen Gaue sind noch nicht »judenfrei«. Oder sie haben Nachbarn oder Freunde, die Arier sind und aus Mitleid und aus Schuldgefühlen heraus den Mut haben, etwas zu schicken.

Ich habe mittlerweile herausbekommen, dass wir ungefähr tausend Juden aus Südwestdeutschland sind. Die Gauleiter Robert Wagner aus Baden und Josef Bürckel aus dem Gau Saarpfalz haben unsere Abschiebung nach Frankreich befohlen, um sich beim Führer beliebt zu machen. Wie zwei brave Musterschüler! Ihre Gaue sollten als erste judenfrei sein. Else Sternheim aus St. Ingbert von der Nachbarbaracke hat das in einem Brief erfahren und uns davon erzählt.

Nun ist bald Weihnachten daheim, aber ich darf nicht an Weihnachten denken. Mir fällt der SS-Mann ein, der uns am 22. Oktober abgeholt hat mit den Worten: »Heute ist Laubhüttenfest. Ein besonderer Tag für euch Juden.«

Ich habe geantwortet: »Nein, wir feiern das Laubhüttenfest nicht. Wir sind getaufte Juden. Wir feiern Weihnachten.«

»Nie mehr feiert ein Jude Weihnachten. Nie mehr! Dafür werden wir schon sorgen.« Das hat er geantwortet und wüst gelacht.

Ich muss nun mit dem Schreiben aufhören. Es wird dunkel, und die Kerze muss noch für ein paar Abende ausreichen.

Friedrich Gontard hielt inne und holte dann tief Luft wie vorhin Lotte Simon: »Braucht ihr eine Pause, oder soll ich weiterlesen?«

»Eigentlich bräuchte man eine Pause«, sagte Anna, »aber ich denke, wir möchten Lottes Geschichte weiterhören.«

»Ganz in meinem Sinn«, bestätigte James Mendel.

Friedrich Gontard fuhr mit dem Lesen fort:

Gurs, 11. Januar 1941

Lieber Georg!

Etwas Schlimmes ist passiert, das Schlimmste außer Sterben unter all den schlimmen Dingen, die hier passieren.

Schon seit einiger Zeit habe ich Angst vor ihm, dem Wachtposten, den sie Pierre l'Alsacien nennen oder Pierre la Pioche. Er posiert gerne mit seiner Spitzhacke zusätzlich zum geschulterten Gewehr. Er hat auch noch einen anderen Beinamen: La Barbe nennen sie ihn hier. Dabei ist er gar nicht bärtig. Allmählich verstehe ich auch den Akzent, den die Franzosen hier sprechen. Einer der Wachposten, der Charles heißt, hat zum andern, begleitet von einer obszönen Geste, gesagt: »Pierre l'Alsacien, quel cochon!«

Alsacien und cochon sprach er aus wie Alsacieng und Cochong.

Und er hat seinem Kollegen zugezwinkert: Tu comprang?

Sehr wohl hatte der andere, Jean-Marie, verstanden, dass dieser Elsässer, Pierre, ein Schwein war. Er wiederholte Charles' Geste, und sie haben übel gelacht.

Auch ich habe verstanden, was gemeint war, denn am Tag zuvor war ich in Richtung Latrine gegangen, ich musste an Pierre la Pioche vorbeigehen, und er hat mich angesehen mit seinen glupschigen, gierigen Augen, dass ich eine Gänsehaut bekam.

Und dann, gestern Nacht, ist es passiert.

Mir ging es schlecht, vielleicht bekam ich auch die Ruhr oder Typhus oder beides zusammen, wie meine kleinen Geschwister, aber ich will keine Ruhrleiche werden, gelb und grün und scheußlich. So musste ich mich zur Latrine hin quälen. Das ist ein Betongebäude, man geht ein paar Stufen hoch, drinnen sind runde Löcher, unter denen große Fässer stehen.

Als ich durch den tiefen Schlamm zurückgewatet bin, ist eine fette Ratte vor mir über den Weg gerannt. Plötzlich wurde ich von hinten gepackt, ins Gebüsch gezerrt und zu Boden gerissen. Ein Kerl lag auf mir, riss mir die Kleider vom Leib, stammelte etwas, das klang wie Ma Mignonne, ma Mignonne. Ich wollte schreien, doch da ergriff der Mensch die Hacke, die er bei sich trug, und bedrohte mich. Es war Pierre la Pioche. Ich wehrte mich nicht, ich schrie nicht. Die Jahre in Deutschland vor der Deportation, mit all den Erniedrigungen, hatten mich eines gelehrt: Es regierte das Recht des Stärkeren, es musste ertragen werden. Es war eine Zeit, in der die Gemeinen und Gewalttätigen die Oberhand behielten. Was der Mann mir antat, war nur ein weiteres Steinchen im Mosaik des Leids, das über uns gekommen war. Ich ließ alles geschehen. Ich war besudelt. Der Mensch ließ von mir ab, grummelte etwas, das ich nicht verstand, lachte mit rauer Stimme auf, machte seine Hose zu und war verschwunden. Ich habe es überlebt. Ich werde überleben. Aber ich werde niemals vergessen.

Ich stolperte zu meiner Baracke zurück, tränenlos. Das Weinen braucht man hier erst gar nicht anzufangen. Ich machte Reinigungsversuche, so gut es ging. Wie man sich doch zu helfen weiß in schwierigsten Situationen.

Ich bin ein zähes Tier, das nichts will als überleben.

Friedrich Gontard fuhr sich mit der Hand über die Stirn. Er war erschöpft.

Keiner sagte nur ein einziges Wort.

»Soll ich weiterlesen?«, begann er nach einer kleinen Pause.

»Ja, ich denke, nun wird es heller in Lottes Bericht. Sie hat überlebt. Sie wird uns erzählen, wie.«

»Du hast Recht, Anna«, sagte Friedrich Gontard.

Er fuhr fort:

14. Mai 1941

Ein Engel ist erschienen: Der Engel heißt Elsbeth Kasser, und sie ist eine Krankenschwester aus der Schweiz. Sie arbeitet unermüdlich für uns, nicht nur in der Krankenbaracke. Sie sorgt auch für mehr Nahrung. Sie verhandelt mit dem Lagerpersonal.

Kinder und Jugendliche bekommen eine zusätzliche Mahlzeit und Milch. Und neuerdings wird sogar Unterricht organisiert. Das lenkt vom Hunger ab. Und da sind die Quäker und das französische Rote Kreuz, die werden jetzt hereingelassen und tun, was sie können, um uns unsere Not ein bisschen zu lindern.

Rosel Maier aus unserer Baracke hat gesehen, wie frühmorgens ein kleiner Planwagen vorgefahren ist. Ein Mann ist ausgestiegen, hat den Stacheldrahtzaun durchgeschnitten, und eine kleine Gruppe von Kindern, so sechs oder zehn an der Zahl, die schon hinter dem Zaun gewartet haben, hat er durch das Loch im Zaun befreit, in Begleitung einer Rotkreuzschwester. Dann ist der Planwagen mit den Kindern davongefahren. Der Wachtposten, der ungefähr zweihundert Meter weiter entfernt stand, schaute permanent in die andere Richtung. Er hätte schießen können, hätte alle erschießen müssen, aber er tat nichts.

Die Wachposten sind bezahlte Gefängnisaufseher, sie müssen schließlich von was leben. Sie brauchen uns nicht zu vernichten. Das besorgen der Hunger und die Krankheiten.

Sie sehen zu, wie wir krepieren, müssen nicht selbst Hand anlegen. Einige haben ab und zu menschliche Regungen. So etwas wie Mitgefühl dann und wann.

Berta Niedermann aus Karlsruhe hat mir gesagt, die Juden in Deutschland müssen nun einen gelben Stern tragen. Ihre Tante, Trudel Stein aus Darmstadt, hat ihr das geschrieben. Die Tante darf nur noch mit gelbem Stern aus dem Haus gehen wie alle anderen Juden im ganzen Reich auch.

26. Juni 1941

Elsbeth Kasser hat vermittelt. Ich werde noch, obwohl ich schon beinahe siebzehn Jahre alt bin, aufgenommen von der OSE, das ist so eine Art Kinderschutzbund. Das heißt also, ich werde die Hölle verlassen.

Ich wollte nicht gehen, aber Mama hat mich angefleht. Ihr und Papa zuliebe soll ich weggehen, in Sicherheit. Damit wenigstens einer von uns leben darf, nachdem die zwei Kleinen an Typhus gestorben sind. Und vielleicht sehen wir uns wieder, wenn der Spuk vorüber ist, hat sie gesagt. Es gibt Wunder. So habe ich eingewilligt.

Mein Schulheft werde ich gut verstecken. Ich trage es immer bei mir, wo es möglich ist. Ich werde …

»Hier bricht Lottes Eintrag ab«, sagte Friedrich Gontard.

»Wir kennen das Ende ihrer Geschichte«, sagte James Mendel. »Lotte wurde nach Izieu gebracht, das Kinderheim bei Grenoble, und dann wurde sie ein zweites Mal gerettet, bevor die Schergen von Klaus Barbie bei jener schrecklichen Razzia im April 1944 das Kinderheim aushoben und einundvierzig Kinder und das Personal ins schreckliche Sammellager Drancy schleppten und von da in die Vernichtungslager, zumeist nach Auschwitz. Und sie ist in England heimisch geworden. Genau wie ich.«

Die Tür wurde geöffnet.

Lotte Simon trat ein.

»Ich finde einfach keinen Schlaf.«

Mit einem Blick auf das geschlossene Schulheft und die betroffenen Gesichter der Freunde sagte sie: »Ich sehe, ihr habt nun alles erfahren. Diesen Bericht wollte ich Georg zeigen. Ich hatte ihm einmal am Telefon erzählt, dass ich diesen *Pierre la*

Pioche jederzeit wiedererkennen würde. Unter Tausenden und nach all den Jahren. Georg war sehr interessiert und deutete an, er sei da an einer Sache dran, vielleicht könne ich ihm helfen. Er liebte es, den Mysteriösen zu spielen.«

»Das hat er wenige Tage vor seinem Tod mir gegenüber auch so formuliert: Ich bin da ganz nah an was dran«, sagte Friedrich Gontard.

»Er war an einer Sache dran … und musste deshalb sterben?«, fragte Anna.

»Ja, vielleicht war es das«, meinte Friedrich Gontard. »Doch die Polizei wird zunächst mal versuchen, einen Raubmord zu klären, den oder die Raubmörder weiter verfolgen, nachdem nun das Trio Infernal von Seebach ein hieb- und stichfestes Alibi hat. Das ist die Baustelle meines Nachfolgers. Ein weiteres Motiv als das der Habgier wird sich ihm so ohne weiteres nicht erschließen.«

James Mendel sagte zögerlich: »Du meinst also, wir sollten mit unserer Vermutung noch hinter dem Berg halten, bis sich konkretere Hinweise ergeben?«

»Das meine ich, James.«

Zu Lotte gewendet sagte Gontard: »Hast du den genauen Namen von *Pierre la Pioche* jemals erfahren?«

»Eben nicht. Da waren nur diese Spitznamen. Aber, und das habe ich euch noch nicht gesagt, ich war auch einmal nah dran, ihn zu identifizieren, und das war Anfang der Siebzigerjahre, ich war damals Ende August in Südfrankreich in Urlaub. Es war in Sète, der Heimatstadt von Georges Brassens. Da bin ich meinem ehemaligen Peiniger begegnet. Er muss damals etwa Ende fünfzig gewesen sein, er war verfettet und fast kahl, und dennoch habe ich ihn erkannt. Die Stimme, das raue Lachen dazu. Ich lag am Strand auf meiner Badematte und döste nach einem ausgiebigen Bad im Meer vor mich hin. Ich lag auf dem Bauch, den Kopf in den Händen vergraben. Die Stimmen der Menschen am Strand schienen unendlich weit weg, es gab nur die Sonne, das Meer und dieses Gelöstsein vom Alltag, eine wundervolle Leichtigkeit des Seins. Alles um mich schien in Watte gepackt, ich meinte im Nichts zu schweben. Dann mitten hinein in dieses unwirkliche, unheimliche und doch wunderbare Schweben in Raum und Zeit eine Stimme, rau und heiser, die Erfrischungen anbot: Eis, Kaffee, Krapfen, Limonade. *Glaces, café, beignets, limonade.* Ich kannte diese Stimme. Ich kannte den Akzent, den Akzent des Elsässers. Ich hob den Kopf, und da stand, etwa fünfzig Meter von mir entfernt, ein Mann am Strand, vor sich einen Verkaufswagen mit rot-weiß-gestreiftem Sonnenschirmchen schiebend. Er trug eine Badehose, Strandsandalen und einen Strohhut, an dem eine groteske rosa Plastikblume befestigt war. Er nahm für einen Moment den Hut ab, um sich den Schweiß von der Stirn zu wischen. Der schwarze Haarschopf von einst war einer Glatze gewichen. Weit hatte er es nicht gebracht: vom Gefängniswärter, vom Schergen in einem Internierungslager in den Pyrenäen zum Eisverkäufer im Languedoc. Ein Gefühl von ungeheurer Wut stieg in mir hoch, von Ekel auch, wie damals, als ich im Schlamm von Gurs lag, über mir das hechelnde Ungeheuer. Wie jämmerlich, wie lächerlich er mir auf einmal vorkam. Doch da waren auch meine Albträume, in denen mich immer wieder diese eine Szene verfolgte. Da war auch wieder dieses Gelähmtsein, diese entsetzliche Angst, schlimmer als das Gefühl von Scham und Geschändetsein. Die Angst, mein Peiniger könne mich töten. Und ich wusste, diesem Mann würde ich niemals verzeihen können, was er mir damals angetan hatte. Ich würde herausfinden, wer er war, wo er wohnte, ich würde … Ich hatte keine Ahnung, was ich wirklich tun würde, wenn ich seine Identität erfahren hätte. Als ich den Kopf hob, war der Mann am Strand spurlos verschwunden. Hatte ich alles nur geträumt? Ich erkundigte mich bei meiner Pensionswirtin, Madame Corel, die alle Leute im Ort kannte, nach dem Eisverkäufer. ›Da gibt es einen, den sie Pierre nennen. *L'Alsacien*. Den Nachnamen kenne ich nicht. Der führt ein Nomadenleben. Das ist so ein Getriebener. Er ist Elsässer, mit einer Deutschen verheiratet, hat mir einmal jemand gesagt. Er arbeitet während der Sommersaison hier und ist dann im Herbst auf einmal weg. Ich glaube, er wohnt in Süddeutschland. Oder im Elsass. Ich weiß das nicht genau. Wenn er hier arbeitet, haust er in einem Wohnwagen.‹ Ich überlegte die ganze Nacht über, ob ich Nachforschungen betreiben sollte, ob ich ihn ansprechen sollte, wenn er am nächsten Tag wieder am Strand seine Sachen anpries. Aber er kam weder am nächsten noch am übernächsten Tag. Er war buchstäblich von der Bildfläche verschwunden. Dann musste ich auch abreisen. Und noch heute denke ich manchmal, alles nur geträumt zu haben.«

Lotte Simon wischte sich über die Augen und wirkte plötzlich todmüde.

»Hat Georg von der Begegnung am Strand gewusst?«, wollte Friedrich Gontard wissen.

»Ja, das habe ich ihm mal erzählt«, erwiderte Lotte Simon. »Aber entschuldigt, jetzt bin ich wirklich reif zum Schlafengehen. Gute Nacht.«

Sie drehte sich noch einmal um, bevor sie nach oben ging.

»Versucht auch ihr zu schlafen. Das ist alles doch schon so lange her.«

»Und doch so nah«, erwiderte James Mendel.

Alle wussten, woran er dachte.

»Noch eins, entschuldige, Lotte«, sagte Friedrich Gontard.

»Hat Georg alle Namen deines Peinigers gekannt? Ich meine, alle diese komischen Spitznamen?«

»Ja, freilich. Du meinst, vielleicht hat er den richtigen Namen dieses Mannes herausgefunden?«

»Unmöglich ist es nicht. Das gehörte vielleicht zu seiner Mission, von der er mir gegenüber sprach. Aber vielleicht präsentiert uns Udo Schwerdtfeger morgen auch den richtigen Mörder auf dem Servierbrett. Und wir werden nie erfahren, was Georg wirklich herausgefunden hat. Auf jeden Fall fahre ich morgen nach Lützelbrunn. Die Neugierde treibt mich um.«

»Aber ohne mich, Friedrich, ich muss morgen wirklich mal Urlaub machen. Ich sehe mir Heidelberg an. Da war ich ewig nicht mehr«, sagte James Mendel.

»Ich komme mit, James, wenn du nichts dagegen hast«, klinkte sich Lotte Simon ein.

»*Mais avec plaisir, Madame.*«

»Da habe ich einen super Tipp für euch«, sagte Friedrich Gontard. »Schaut euch die *Liselotte*-Ausstellung auf dem Heidelberger Schloss oben an. Die habe ich besucht und war hin und weg. Die Liselotte von der Pfalz hat es verdient, dass man sie ins rechte Licht rückt. Sie war eine hochgebildete und aufgeklärt denkende Aristokratin.«

»Ja, ich kenne viele ihrer Briefe«, sagte Lotte Simon. »Eine famose Frau mit Herz und Verstand, das war sie wirklich! Und immerhin bin ich es der Liselotte schuldig, mehr über sie zu erfahren, wo sie doch fast meine Namensbase ist.«

»Da bin ich ja gespannt. Ich lerne gerne noch was dazu«, meinte James Mendel. Er setzte das Katerchen Heinz, das die ganze Zeit über in seinem Schoß friedlich geschlafen hatte, behutsam in den Katzenkorb neben Belamis Hundevilla.

Belami, der sich in Hundeträumen befand, seufzte tief und zufrieden.

12. KAPITEL

Kristallnacht

Friedrich Gontard gab Belami bei Rosa Brehm ab, denn Anna würde erst am späten Nachmittag von der Schule heimkommen. Lotte Simon und James Mendel planten einen Aufenthalt in Heidelberg und, wenn möglich, einen Abstecher zum Schwetzinger Schlossgarten. Sie würden erst am späteren Abend zurück sein. Und er selbst fuhr ins Ungewisse, denn einen festen Plan hatte er keineswegs. Aber er war sich nicht sicher, ob er die trauernde Witwe besuchen sollte. Er hatte einige Fragen, die mit Georg zusammenhingen. Die Beerdigung im allerengsten Familienkreis würde frühestens nächste Woche stattfinden. Vorher, das wusste Gontard, würde Dr. Gassen, der Gerichtsmediziner, die Leiche nicht freigeben. Also würde er eventuell nicht gar zu sehr die Beerdigungsvorbereitungen stören. Auch dem charismatischen Glücksberater hätte Gontard gerne die eine oder andere Frage gestellt. Ob er sich zusätzlich einige Rezepte zum definitiven Glücklichsein geben lassen sollte?

Er fuhr über den Rhein, zur Rechten die unwandelbar schöne Silhouette der Altstadt Speyers mit dem imposanten Kaiserdom, dem Museum, dann dem Altpörtel und der neugotischen Gedächtniskirche.

Friedrich Gontard schaltete das Radio ein. Wolfgang Niedecken sang gerade *Kristallnaach*.

Es kütt vüür, dat ich mein, dat jet klirrt,
e Jeräusch, nit ens laut, manchmol klirrt es vertraut,
selden su, dat mer't direk durchschaut …

Das Riemerschmidhaus mit seinen zerstörten Glasschätzen fiel ihm ein, all die Pretiosen, die Scherben, und dieser Eindruck vermischte sich mit der Erinnerung an die Kristallnacht, besser gesagt den Kristallmorgen seiner Jugend. Als am Morgen des 10. November 1938 die Synagoge in der Ehretstraße gesprengt wurde und er durch Glas und Scherben nachhause ging. Und im Hintergrund tauchte das Bild der Sudelschrift auf dem Wagen von James Mendel auf und der Bericht Lotte Simons aus Gurs. Nahm sie denn nie ein Ende, die Kristallnacht? Die ausländerfeindlichen Ausschreitungen von Hoyerswerda und Rostock, die Morde von Hünxe und der Brandanschlag in Solingen vor drei Jahren, bei dem so viele türkische Hausbewohner umgekommen waren und all die anderen schlimmen Vorkommnisse machten Friedrich Gontard schon lange Sorgen.

Er schaute auf die Uhr und merkte, dass es zu früh war für einen unangekündigten Besuch bei der Witwe. Er beschloss, in Bad Bergzabern anzuhalten und einen Kaffee zu trinken. Von da waren es nur etwa zwanzig Minuten bis Lützelbrunn.

Im Café *Herzog* in der Nähe des Schlosses saßen außer mehreren älteren Leuten, die wohl zur Kur in der Stadt waren, nur noch zwei junge Männer in der Ecke vor dem großen Spiegel. Friedrich Gontard stutzte, denn er erkannte in dem jungen Mann mit dem akkuraten Haarschnitt im schwarzen Jackett und dem schwarzen T-Shirt mit heller Aufschrift Georg Fuhrmanns Sohn. Alexander Fuhrmann nahm keine Notiz von ihm, obwohl er ihn gut hätte sehen können.

Junge Menschen interessieren sich nicht für Ältere, dachte Gontard. Er hat mich wahrscheinlich gar nicht registriert, als wir uns begegnet sind. Für die Jungen sehen wir alle gleich aus.

Gontard zog es vor, sich nicht bemerkbar zu machen. Er bestellte einen Cappuccino und verkroch sich tarnend hinter einer Zeitung. Die *Rheinpfalz* berichtete knapp über das Ergreifen der Täter im Fall Maurice Rapp im elsässischen Seebach. Kein Wort über den Mord in Lützelbrunn. Das war auch besser so und geschickt vereinbart mit dem Pressedienst der Ludwigshafener Kripo. Der Fall musste ja nun quasi von Null aufgerollt werden. Gontard hatte das Gefühl, ein wenig über Null hinausgekommen zu sein, da ein anderes Motiv als das der Habgier von Kriminellen im Raum stand. Er warf über die Zeitung weg einen kurzen Blick zu Alexander Fuhrmanns Ecke hin, und er erschrak bis ins Mark. Sehe ich nun schon Gespenster? Das dachte er, denn er nahm den Aufdruck auf Alexander Fuhrmanns T-Shirt wahr. Die Buchstaben prangten da in grellem Weiß auf dem schwarzem Stoff des T-Shirts: *NSDA …*

In dem Moment wischte sich Georgs Sohn eine blonde Haarsträhne aus der Stirn, ganz wie es sein Vater immer getan hatte. Er zog sein Jackett aus und hängte es hinter sich an die Stuhllehne.

Ja, ich sehe tatsächlich Gespenster, dachte Friedrich Gontard erleichtert, als er nun die vollständige Schrift auf dem schwarzen T-Shirt las. *Lonsdale.* Wohl ein Markenname, englisch oder amerikanisch, das Jackett hatte die äußeren Buchstaben verdeckt und nur NSDA freigegeben.

Wie hatte er annehmen können, Georg Fuhrmanns Sohn sei ein Rechtsradikaler? Ein Neonazi? Ausgerechnet Georgs Sohn? Er hatte keine Glatze, trug keine Springerstiefel und keine Bomberjacken wie diese Jugendlichen, die seit dem Ende der Achtzigerjahre aus dem Boden geschossen waren wie die Pilze. Skinheads.

Friedrich Gontard, der immer noch nicht bemerkt worden war von Alexander Fuhrmann, trank seinen Cappuccino aus und ging zur Theke zum Bezahlen. Er schaute noch einmal kurz in die Ecke, in der Georgs Sohn saß und er erhaschte einen Blick in den Spiegel, der das Gesicht von Alexander Fuhrmanns Gegenüber reflektierte.

Den jungen Mann hatte er vorher noch nicht wahrnehmen können. Er wirkte nicht gepflegt und adrett wie Alexander Fuhrmann, sondern »fertig«, wie Lilli es ausdrücken würde.

Er trug die Haare zu einem Stoppelschnitt, und auch er trug, das sah Gontard auf einen Blick, ein Hemd mit dem Aufdruck: *Lonsdale,* nur in Weinrot. Das war selbst in der Spiegelschrift zu erkennen. Friedrich Gontard beeilte sich nun und ging zu seinem Auto. Vor ihm parkte ein flotter Flitzer in Knallrot. Auf der Heckscheibe prangte ein Logo: *Böhse Onkelz,* das Ganze in Frakturschrift.

Nun wittere ich überall die Schatten der Vergangenheit. Friedrich Gontard startete seinen Wagen und fuhr nach Lützelbrunn, wieder mal grübelnd, ob er nicht dabei war, sich in eine fixe Idee zu verrennen.

13. KAPITEL

Die Schwester

Friedrich Gontard hätte vermutet, auf dem Gemeinschaftsparkplatz Fuhrmann-Blenker einen Wagen mit Ludwigshafener Kennzeichen zu finden, nämlich den seines Nachfolgers Udo Schwerdtfeger. Aber nein, der Chef der Ludwigshafener Kripo hatte tatsächlich eine andere Baustelle in diesem Mordfall: die Befragung von Zeugen eines Raubmords im Wasgau, der Ähnlichkeiten mit einem Raubmord im Elsass hatte.

Diesmal öffnete nicht Pia, das Hausmädchen mit dem mürrischen Gesicht und den hervorquellenden Augen, sondern die Hausherrin persönlich. Nein, Gontard hatte sich getäuscht. Wer da im Halbdunkel des Flurs die Tür für den unangemeldeten Besucher aufhielt, war nicht Gerlinde Fuhrmann, sondern ihre Schwester. Erika Köster hätte man bei flüchtigem Hinsehen für die Doppelgängerin ihrer Schwester halten können. Um einige Jahre jünger, nicht ganz so elegant gekleidet, größer als die ältere Schwester, die gleichen graublauen Augen, die aschblonden Haare ähnlich frisiert, der gleiche auffallend große Mund. Doch bei näherem Hinsehen bemerkte man einen weniger verbissenen, nicht ganz so herben Ausdruck um diesen großen Mund, einen weniger kühlen Blick aus graublauen Augen.

Die Stimme vor allem klang sanfter und die Bewegungen waren weicher. Kurzum, Erika Köster war die hübschere und sympathischere Ausgabe ihrer älteren Schwester.

Friedrich Gontard entschuldigte sich für die Störung, es sei nur für ganz kurz, er habe als alter Freund des Verstorbenen noch ein paar Fragen auf dem Herzen. Er war als Privatmann hier, aber beinahe hätte er vergessen, dass er schon seit sieben Jahren Privatmann war. Es war auch egal, ob die Schwägerin seines Freundes wusste, dass er einmal Kripochef gewesen war. Gerlinde Fuhrmann sah verhärmt und blass aus. Dunkle Ringe lagen unter ihren Augen, und sie schien hagerer als bei der letzten Begegnung. Sie schien überrascht über Gontards Besuch, doch sie fasste sich schnell und bat ihre Schwester, einen Kaffee für alle zu bereiten. Erika Köster ging gehorsam und gesenkten Hauptes in die Küche, um der Bitte nachzukommen.

»Wie sehr hätte es mich gefreut, wenn Georgs Mörder gefasst worden wären. Aber dieses Trio hatte leider ein Alibi und zwar ein felsenfestes«, sagte Gontard.

»Ja, die Enttäuschung ist auch bei mir groß. Ich hatte gedacht, die Mörder meines geliebten Mannes würden ihre gerechte Strafe erhalten.«

Gerlinde Fuhrmann zündete sich überraschenderweise eine Zigarette an, und das war für Friedrich Gontard ein Signal dafür, seine Zigarillos aus der Jackentasche zu holen:

»Wie schön, dass es noch Menschen mit Lastern gibt«, lachte Gontard.

Gerlinde Fuhrmann machte eine wegwerfende Bewegung, ein wenig trotzig, und sie lächelte leicht ironisch. Das Eis zwischen ihnen schien etwas gebrochen. Dieses Geständnis eines kleinen Lasters hatte etwas von einer kleinen Verschwörung unter Kindern, die heimlich Verbotenes tun.

»Vielleicht muss die Polizei nun nach einem anderen Motiv für die Tat suchen«, sagte Friedrich Gontard, und diese Bemerkung schien eine Art Erschrecken in Gerlinde Fuhrmann auszulösen.

»Sie meinen, kein Raubmord?«

Nervös zog sie an ihrer Zigarette.

»Das will ich nicht sagen. Alles deutet doch auf einen Raubmord hin. Die gestohlenen Schmuckstücke, das gewalttätige Eindringen in die Villa, die Brutalität, mit der die oder der Täter vorgingen. Entschuldigung. Ich rühre an schlimmen Eindrücken.«

Erika Köster erschien mit dem Kaffee und setzte sich zu den beiden an den Tisch.

»Der ist aber ziemlich schwach, Erika«, tadelte die große Schwester, und die Jüngere errötete leicht. »Entschuldigung, aber mit deiner Kaffeemaschine kenne ich mich nicht so richtig aus.«

Gerlinde Fuhrmann lachte ein kleines schnaubendes, verächtliches Lachen und machte wieder diese wegwerfende Handbewegung, als wolle sie sagen: Mit dir ist nichts anzufangen.

»Ich für meinen Teil mag keinen so ganz starken Kaffee«, versuchte Friedrich Gontard die Situation zu retten, aber er war sich nicht sicher, ob ihm das gelungen war, denn Gerlinde Fuhrmann zog die Brauen hoch.

»Wir sprachen von dem anderen Motiv«, sagte Gerlinde Fuhrmann, und in ihrer Stimme lag Neugierde, die sie gerne verhohlen hätte.

»Hat Ihr Mann ... hat Georg öfter mal von Kriegszeiten erzählt?«

»Ob er von Kriegszeiten erzählt hat?« Gerlinde Fuhrmanns Stimme war voller Sarkasmus.

»Er hat fast nur noch von Kriegszeiten erzählt in der letzten Zeit. Eine wahre Obsession war das. Er kam einfach nicht los von der Vergangenheit. Und noch schlimmer: Nicht nur die Vergangenheit war seine Obsession. Er witterte hier und jetzt überall Rassisten, Antisemiten, alte und neue Nazis, Ungerechtigkeit, Faschismus. Um es ganz deutlich zu sagen: Er war ein Paranoiker.«

Sie blies einige Kringel in die Luft.

»Und Sie sehen da ein Motiv, Herr Gontard?«

»Nicht ausschließlich. Das Raubmordmotiv ist ja noch nicht aus der Welt.«

Dann fragte er ganz offen: »Hat Georg Ihnen davon erzählt, in welchem Verhältnis er zu Lotte Simon stand?«

Wieder dieses trockene, sarkastische Auflachen, das nach Verachtung klang.

»Ach je, die Jugendliebe von Anno Tobak. Klar. *Alte Liebe rostet nicht,* wie es im Sprichwort heißt. Aber ich war nicht eifersüchtig auf diese alte Frau, falls Sie das andeuten wollen.«

Wie grausam Jüngere doch sind, ging es durch Friedrich Gontards Kopf. Und er fragte sich insgeheim, ob Anna, seine um viele Jahre jüngere Frau, auch ab und zu so abschätzig über ihn und sein Alter dachte. Obgleich: Gerlinde war noch um Einiges jünger als Anna und auch von einer anderen Wesensart. Mit diesem Gedanken tröstete er sich.

»Hat er Ihnen erzählt, weshalb Lotte Simon und James Mendel eingeladen waren?«

»Ich denke, er wollte an frühere Freundschaften anknüpfen. Man wird ja, habe ich gehört, nostalgisch und rührselig im Alter. Dann wollte er vielleicht den alten Freunden Deutschland zeigen. Es gibt doch keinen Grund, sich für unser Land zu schämen? Man sollte mal einen Schlussstrich ziehen.«

Sie sagte es trotzig und mit einer Absolutheit, die keinen Einwand zuließ.

Dann lenkte sie ein: »Aber wenn Sie einen Racheakt vermuten, wer weiß, vielleicht liegen Sie da nicht ganz falsch. Georg hat sich öfter mal in die Nesseln gesetzt. Aber ich kann dazu nichts weiter sagen.«

Gehen Sie, das Gespräch ist beendet, so hieß das doch im Klartext, wie Gontards sensibles Gespür für Zwischentöne und Untertöne registrierte.

»Nun muss ich tatsächlich aufbrechen«, sagte er, und die Erleichterung der Gastgeberin war offensichtlich.

»Erika, geleite Herrn Gontard doch hinaus«, sagte sie zu ihrer Schwester, die in Erwartung des Befehls schon aufgesprungen war.

Gerlinde Fuhrmann öffnete alle Fenster des Raums und drückte ihre Zigarette aus, ließ die Zigarettenschachtel in einer Schublade verschwinden, gab Erika Köster den Aschenbecher mit den Kippen.

»Das kannst du gleich zum Mülleimer mitnehmen.«

Sie wedelte wie wild, damit der Rauch abziehen konnte, und holte aus der Tasche ihres Blazers ein Pfefferminz, das sie sich in den Mund steckte.

Als Erika Köster die Eingangstür öffnete, stand draußen Bertram Blenker, der Nachbar. Es sah aus, als habe er eine ganze Weile schon so gestanden, denn er erschrak ein wenig, als die Tür vor ihm aufging.

»Ach, Sie gehen, ich komme, da gibt es Abwechslung im Hause Fuhrmann«, bemerkte er mit der gewohnten Frechheit. Der Berater in Sachen Glück ging schnurstracks aufs Wohnzimmer zu. Als Gontard sich noch einmal umsah, erblickte er Gerlinde Fuhrmann, die immer noch mit den Händen wedelte, um die letzten Rauchschwaden zu vertreiben. Ja, stimmt, der Herr Glücksberater möchte ja nichts Schädliches einatmen, erinnerte sich Friedrich Gontard. Er strebt das ewige Leben an. Ob er der Nachbarin nun die Leviten lesen wird?

Als er den Pfad zum Gemeinschaftsparkplatz hinabging,

vernahm er vom Gelände des Nachbarn Blenker her das Geräusch von Holzhacken.

Ach, der unliebsame Sohn Florian ist vom Herrn Papa zum Holzhacken verdonnert worden.

Glücksrezept Nummer dreizehn? Ob er das seinen zahlreichen Verehrerinnen, die zu seinen Beratungsvorträgen strömten, auch verordnete? Holzhacken macht glücklich, Holzhacken macht froh. Denen verordnete er doch wohl eher Trommeln oder Töpfern, wie es der Zeitgeist verlangte?

Sei nicht zynisch, Gontard, dachte der ehemalige Kripochef. Florian Blenker tat ihm leid.

14. KAPITEL

Das Zwergenhaus

Welch wundervoller Spätherbsttag. Nur in der Pfalz, schien es Friedrich Gontard, entfaltete sich der Zauber des Herbstes mit den leuchtenden Farben in den Wäldern und Gärten. Die Burgruine auf dem Felsvorsprung aus rotem Sandstein war in ein Farbenmeer getaucht.

Ob heute Nacht die geisternde Rittersfrau wieder den Körper ihres zerschmetterten Kindes suchen und in Wehklagen ausbrechen würde?

Die Freude über den schönen Herbsttag war eine getrübte Freude, denn das Gontardsche Familienübel machte sich in Form von Kopfweh bemerkbar. Dieses trat oft dann auf, wenn die Luft silbrig flimmerte und ein leichter Wind sich mit grellem Sonnenschein vermischte. Gontards Vater hatte schon unter diesem Übel gelitten, und auch Lilli hatte es gerbt. Übrigens würde er Lilli heute Abend unbedingt noch anrufen müssen.

Noch hielten sich die Kopfschmerzen in Grenzen, und Gontard beschloss, da er gleichzeitig auch Hunger verspürte, nicht gleich heimzufahren, sondern im Gasthaus *Zur Sonne* eine Kleinigkeit zu essen und dabei seine Kopfschmerztabletten einzunehmen.

Auf dem Weg zum Lokal nahm Friedrich Gontard in Lützelbrunn Spuren von Vandalismus wahr, die ihm vorher noch nicht aufgefallen waren. An einer Bushaltestelle war offenbar gezündelt worden. Das Glasdach des Unterstandes war zersprungen, und wüste Schmierereien verunzierten die Wand neben einer kleinen Eisdiele. Ein falsch gemaltes Hakenkreuz prangte hässlich am Sockel. Das Werk der gelangweilten Dorfjugend? An einem Automaten zeigten sich Brandspuren. Das Glas einer Straßenlampe war beschädigt, vielleicht durch einen Steinwurf.

Die Butzenscheibenromantik des Gasthauses *Zur Sonne* schob sich als Kontrast dazwischen.

Friedrich Gontard nahm am Fenster Platz und bestellte sich zum kleinen Flammkuchen ein großes Glas Mineralwasser, um seine Tabletten einnehmen zu können. Während er auf sein Essen wartete, schaute er aus dem Fenster. Erst jetzt fiel ihm auf, dass er genau jenes Haus gegenüber im Visier hatte, vom dem aus neulich, wie es ihm schien, jemand mit Feldstecher ihn und seine Begleiter beobachtet hatte.

Ein schnittiger Wagen fuhr vor, ein junger Mann stieg aus. Beide, Auto und Fahrer, kamen Gontard bekannt vor. Der junge Mann stieg federnden Schritts aus und ging auf das Haus zu. Das schicke, teure rote Auto und das kleinbürgerliche Siedlungshäuschen aus den Dreißigerjahren mit der Hausnummer 25 schienen nicht so recht zueinanderzupassen. Jetzt erkannte Gontard in dem jungen Besitzer des schnittigen Autos den Begleiter von Alexander Fuhrmann im Café *Herzog*. Das Auto mit der gotischen Aufschrift *Böhse Onkelz* auf der Heckscheibe, das er auf dem Parkplatz vor dem Café in Bad Bergzabern gesehen hatte, gehörte also dem Bekannten von Alexander Fuhrmann. Nun klingelte der junge Mann, und die Tür wurde geöffnet. Eine junge Frau trat kurz heraus. Die beiden umarmten sich.

Die junge Frau trug ein blaues Kopftuch um ihren Pferdeschwanz geschlungen. Gontard erkannte die junge Frau erst auf den zweiten Blick, denn sie lachte gelöst, schaute nicht verkniffen und trotzig, als sie die Arme um den jungen Mann schlang. Es war Pia Tschukke. War der Mann der Freund oder gar der Ehemann der Fuhrmannschen Haushaltshilfe? Etwas anderes fiel nun Friedrich Gontard an der Aufmachung des jungen Mannes auf, das er im Café nicht registriert hatte. Er trug eine Bomberjacke und Springerstiefel. Die beiden lachten laut, der junge Mann nahm Pia Tschukke um die Taille gefasst, und sie gingen zusammen ins Haus.

Gontard aß nur etwa die Hälfte seines Flammkuchens, der auf einem Holzbrett serviert worden war. Die Nähe zum Elsass bescherte der Südpfalz eine wohltuende Abwechslung von Saumagen, Fleischknöpfen und Co. Doch der Appetit war ihm vergangen, nicht nur wegen seiner Kopfschmerzen, die sich nun trotz der Tablette eher verstärkten. Zu allem Übel wurde die Tür zur Gaststätte geöffnet und Udo Schwerdtfeger trat ein. Er ging schnurstracks auf Friedrich Gontard zu und begrüßte ihn mit der ihm eigenen herzerfrischenden Direktheit: »Oh, Herr Gontard. Sie hier? Dienstlich oder privat?«

Er setzte sich zu Friedrich Gontard.

Der entgegnete, ohne die Frage zu beantworten: »Und Sie, Herr Schwerdtfeger, verfolgen Sie eine heiße Spur, wenn man mal so fragen darf?«

Udo Schwerdtfeger neigte sich geheimnisvoll zu Gontard hinüber und flüsterte hinter vorgehaltener Hand: »Eine sehr heiße Spur. Wir sind einer einschlägig bekannten Gangsterbande auf den Fersen. Heute schlagen wir zu. Das sind Trittbrettfahrer. Die haben einen Bankraub an der Weinstraße auf dem Gewissen und einen Überfall auf eine Tankstelle in Kaiserslautern. Den Tankwart haben sie dabei erschossen und eine Kassiererin dazu. Schwere Jungs, wie die Bande um Al Capone, Sie wissen schon.«

»*Al Capone, dieser Lümmel, kommt aus Lambrecht und heißt Kimmel.* Das haben die Kinder in den Sechzigerjahren gesungen, ja. Bernhard Kimmel, der Pfälzer Al Capone. Wer kennt den nicht? Ich hatte damals dienstlich mit ihm zu tun.«

»Ja, natürlich. Also diese Gangsterbande kopiert gerne andere Banden. Trittbrettfahrer eben. Außerdem haben sie überall Chaos und Verwüstung hinterlassen. Drum denken wir, das sind unsere Mörder von Lützelbrunn.«

Als Friedrich Gontard schwieg, fuhr Udo Schwerdtfeger fort: »In den nächsten Tagen werden Sie in der Zeitung lesen können, dass der Fall Fuhrmann abgeschlossen ist.«

»Danke für Ihr Vertrauen«, entgegnete Friedrich Gontard mit gespielter Gelassenheit. Hinter seinen Schläfen pochte es nicht nur wegen der Kopfschmerzen. Seine Ironie verpuffte an seinem Nachfolger. Sollte er Schwerdtfeger einen kleinen Tipp geben? Sollte er ihm raten, sich nicht zu sehr in die Raubmordtheorie zu verbeißen? Sollte er …?

Nein, er sollte keineswegs. Er hatte keine Lust dazu und keine Veranlassung. Er war nicht dienstlich hier, sondern lediglich als Privatmann. Als der Freund eines grausam ermordeten Mannes, der versuchte, für sich selbst Licht ins Dunkel dieses nicht nur brutalen, sondern auch mysteriösen Mordfalls zu bringen. Als Privatmann und motiviert durch persönliche große Trauer.

Und vielleicht waren ja wirklich diese Al Capone-Gangster die Mörder von Georg Fuhrmann und seine eigenen Beobachtungen nur Hirngespinste.

»Dann wünsche ich Ihnen einen baldigen Fahndungserfolg«, verabschiedete sich Friedrich Gontard, woraufhin Udo Schwerdtfeger, der Chef der Ludwigshafener Kripo, die Lippen kräuselte und die vielsagende Antwort gab: »Klaro.«

Dann machte er noch das Victory-Zeichen. Beziehungsweise eine verunglückte Version desselben.

Friedrich Gontard ging zur Theke, die ganz vorne am Ausgang lag, um zu zahlen.

»Wer wohnt eigentlich gegenüber in dem Haus Nummer 25?«, fragte er die Wirtin, eine hübsche Rotblonde um die dreißig.

»Die alten Barths und die Enkel, Pia und Carsten Tschukke. Warum?«

Nun war Gontard um eine Antwort verlegen und musste improvisieren.

»Na ja, eine Nachbarin von mir hat ganz früher mal in dem Haus gewohnt und hat mir aufgetragen, mich nach den heutigen Besitzern zu erkundigen.«

»Ach so.«

Glück gehabt, dachte Gontard erleichtert. Die Wirtin ist wohl zu jung, um zu wissen, wer ganz früher einmal in dem Haus gegenüber gewohnt hat.

Das Auto hatte er nicht direkt vor dem Gasthaus *Zur Sonne* geparkt, und so ergriff er die Gelegenheit, einen Blick in den Vorgarten des Hauses zu werfen. Einige kunterbunte Gartenzwerge mit allerhand Geräten bestückt – Spaten, Rechen und Laternen – zierten den kleinen Vorgarten und bildeten eine Symbiose mit ebenso geschmackvollen Störchen, Rehlein und Ziehbrunnen aus Gips. Das nahe Elsass bescherte der Südpfalz nicht nur den Flammkuchen, die *Quiche Lorraine* und den Gewürztraminer.

Eine Fahne wehte ganz versteckt zwischen hohen Tannen hinter dem Haus. Friedrich Gontard hätte die Trikolore vermutet. Doch es war die Deutschlandfahne. Friedrich Gontard erschrak aber erst, als er auf der Flagge den Reichsadler des Deutschen Reiches erblickte.

Er beeilte sich, zu seinem Auto zurückzukehren, zumal der Himmel sich während seines Aufenthalts im Gasthaus bewölkt hatte und schon die ersten Tropfen fielen. Die Kopfschmerzen waren auf wundersame Weise verflogen.

Vieles ging Friedrich Gontard durch den Kopf, als er ins Rechtsrheinische fuhr. Er ließ die Eindrücke des Morgens Revue passieren. Die Personen, die er heute getroffen hatte, defilierten vor seinem geistigen Auge vorüber: Die Schwestern Erika und Gerlinde, Bertram Blenker, Udo Schwerdtfeger, Pia und Carsten Tschukke, die nicht Freund und Freundin, nicht Ehemann und Ehefrau, sondern Bruder und Schwester waren.

Anna war noch nicht von der Schule zurück. Hatte sie nicht von einer Konferenz gesprochen?

Lotte Simon und James Mendel waren, wie erwartet, noch in Heidelberg oder Schwetzingen.

Friedrich Gontard holte Belami bei Rosa Brehm ab, die wie immer ungern Abschied nahm von ihrem vierbeinigen Liebling, und er fuhr die steile Straße zu seinem Haus hoch.

Katerchen Heinz streifte im Garten umher und war offenbar gerade dabei, eine Maus aufzustöbern.

Gontard, definitiv vom Kopfweh befreit, gönnte sich den Luxus, seinem Laster zu frönen, und er steckte sich ein Zigarillo an. Ein Zeichen dafür, dass es wieder bergauf ging mit ihm.

Ach, ich versuche mal, Lilli zu erreichen, dachte er, vielleicht ist sie von der Uni zurück.

Er hatte Glück.

»Ich hab gerade mal einen Abstecher auf den *Père Lachaise* gemacht. Ich war bei Jim Morrison und Edith Piaf und Oscar Wilde. Dem hab ich von Mama ein paar Blümchen aufs Grab gelegt. Komisch, all die Promis in fünf Minuten Entfernung zu haben, wenn sie auch tot sind.«

Lilli wohnte im 11. Arrondissement, in der Rue Léon Frot, und sie fühlte sich wohl in der Gegend, nicht weit vom Marais-Viertel entfernt, von der Oper, vom Place de la Bastille. Vom Multikultimarkt in Belleville, wo man das beste Gemüse und das beste Obst kaufen konnte.

»Und was hast du gemacht, Papa? Gibt es was Neues von dem schlimmen Mordfall?«

Friedrich Gontard schilderte knapp, was sich mittlerweile zugetragen hatte.

»Und ich sehe Gespenster, Lilli. Du weißt schon, mein Thema, das mich nicht loslässt: Krieg, Nazis. Ich hab das Gefühl, Georgs Tod hat mit den alten Geschichten von früher zu tun. Und stell dir vor, ich hab sogar Georgs Sohn Alexander kurz im Verdacht gehabt, so ein Neonazi zu sein.«

»Ein Skinhead?«

»Nein, einer von den Geschniegelten, Intellektuellen der rechten Szene, die so höflich tun.«

»Und wieso das?«

Friedrich Gontard erzählte von seinem Erschrecken, als er auf dem T-Shirt von Alexander Fuhrmann den Aufdruck NSDA las und wie sich das Ganze, als er sein Jackett abgelegt hatte, als harmloser englischer Markenname entpuppt hatte. Er lachte etwas verlegen, denn es war ihm peinlich.

Doch Lilli sagte nach einer kleinen Pause: »Du siehst aber keine Gespenster, Papa. *Lonsdale*, die Marke kaufen die rechtsradikalen Jugendlichen gerne. Eben als Tarnung und weil die Buchstaben NSDA drin vorkommen. Solch getarntes Zeug tragen die Neonazis gerne. Auch mit Zahlenkombinationen haben sie es. Hitlers Geburtstag, der 20. April, wird 4/20 geschrieben, wie im Englischen. Und 88 heißt ›Heil Hitler‹, das ist zwei Mal der achte Buchstabe im Alphabet, nämlich das ›H‹. Abkürzungen finden die auch toll, um sich zu tarnen. Zum

Beispiel ›DdD‹ für ›Deutschland den Deutschen‹. Dann gibt es noch Insider-Tattoos und solchen Schwachsinn.«

»Was du nicht sagst! Woher weißt du das alles?«

»Aber, Papa, das sind doch Leute meiner Generation, diese Neonazis. Leider. Und außerdem: Ich bin ganz und gar deine Tochter. Das Dritte Reich und die Verbrechen der Vergangenheit, das interessiert mich. Da gibt es ein Seminar an der Uni über die Razzia im Velodrom, die *Rafle du Vél d'Hiv*. Weißt du, was ich meine?«

»Ich weiß, Lilli, ich weiß.«

»Also diese Razzia damals, da hat ja die französische Polizei kräftig mitgemischt. Ich wollte einen Vortrag darüber halten, zumal es da in meiner Straße das *Lycée Juif* gibt mit der Gedenktafel für die ermordeten jüdischen Schüler. Aber ich hab keinen Vortrag gehalten. Und weißt du, warum?«

»Ich denke, ich weiß warum, Lilli. Als Deutsche darfst du das nicht. Auch nicht im Jahr 1996, mehr als fünfzig Jahre nach dem Krieg. Das würde doch nach Bevormundung aussehen, so, als wolltest du ablenken von den Naziverbrechen der Deutschen, indem du die Mitschuld der Franzosen zum Thema machst.«

»Ja, so ist es. Das finde ich schade. Ich will ja nicht ablenken. Nur die Wahrheit sagen. Aber das ist nicht erwünscht. Von einer Deutschen schon gar nicht. Da lass ich das lieber sein.«

»Ja. Ist diplomatischer. Diplomatie verurteilt uns oft zur Unehrlichkeit. Aber was anderes: Du kommst erst zu Weihnachten wieder heim?«

»Ja, Papa. Ich habe noch viel zu arbeiten bis Weihnachten.«

Nachdem Friedrich Gontard den Hörer aufgelegt hatte, ging er langsamen Schritts ins Wohnzimmer zurück. Er setzte sich an seinen Lieblingsplatz ans Fenster mit Blick auf die Terrasse und den gegenüberliegenden Hügel, auf dessen unterem Ende nun leider eine ganze Reihe von Neubauten im Entstehen war. Schade um die schöne Aussicht auf den »englischen Hügel« gegenüber, den Anna und er so liebten. Gedankenverloren streichelte er Belamis Kopf, der sich neben ihn hingesetzt hatte und ihn erwartungsvoll ansah.

Wie wenig ich über meinen toten Freund weiß, dachte er.

Und er fragte sich, wie Georg Fuhrmann, der selbst so viel Zivilcourage bewiesen hatte in der Schattenzeit damals, mit einem Sohn zurechtgekommen war, der *Lonsdale*-T-Shirts trug und sich mit einem Kerl traf, der eine Bomberjacke und Springerstiefel trug, die Haare glattgeschoren hatte und bei dem die Flagge mit dem Reichsadler im Garten flatterte.

Annas Auto fuhr im Hof vor, und Gontard machte sich daran, den Tisch fürs Abendessen zu decken. Als er an der Terrassentür vorbeiging, bot sich ihm ein Bild, das traurig und komisch zugleich war: Katerchen Heinz stand draußen, und eine dicke tote Maus baumelte ihm aus dem Maul. Er ließ die Maus plumpsen und maunzte. Es wollte gelobt werden, das brave Tier.

Friedrich Gontard öffnete kurz die Terrassentür, lobte den kleinen Kater und schloss sofort wieder die Tür. Die dicke Maus wollte er nicht gerne unterm Esstisch liegen haben. Beleidigt, weil er nicht eingelassen wurde, trottete der kleine Kater davon und verschwand mit der fetten Beute im Gebüsch.

15. KAPITEL

Gespenster

Gontard war voller Unruhe. Er hatte das Gefühl, unbedingt noch einmal Georg Fuhrmanns Witwe aufsuchen zu müssen. Selbst wenn sie ihm die Tür vor der Nase zuknallen würde, er musste versuchen, sie zu verhören.

Verhören, dachte er, das klingt nach Kripochef im Dienst. Das steht mir doch gar nicht mehr zu. Aber er dachte noch in den alten Kategorien, und sein persönliches Anliegen und das des unverbesserlichen Kriminalisten, der er immer noch war und wohl auch bleiben würde, vermischten sich.

Anna war schon zur Schule gefahren. Heute war Freitag und dazu noch Elternsprechtag, also würde sie erst am Abend heimkommen. James würde nach Speyer fahren, um sich die schöne Domstadt anzuschauen. Vor allem zog es ihn ins Museum, wo es gerade eine Sonderausstellung gab. Es zog ihn aber auch in die *Mikwe*, das mittelalterliche Judenbad, das zu besichtigen war. Lotte Simon war erfreut, Friedrich Gontard in die Südpfalz begleiten zu können, denn Speyer hatte sie vor wenigen Jahren einmal während einer Studienfahrt mit ihren Kollegen aus Cambridge besichtigt.

Belami kam von der Wiese des benachbarten Bauernhofs und roch nach irgendetwas, das Hundenasen mochten, Menschennasen dafür weniger.

»Hunde-Schweine-Ferkel-Vieh«, rief Friedrich Gontard aus, doch es klang so freundlich, dass Belami es für ein wirklich großes Lob hielt und geschmeichelt mit dem Schwanz wedelte. Nachdem Herrchen den stinkenden Hund saubergerubbelt hatte, trollte Belami sich in sein Lieblingseck und ließ sich seufzend niederplumpsen.

Rosa Brehm, die an diesem Tag im Gontardschen Haushalt wirken würde, klingelte und vernahm erfreut, dass sie Belami voraussichtlich bis zum Nachmittag würde betreuen dürfen. James Mendel hatte das Haus schon verlassen, und Lotte Simon und Friedrich Gontard machten sich nun mit Verzögerung wegen der Hunde-Eskapade auch bereit, in die Pfalz zu fahren. Sie versuchten diesmal einen Umweg durch Kandel und hielten an einem kleinen Café in der Hauptstraße, um einen Cappuccino zu trinken.

Kandel, das Bienwaldstädtchen, war dabei, sich zu mausern. Auch hier war die Frankreichnähe zu spüren. *Baguette* wurde angeboten, *café crème, croissants, pains au chocolat* und *tartes* in allen Variationen.

Lotte Simon und Friedrich Gontard hatten erst vor zwei Stunden gefrühstückt, sonst hätten diese Köstlichkeiten sie gelockt. Sie begnügten sich mit einem Cappuccino und einem großen Milchkaffee. Das Zigarillo gehörte bei Gontard zum Milchkaffee dazu. Auch Lotte steckte sich eine Zigarette an. Sie lächelte und sagte: »Wir zwei halten es mit Mark Twain. Der hat einmal gesagt: Wenn man mir im Paradies die Zigarren verbietet, dann will ich da gar nicht hin.«

»Der war wunderbar, der Mark Twain«, stimmte Friedrich Gontard zu. »Und an die Unsterblichkeit der Seele hat er auch nicht geglaubt. Daran, meinte er, glauben die gleichen Leute, die behauptet haben, die Erde sei eine Scheibe.«

Lotte lachte: »Da ist was dran. Obwohl: Was Genaues weiß man nicht. Oder?«

Die Getränke wurden gebracht, und Gontard sagte, ohne auf ihre rhetorische Frage einzugehen: »Lotte, ich wollte dich schon lange etwas fragen, doch es war nie die passende Gelegenheit dazu.«

»Und das wäre?«

»Georg hat mir bei unserem unverhofften Wiedersehen in Wissembourg angedeutet, dass ihr beide euch in England zufällig begegnet seid, vor vielen Jahren.«

»Ja, er ist mir sozusagen fast in meinen Korb gefallen, der vorne am Fahrrad angebracht war«, erinnerte sie sich und lächelte versonnen vor sich hin.

»Und du hast ihn verarztet, und es gab eine Romanze zwischen euch, stimmt's? Entschuldige, das ist indiskret. Georg wollte mir später davon erzählen. Eine lange Geschichte, hat er gesagt. Aber es gab für ihn kein Später, und es gab kein Später für unsere Freundschaft. Und nun kannst du mir die Geschichte erzählen, aber nur, wenn du willst.«

Lotte Simon strich sich das schöne volle graumelierte Lockenhaar aus der Stirn, unwillkürlich und vielleicht, weil sie in Gedanken bei Georg war, dem ja ebenfalls diese Geste zu eigen gewesen war.

»Es ist eine lange Geschichte und doch wieder nicht. Sie hätte lang werden können, ewig fast, doch Georg war einfach zu … zu gewissenhaft. Zu ethisch.«

»Das stimmt, er war ein Mensch mit viel Ethos, aber ich verstehe trotzdem nicht, was du meinst.«

»Also: Unsere zufällige Begegnung fand vor dreiundzwanzig Jahren statt. Im Jahr 1973. Ich habe ihn mit zu mir nachhause genommen, in meine Junggesellinnenwohnung. Ich habe ja immer alleine gelebt. Ich habe ihn tatsächlich verarztet, denn er hatte einige Schürfwunden davongetragen. Wir sind dann essen gegangen in ein schönes Studentenlokal am *Fitzwilliam Museum*, wo ich seit vielen Jahren als Restauratorin arbeitete. Wir haben von den alten Zeiten geredet. Über damals in Weinheim, über unsere geheime und so gefährliche Liebe. Es war so romantisch. In der gleichen Nacht haben wir miteinander geschlafen. Es war genau genommen unser erstes Mal, denn damals, die Gymnasiastenliebe, da war alles platonisch gewesen. Küsse und Schwüre ewiger Treue. Sonst nichts. Und nun, nach so vielen Jahren, die vielzitierte *amour fou*. Georg blieb zwei Wochen bei mir, und es waren die verrücktesten zwei Wochen meines Lebens. Wir waren wie berauscht. Doch dann wurde Georg immer unruhiger. Er beichtete mir, dass er eine junge Frau hatte, Gerlinde. Einen kleinen Sohn, Alexander, ein Jahr alt. Georg war verzweifelt. Er würde seine junge Frau nicht verlassen können, noch weniger sein Kind. Sein Gewissen regte sich, denn er hatte seine Frau betrogen, belogen, eine Verlängerung der Geschäftsreise aus zwingenden Gründen vorgetäuscht. Er hatte auch mich belogen und betrogen, denn er hatte mir verheimlicht, dass er nicht frei war.«

»Georg, der Pflichtmensch, ja, der Gutmensch, wie man das heute seltsamerweise als Schimpfwort hört«, warf Friedrich Gontard ein. »Wie ich mir sein Dilemma vorstellen kann.«

»Ich war wütend, enttäuscht, traurig. Und ebenfalls verzweifelt. Ich war frei, hatte eine große Liebe wiedergefunden. Doch dann wurde mir klar, dass man die verlorene Zeit nicht zurückholen kann. Wir waren nicht mehr Romeo und Julia und nicht mehr sechzehn wie damals: Die Jüdin Lotte Simon und der Arier Georg Fuhrmann, die sich, verliebte Pennäler, klammheimlich und tatsächlich in großer Gefahr für Leib und Leben im Weinheimer Schlosspark oben trafen. Und dann noch an der Stelle, an der Balzac ein Romankapitel geschrieben hatte.

Romantische Seelen, die wir waren! Doch nun waren wir beide neunundvierzig Jahre alt. Romeo und Julia waren in die Jahre gekommen, die alte Gefahr war vorüber, aber wir konnten doch nicht zusammenkommen. Ich wollte Georgs Familie nicht kaputtmachen. Kein Glas zerbrechen.«

»Dann bist du auch so ein Gutmensch, Lotte. Aber hättest du tatsächlich eine wirklich glückliche Ehe kaputtgemacht?«

»Nein, das nicht. Aber Georg ließ durchblicken, dass er Gerlinde nur geheiratet hatte, weil sie schwanger von ihm gewesen war. Offenbar hatte sie es darauf angelegt, denn er war ein wohlhabender Mann, sie stammte aus weitaus bescheideneren Verhältnissen. Sie war Sekretärin in einem Auktionshaus in Heidelberg gewesen, mit dem Georg damals öfter beruflich beschäftigt war. Eine rein sexuelle Affäre, die sich dann verselbständigt hatte. Und er hat sie geheiratet.«

»Georg, der Pflichtmensch. In jeder Hinsicht«, bemerkte Gontard.

»Er ist dann abgereist. Wir hörten eine Weile nichts mehr voneinander, doch dann gab es immer wieder sporadische Briefkontakte. Und seit einem Jahr schrieben wir uns regelmäßig. Ich schickte Georg eine Kopie meiner Aufzeichnungen aus Gurs, die ich in einer Schatulle gefunden hatte. Und dann wurde Georg immer begieriger, mich zu treffen. Er habe vielleicht eine Überraschung für mich, ich könne ihm helfen.«

»Das klingt wirklich alles sehr mysteriös. Hast du eine Ahnung, was er damit meinte?«

»Ich denke, es hat mit *Pierre la Pioche* zu tun. Meinem Vergewaltiger. Ich vermute auch, ich sollte ihn enttarnen.«

Lotte nahm einen großen Schluck von ihrem Cappuccino.

»Du meinst, er hatte eine Spur?«

»Ja, genau das. Und die Spur führte nach Lützelbrunn. Ins Wasgaudörfchen ohne Fehl und Tadel.«

»Ich wünschte, ich wäre noch Kripochef«, sagte Friedrich Gontard. »Ich würde sofort eine Hausdurchsuchung anordnen in der Hoffnung, die Kopie deines Gurs-Briefes zu finden. Und noch mehr.«

Lotte Simon zog, anstatt eine Frage zu stellen, nur die Augenbrauen hoch.

»Ja, und noch mehr«, wiederholte Friedrich Gontard. »Vielleicht würde ich im Zimmer von Sohn Alexander rechtsradikale Schriften entdecken. Oder eine Flagge mit Reichsadler. Oder auch Schriften, welche die Intellektuellen unter den Neonazis lesen. Die rechte Szene besteht nicht nur aus primitiven Schlägertypen. Die geistigen Brandstifter, das sind und waren immer schon die Gefährlicheren.«

Er machte eine kleine Pause und fuhr fort: »Oder aber man würde Musik finden mit gehässigen Liedern. Es gibt da Unglaubliches. Das weiß ich von Lilli. Eine Gruppe heißt *Zillertaler Türkenjäger*.«

»Ausgerechnet Georgs Sohn ein Rassist? Ein Nazi?« Lotte lachte ungläubig.

Friedrich Gontard erzählte ihr von seinen Beobachtungen und erklärte: »Gerade Georgs Sohn. Kinder sind nicht immer die Produkte ihrer Erziehung. Es gibt so etwas wie vererbte Charakteranlagen, und wir sind doch alle Ergebnisse eines Gen-Cocktails. Da haben doch viele Urahnen mitgemischt. Vielleicht hat er aber auch aus Protest gegen diesen ethisch wertvollen Vater die extreme Gegenrichtung gewählt. Das soll vorkommen in Familien.«

»Also doch eine Reaktion auf die häusliche Erziehung?«, folgerte Lotte. Dann fragte sie:

»Du willst die Witwe besuchen? Ich werde nicht mit ins Haus kommen. Die Frau mag mich nicht. Vielleicht ahnt sie, dass da etwas war zwischen Georg und mir, mehr als eine

Jugendverliebtheit. Vielleicht hat Georg ihr die Cambridge-Episode von damals gebeichtet. Vielleicht hat er sie aber auch schonen wollen und nichts verraten. Aus Gerlinde Fuhrmann werde ich nicht schlau. Sie ist so … so unnahbar. Wie eine Sphinx.«

Sie zahlten und fuhren nach Lützelbrunn, vorbei an von Esskastanienbäumen gesäumten Straßen, hinein in den Wasgau mit seinen Wäldern und schroffen Buntsandsteinfelsen.

»Ich warte im Gasthaus *Zur Sonne* auf dich«, sagte Lotte Fuhrmann. »*Pub crawling*, wie man das bei uns in England nennt: von einem Lokal ins andere kriechen.«

»Da kannst du das Haus von gegenüber beobachten. Das Haus, in dem Pia Tschukke wohnt, die Hausgehilfin der Fuhrmanns. Ihr Bruder ist übrigens mit Georgs Sohn befreundet, wie es aussieht. Ich habe die beiden in Bad Bergzabern zusammen im Café gesehen. Hinten im Garten des Hauses weht die Flagge mit dem Reichsadler.«

»Ich kriege eine Gänsehaut«, erwiderte Lotte Simon. »Ich will das alles eigentlich nicht wissen, endlich mal nicht mehr dieses Thema, aber man kann doch die Augen nicht davor verschließen, oder?«

»Ja, das tun schon viel zu viele«, sagte Friedrich Gontard. »In spätestens einer Stunde bin ich wieder da.«

Pia Tschukke öffnete die Tür und fragte provozierend und frech: »Sind Sie gemeldet?«

»Das nicht, aber Frau Fuhrmann möchte bestimmt gerne mit mir sprechen.«

Pia Tschukke führte ihn ins Wohnzimmer, ohne ihn anzukündigen und ohne anzuklopfen.

Gerlinde Fuhrmann war nicht allein. Der nette Nachbar Bertram Blenker leistete ihr Gesellschaft. Er saß dicht neben Gerlinde Fuhrmann auf der Couch. Den erschrockenen Mienen der beiden und dem verlegenen Räuspern Bertram Blenkers, der seinen Arm blitzschnell von der Schulter der trauernden Witwe zurückzog, war zu entnehmen, dass der Nachbar nicht nur tröstende Worte gesprochen hatte.

Trauerarbeit und handfeste Glücksberatung in einem, dachte Friedrich Gontard. Er versuchte, zu ignorieren, dass er gerade in ein trautes *Tête à tête* geplatzt war.

»Ich möchte mich vielmals entschuldigen, aber ich habe etwas auf dem Herzen, Frau Fuhrmann. Ich möchte Sie direkt und ohne Umschweife fragen, ob Georg Feinde hatte, weil er sich, wie Sie ja selbst gestern gesagt haben, obsessiv mit alten und neuen Nazis befasst hat. Ich benutze Ihre eigenen Worte von unserem letzten Gespräch. Sie sagten, es sei eine wahre Obsession gewesen, sich mit solchen Dingen zu beschäftigen.«

Ungefragt mischte sich Bertram Blenker ein: »Eine Obsession, in der Tat. Das war es. Man könnte es auch Paranoia nennen. Er wurde nicht müde, in alten, längst verjährten Sachen rumzustöbern und überall neues Unheil von rechts zu wittern. Ich wollte ihn therapieren, aber er hat das rigoros abgelehnt. Er hat mich ausgelacht. Meine Devise ist: Mache dich selbst glücklich, und du machst andere glücklich. *Carpe diem.* Genieße den Tag. Stochere nicht im Unglück der anderen herum. Ignoriere das Unangenehme.«

»Wenn alle so denken würden, Herr Blenker, dann gäbe es nie soziale Reformen. Es gäbe keine Menschen, die für andere sorgen. Nicht in der Not, nicht in der Krankheit, nicht im Alter. Vielleicht sind ja auch Sie mal angewiesen auf solche Menschen, die nicht nur sich selbst glücklich machen wollen.«

»Ach, Sie sind auch so ein langweiliger Gutmensch wie Ihr Freund einer war«, entfuhr es Bertram Blenker. Er lachte sein kurzes, trockenes Lachen und schaute dabei zu Gerlinde

Fuhrmann hin, über deren Gesicht ein merkwürdiges, angeödetes Lächeln huschte.

Gontard bebte innerlich vor Wut ob der unverschämten Aussage des Glücksgurus, der noch hinzufügte: »Kommen Sie doch mal zu einem meiner Vorträge. Die Säle sind proppenvoll, die Leute verzehren sich danach, mich zu hören, mich zu sehen. Im Saalbau in Neustadt vor vier Wochen gab es ein regelrechtes Gedränge, und auch die Landauer Festhalle war ausverkauft.«

Er strich sich in eitler Selbstgefälligkeit übers Kinn. Gontard wandte sich Gerlinde Fuhrmann zu, deren Mund spöttisch verzogen war.

»Vielleicht könnte ich nun aber eine Antwort auf meine Frage bekommen, und zwar von Ihnen, Frau Fuhrmann?«

»Na ja«, sagte die Witwe zögerlich. »Er hat von einem anonymen Drohbrief gesprochen, den er bekommen haben soll. Ich habe das nicht ernst genommen. Das hat er sich doch bestimmt nur eingebildet.«

Friedrich Gontard entging nicht, dass sie zu Bertram Blenker aufschaute, der mit erstaunter Miene und wie erstarrt auf dem Sofa saß.

»Genau wissen Sie das aber nicht? Er hat keinen Namen genannt, nichts von der Art der Drohung gesagt?«

»Nichts. Gar nichts. Ich kann Ihnen nicht helfen.«

Es klang wieder wie beim letzten Gespräch: Und nun gehen Sie endlich. Die abweisende Miene Gerlinde Fuhrmanns unterstrich dies noch.

»Es tut mir leid, dass ich gestört habe«, sagte Friedrich Gontard. »Und nun wird sich ja bald herausstellen, wer den Raubmord begangen hat.«

Bertram Blenker und Gerlinde Fuhrmann tauschten verstohlene Blicke.

Als Friedrich Gontard an der Küche vorbeiging, sah er Pia Tschukke eifrig am Herd hantieren. Sie tat vertieft und beachtete ihn nicht.

Als er aber den Pfad zum Parkplatz hinabschritt, schaute er kurz zurück. Die weiße Spitzengardine am Küchenfenster bewegte sich, dahinter schemenhaft der Umriss eines breiten Gesichts, das dicht an die Scheiben gepresst war.

Im Gasthaus *Zur Sonne* erwartete Lotte Simon, die sonst so beherrschte und souveräne Frau, ihren Freund Friedrich Gontard zitternd und aufgelöst. Sie war kreidebleich.

»Ich sehe Gespenster«, flüsterte sie. »Es war fast wie bei dem Vortrag vor ein paar Tagen in Annas Schule. Nur schlimmer, weil ich diesmal wirklich glaube, dass … Also ich muss das erklären. Der Reihe nach«, versuchte sie sich selbst zu beruhigen. »Vor ein paar Tagen bei meinem Vortrag war da dieses Mädchen, das mich so böse und feindselig angeschaut hat. Ich meinte, eine Schülerin von damals wiederzuerkennen, die eifersüchtig auf mich war wegen Georg und mich auch als Jüdin verachtet hat. Ein gemeines Ding einfach. Aber ich habe mir gesagt, dass es immer wieder die gleichen Menschentypen gibt. Das war keine Enkelin der damaligen Feindin, sondern ganz einfach ein gelangweiltes, dummes Mädchen von heute, das nichts wissen wollte von damals, von den alten Geschichten. Aber heute war das anders. Aus dem Zwergenhaus, wie du es nennst, ist ein junger Mann gekommen, und ich bin zu Tode erschrocken. Er sah aus wie die Reinkarnation von *Pierre la Pioche*. Dem Sadisten aus Gurs.«

Sie beschrieb den jungen Mann von gegenüber: Bomberjacke, hohe Stiefel, fast kahlgeschoren. Weinrotes Hemd mit irgendeinem Aufdruck, den sie nicht lesen konnte. Die gleichen Gesichtszüge wie *Pierre la Pioche*, der damals etwa dreißig war. »Und dann hat er noch etwas ins Haus gerufen, ganz laut. Die Stimme, heiser und rau, wie bei dem anderen damals.«

»Das war Carsten Tschukke, der Bruder von Pia Tschukke«, antwortete Gontard. In seinem Kopf überschlugen sich die Gedanken. Er wusste: Nun würde er mit Udo Schwerdtfeger reden müssen. Er würde ihn anrufen, sobald er mit Lotte Simon in Hohenkirch angekommen wäre. Lotte, das war nicht zu übersehen, brauchte Ruhe, viel Ruhe. Und die gab es in Hohenkirch und im Haus der Gontards.

»Wir fahren jetzt zurück. Dieser Ort hier ist nicht gut für dich, Lotte«, sagte er.

Als sie im Auto saßen, sagte er: »Ich werde einige Schritte veranlassen. Mir sind zwar die Hände gebunden, weil ich nicht mehr in Amt und Würden bin, aber er kann sich meiner Argumentation jetzt nicht mehr verschließen. Das können alles keine Zufälle sein.«

Er ließ sich nicht näher darüber aus, was er mit »alles« meinte, aber Lotte war zu müde, um nachzuhaken.

Anna war noch in der Schule. James Mendel war noch nicht aus Speyer zurück, kein Wunder. Diese Stadt hatte viel zu bieten an Sehenswürdigkeiten.

Rosa Brehm und Friedrich Gontard kümmerten sich um Lotte Simon, die erschöpft und kränkelnd jegliches Essen ablehnte, nur einen Schlaftee verlangte und vor allem: Bettruhe.

Als Rosa Brehm nach dem Spaziergang mit Belami das Haus verlassen und Lotte Simon sich in ihr Zimmer zurückgezogen hatte, wählte Friedrich Gontard die Nummer des Ludwigshafener Kommissariats.

Udo Schwerdtfeger war sehr erstaunt, von seinem Vorgänger im Amt angerufen zu werden.

»Ja, Sie wünschen?«, fragte er kurz angebunden und offenbar schlecht gelaunt.

»Gibt es etwas Neues von den Raubmördern und den Trittbrettfahrern?«

Es entstand eine Pause, die, wie es Friedrich Gontard vorkam, endlos dauerte. Hatte der junge Kripochef aufgelegt?

Ein Schlucken am anderen Ende der Leitung war zu hören: »Na ja. Wir haben Pech, einfach Pech. Die Verdächtigen sind gefasst, aber ...«

»Aber sie haben ein Alibi, wie das Trio Infernal von Seebach?«

Was wie eine Frage klang, war eher als Feststellung gemeint.

Es klang kleinlaut, das zögerliche »Ja, so ist es.«

Nun hielt Friedrich Gontard nicht länger an sich.

»Wenn das so ist, mein lieber Herr Kollege, dann ist es höchste Zeit, endlich in eine andere Richtung hin zu ermitteln und mich nicht mehr länger hinzuhalten und abzuweisen. Ich habe zwar noch nicht für alle meine Vermutungen ganz klare Beweise, doch ohne Ihre Hilfe werde ich diese Beweise nie liefern können. Sie sind der ermittelnde Polizeichef, Sie haben Befugnisse, die ich als Pensionär nicht habe.«

»Sie haben Recht, Herr Gontard, vielleicht sollten wir zusammenarbeiten.«

Friedrich Gontard registrierte den plötzlichen Sinneswandel des jungen Kollegen mit Erstaunen und mit Freude.

»Ich habe Grund zu der Annahme, Herr Schwerdtfeger, dass hinter dem Mord an Georg Fuhrmann politische Motive stehen, mit anderen Worten: Mein Freund war vermutlich einem Nazitäter auf der Spur, er wollte eine Person enttarnen, und dafür musste er mit seinem Leben bezahlen. Sie dürfen sich nicht weiter an dem Motiv des Raubmords festkrallen.«

»Das ist ja wirklich eine neue Spur, ein ganz neues Motiv«, antwortete Udo Schwerdtfeger ziemlich kleinlaut.

»Ich darf am Montag früh zu Ihnen ins Kommissariat kommen, Herr Schwerdtfeger? Sie werden dann Details von mir hören. Und Sie werden handeln müssen. Anordnungen treffen, die ich nicht mehr treffen kann. Ich bin da machtlos. Ich kann nur beraten, nicht handeln. Sie sind der Chef.«

»Bis Montag dann, Herr Kollege«, sagte Udo Schwerdtfeger und hatte aufgelegt.

»Herr Kollege«. Und ganz ohne ironischen Unterton diesmal.

Friedrich Gontard musste ein bisschen lächeln.

Man muss die Leute nur bei ihrer Eitelkeit packen.

Und außerdem war es nun Zeit, zu handeln. Lange genug hatte er den Vornehmen und Zurückhaltenden gespielt.

Er ging in die Küche und holte ein Leckerli für Belami, der flugs aus seinem Lieblingseck gelaufen kam. »Puh, du stinkst ja immer noch nach Kuhfladen«, sagte Gontard und musste laut lachen, weil Belami heftig mit dem Schwanz wedelte. Wegen des vermeintlichen Lobs und noch mehr, weil er sich auf den Hundekeks konzentrierte, den er offenbar für eine Belohnung hielt.

»Du brauchst keine Beratung in Sachen Glück, du kleines Hunde-Schweine-Ferkel-Vieh, stimmt's?«

Belami antwortete auf seine Weise. Er schnappte den Knochen und verschwand fröhlich um die Ecke.

16. KAPITEL

Tempora Mutantur

Am Montagmorgen eilte Friedrich Gontard wie in alten Zeiten beschwingt die Stufen zum Ludwigshafener Polizeikommissariat hoch. Für einen älteren Herrn nicht so schlecht, stellte er stolz fest. Ich bin doch noch ganz gut in Form.

Ganz so spurlos war die Zeit am Kommissariat nicht vorbeigegangen. *Tempora Mutantur.*

Wie der Herr, so das Gescherr, dieses Sprichwort kam Gontard beim Anblick von Udo Schwerdtfegers Sekretärin in den Sinn. Ilona Schiller war die Nachfolgerin von Carmen Buchenauer, genannt Joy Two, weil sie singen konnte wie Joy Fleming, aussah wie diese und als Mannheimer Urgestein Gontards absolute Favoritin unter seinen Sekretärinnen gewesen war. Ilona Schiller dagegen war sportlich schlank – gewiss hatte sie ein Jahresabonnement fürs Fitnesscenter Pfitzenmeier – und sie trug blondierte, sehr kurzgeschnittene Haare, die mit dunklen Strähnchen durchzogen waren. An ihren Ohren baumelten riesige Kreolenohrringe, und sie tippte mit spitzen Fingern in ihren Computer. Die spitzen Finger stellten sich bei näherem Hinsehen als künstliche hellblaue Fingernägel heraus, auf denen silberne Sternchen glitzerten. Wie kann man mit solchen Krallen arbeiten, fragte sich Gontard.

Das Wunderding Computer war also nun endgültig ins Kommissariat eingezogen. Er war froh, dass er pensioniert war und sich zum Glück nicht mehr mit diesem Instrument befassen musste. Er hatte seinerzeit seine Fälle auch ganz gut ohne gelöst.

Bei der Verabschiedung von Carmen Buchenauer hatte Gontard Ilona Schiller flüchtig kennen gelernt. Die Verabschiedung, bei der die Beliebtheit von Carmen, die sich in Ludwigshafen nicht mehr wohl fühlte ohne ihren geliebten Chef, deutlich geworden war. Noch einmal, ein allerletztes Mal, hatte sie, weil man sie anders nicht hätte gehen lassen, den *Neckarbrückenblues* gesungen. Friedrich Gontard bekam jetzt noch eine Gänsehaut, wenn er daran dachte. So hatte er den Song noch nie gehört. Voller Melancholie und schaurig-schön. Carmens Interpretation war im wahrsten Sinne des Wortes unter die Haut gegangen.

Die schnippisch-kühle Art von Ilona Schiller stand in krassem Gegensatz zur urwüchsigen Herzlichkeit ihrer Vorgängerin. Freunde machte sie sich dadurch bestimmt nicht bei ihren Kollegen. Obwohl sie wusste, wer Friedrich Gontard war und dass er gemeldet war, fragte sie von oben herab: »Sie wünschen?«

»Jetzt machen Sie aber bitte mal einen Punkt, Frau Schiller. Ich werde von Ihrem Chef erwartet. Wir waren um halb zehn verabredet.«

Auf hohen Absätzen stelzte sie vor ihm her.

Wie kann man in solchen Marterwerkzeugen überhaupt gehen wie ein Mensch, dachte Friedrich Gontard. Sie blieb kurz in der Tür stehen, und mit beleidigtem Blick stelzte sie zurück an ihren Computer.

Udo Schwerdtfeger tat sehr beschäftigt. Friedrich Gontard kam zur Sache und schilderte seine Beobachtungen, die es ratsam machten, eine nochmalige Hausdurchsuchung, vor allem des Zimmers von Georg Fuhrmanns Sohn Alexander, vorzunehmen. Im Haus, um eventuell einen Drohbrief zu finden und eine Kopie des Briefes von Lotte Simon mit den Aufzeichnungen aus Gurs. Im Zimmer, um Beweise zu finden für Alexander Fuhrmanns eventuelle Verstrickung in Umtriebe der rechten Szene. Ferner wäre es ratsam, eine Durchsuchung des Hauses durchzuführen, in dem Pia Tschukke, ihr Bruder Carsten und ihre Großeltern wohnten.

»Wozu das?«, fragte Udo Schwerdtfeger.

»Auch da finden Sie vermutlich alles Mögliche, das auf eine Verwicklung der Geschwister Tschukke in den Mordfall hinweisen könnte. Waffen vielleicht. Rechtsextremes Propagandamaterial.«

»Wie soll ich das rechtfertigen vor dem Staatsanwalt?«

»Mit Gefahr im Verzug«, sagte Friedrich Gontard. »Wir haben lange genug gezögert. Hoffentlich nicht zu lange. Das ist doch hinreichend bekannt als Grund für eine legitime Hausdurchsuchung.«

»Wenn Sie nur keine Gespenster sehen«, meinte Udo Schwerdtfeger achselzuckend.

»Das hoffe ich auch nicht. Wünschen wir uns viel Glück. Ach, noch etwas. Haben Sie Pia Tschukke nach ihrem Alibi für die Tatzeit gefragt?«

»Sie hat ihren kranken Großvater betreut.«

»Wie rührend«, antwortete Friedrich Gontard mit einer großen Portion Ironie. Die Rolle der aufopfernden Enkelin wollte nicht so recht zur Person passen. Doch vielleicht hatte er ja Vorurteile, und alles war ganz anders. Selbstkritisch musste er zugeben, dass er zu Vorurteilen neigte. Anna behauptete das jedenfalls, und das schon seit vielen Jahren.

»Schön, dass Sie meine Hinweise nun ernst nehmen, Herr Schwerdtfeger«, sagte er.

Udo Schwerdtfeger schwieg daraufhin.

Ilona Schiller hämmerte mit ihren hellblauen sternenbesetzten ultralangen Fingernägeln in ihren Computer und ließ sich sogar zu einem kurz angebundenen »Scheener Daach« herab.

Mit Carmen Buchenauer, ihrer netten Vorgängerin, verband sie doch eine Sache, wie Friedrich Gontard feststellte: das lupenreine Kurpfälzisch, das der deutschen Grammatik hartnäckig die Stirn bietet.

»Auch für Sie einen schönen Tag noch, liebe Frau Schiller«, gab der ehemalige Kripochef höflich zurück und verließ seine alte Wirkungsstätte.

17. KAPITEL

Zimmer

Und wieder ein Tag wie im Bilderbuch. Der Herbst zeigte sich dieses Jahr tatsächlich von der allerbesten Seite. Friedrich Gontard fuhr mit Lotte Simon nach Lützelbrunn. James Mendel hatte, wie er sagte, seit der Schmiererei an seinem Wagen eine regelrechte Phobie gegen das gottverlassene Nest da unten in der Südpfalz und die ganze Gegend überhaupt entwickelt. Er würde einen Ausflug nach Worms und nach Darmstadt unternehmen. Die Mathildenhöhe mit ihren Jugendstilvillen bekannter Architekten und all den Kunstwerken wollte er schon immer besuchen, zumal eine Ausstellung der englischen Präraffaeliten und des Worpsweder Jugendstilkünstlers Heinrich Vogeler eröffnet worden war.

Lotte wollte ihn zuerst begleiten, doch Friedrich Gontard bat sie inständig, sich zu überwinden und noch einmal mit in den Wasgau zu fahren. Sie könne, so meinte er, heute vielleicht viel Licht ins Dunkel des Falles bringen. Da sie überdies die Präraffaeliten bereits im *Birmingham Museum and Art Gallery* gesehen hatte, gab sie Gontards Drängen nach.

Zu diesem Tag, der tatsächlich viel Verborgenes ans Licht befördern würde, passte gleißendes Sonnenlicht besser als die Nebelschwaden, die um diese Jahreszeit gerade im waldigen Gebiet des Wasgau nicht selten waren.

Udo Schwerdtfeger wartete mit ungewohnt verlegenem Gesichtsausdruck auf dem Parkplatz der Familien Fuhrmann und Blenker. Ob er doch so etwas wie ein schlechtes Gewissen hatte, den pensionierten Kollegen nicht früher in die Ermittlungen miteinbezogen zu haben, zumal er wohl einsehen musste, dass er zu lange den falschen Spuren und Motiven nachgegangen war?

»Gehen wir zuerst ins Haus von Pia Tschukke und ihrer Familie?«, fragte er den ehemaligen Kripochef.

»Ich denke, das wäre eine gute Idee«, bestätigte Friedrich Gontard. »Gehen wir also ins Zwergenhäuschen.«

Ein schräger Blick aus Udo Schwerdtfegers Augen veranlasste ihn, diesem den Begriff zu erklären. Durch Gartenzwerge, Rehe, Ziehbrunnen und Störche hindurch gingen sie zum Hauseingang und klingelten. *Barth und Tschukke*, stand auf dem Türschild.

Eine Frau von etwa Ende siebzig öffnete. Udo Schwerdtfeger zeigte seinen Ausweis vor und fragte, ob die Enkel Pia und Carsten im Haus seien. »Nein, die Pia arbeitet oben bei Fuhrmanns und Udo ist unterwegs. Weiß nicht, wohin. Wieso?«

»Gegen Ihre Enkel – Sie sind doch die Großmutter der beiden, oder – besteht ein Verdacht, den ich nicht näher erklären darf. Diese Zeugen«, er wies auf Friedrich Gontard und Lotte Simon, die hinter ihm standen, »möchten mit mir zusammen die Zimmer Ihrer Enkel anschauen. Hier ist der Durchsuchungsbefehl.«

Die alte Frau, allein durch die Präsenz eines Kripochefs eingeschüchtert und verdattert, ließ die drei Besucher eintreten.

Ein scharfer Geruch, ein Gemisch aus Kohlsuppe, ungelüfteten Räumen und irgendeiner undefinierbaren Medizin, ließ Friedrich Gontard und die beiden anderen den Atem anhalten. Aus einem der hinteren Zimmer ertönte Geschimpfe. Es war die heisere Stimme eines alten Mannes, der unzusammenhängende Flüche ausstieß. »Ich komme gleich«, rief die alte Frau nach hinten, verzagt und angsterfüllt. »Ich komm schon, einen Moment Geduld.«

Lotte Simon war kreidebleich geworden. Sie stützte sich auf Friedrich Gontard.

»Die Stimme«, sagte sie. »Die Stimme.«

Sie klammerte sich an Friedrich Gontards Arm fest.

»Ja, Lotte, du musst nun tapfer sein. Ich kann es dir nicht ersparen«, sagte Friedrich Gontard und legte den Arm schützend um sie.

In diesem Moment kam ein Mann, der Mitte achtzig sein mochte, im Rollstuhl um die Ecke gefahren. In der Hand hielt er einen Stock, den er drohend in die Höhe hielt. Der Mann sah hager und sehr krank aus. Sein kahler Schädel war von einer Hautkrankheit entstellt.

»Saumensch, verfluchtes. *Saloppe*«, rief er zu seiner Frau hin und schwenkte den Stock, als wolle er sie schlagen.

»Dummes Saumensch«, rief er noch einmal. Und darauf folgte etwas undeutlich Gestammeltes im Elsässerdialekt, das die Besucher nicht verstanden.

Die alte Frau zitterte und versuchte, ihren Mann zu beruhigen.

»*Vieille charogne.* Altes Aas. Warum kummsch net, wann isch disch ruf?«

Wenn Friedrich Gontard nicht schnell reagiert hätte, wäre Lotte Simon umgefallen. Auch der junge Schwerdtfeger erkannte die Lage und ergriff fest Lotte Simons Arm.

»*Pierre la Pioche*«, konnte Lotte nur noch sagen, dann sank sie auf die Stufen der steilen Hühnertreppe, die zur oberen Etage des kleinen Hauses führte.

»Pierre Barth. *Le Barbu. La Barbe,* so haben ihn die Franzosen genannt«, sagte Friedrich Gontard.

Lotte nickte nur und starrte vor sich ins Leere.

Der alte Mann im Rollstuhl hieb mit dem Stock um sich und schrie: »Else, chasse mer die Fremde usem Hüs.« Er wiederholte mit heiserem Geschrei: »Fort mit de Fremde!«

Udo Schwerdtfeger sah sich ratlos um. Er verstand nicht, was das alles bedeutete.

Friedrich Gontard nahm ihn zur Seite und flüsterte ihm ins Ohr, dass Frau Simon in dem alten Mann ihren Peiniger aus dem Internierungslager Gurs erkannt hatte.

»Gurs? Wo ist das? Nie gehört.«

»Dann wird es aber höchste Zeit. Nachher erkläre ich Ihnen das alles. Nach der Hausdurchsuchung.«

Else Barth hatte mit viel Geduld und Überredungskunst erreicht, dass ihr »lieber Pierre« seine Beruhigungspillen einnahm.

»Das ist ein Zaubermittel«, sagte sie. »Danach ist er ruhig wie ein Lamm. Er hat nicht mehr lange zu leben, der Pierre«, fügte sie hinzu. »Die Ärzte haben das gesagt. Höchstens ein halbes Jahr. Dann ist es aus. Die Nieren und das Herz.«

Bevor sie ihren Mann im Rollstuhl zurück in die hintere Stube schob, drehte sich dieser zu Lotte um. In einem Anflug von lichtem Moment stammelte er heiser: »*Ma mignonne. Ma mignonne.*«

Lotte, wie versteinert, saß immer noch auf der untersten Treppenstufe und begann auf einmal unvermittelt zu lachen. Friedrich Gontard erschrak, als er dieses Lachen hörte, das bitter klang und ungläubig und fast ein wenig verwirrt.

»Wie banal das doch alles ist«, sagte sie tonlos. »Wie banal. Hannah Arendt hatte doch Recht, wenn sie von der Banalität des Bösen sprach. Die Nazis, die Schergen, die Mörder, die Vergewaltiger, alle waren sie banale kleine Figuren. Jämmerliche Gestalten. Und dieser Kerl hier, der tut mir eigentlich leid. Ich muss raus hier, Friedrich. Ich ersticke in diesem Kleinbürgermief. Ich warte gegenüber im Lokal auf euch.«

Sie erhob sich, gefestigt und stark und wieder sie selbst.

»Nein, es braucht keiner mitzugehen. Das hat mich ernüchtert, was ich da eben gesehen habe.«

Sie verließ das Haus, ohne sich noch einmal umzudrehen.

»Nun zeigen Sie uns bitte die Zimmer Ihrer Enkel, Frau Barth«, sagte Udo Schwerdtfeger ungewohnt höflich und fast behutsam.

Die alte Frau ging schwerfällig und kurzatmig vor den beiden Polizisten her, indem sie sich mühsam am Treppengeländer hochzog. Ihre Beine waren dick angeschwollen, wie Friedrich Gontard bemerkte.

»Dort drüben sind die beiden Zimmer. Das mit dem großen Plakat dran gehört dem Carsten«, sagte sie, deutete auf die mittlere Tür im Halbdunkel. Sie blieb am Treppenabsatz stehen, dann setzte sie sich auf die obere Stufe und atmete schwer.

»Ist alles in Ordnung, Frau Barth?«, fragte Friedrich Gontard.

»Es geht schon wieder«, war die Antwort.

Ein großes Poster verkündete in unmissverständlichen Worten:

Nur für Deutsche. Das Ganze in großen altdeutschen Lettern.

»Er hat so einen Fimmel«, sagte die Großmutter von der Treppe her. »Meinem Mann hat er immer stundenlang zugehört, wenn er vom Krieg erzählt hat. Schon als er ein kleiner Bub war. Er hat mit Begeisterung die Landserheftchen gelesen mit meinem Mann zusammen. Er verehrt seinen Opa sehr«, fügte sie stolz hinzu. »Ein so lieber Bub, der Carsten.«

Wie naiv ist diese Frau eigentlich, dachte Friedrich Gontard.

Frau Barth erhob sich mühselig von der Treppenstufe und trat zu den beiden Polizisten.

»Gute Enkel haben wir«, wiederholte sie, als wolle sie sich

selbst von etwas überzeugen, an das sie nicht so recht glaubte. »Und die Pia ist so ein liebes Mädel. Seit dem Unfall, bei dem unsere Tochter, also die Mutter der Kinder, und ihr Mann umgekommen sind, wohnen sie bei uns. Schon seit elf Jahren.«

Sie öffnete die Tür zum Zimmer des lieben Buben, der den Großvater so verehrte.

Entschuldigend sagte sie zu den beiden Polizisten: »Na ja, ein bisschen verrückt ist das Zimmer, wie bei allen jungen Leuten heutzutage.«

Von unten erscholl wüstes Gebrüll.

»Mein Pierre. Er hat sich noch nicht richtig beruhigt. Ich hab ihm nur eine halbe Tablette gegeben, das war zu schwach. Entschuldigung, ich muss runter, sonst schlägt er mir alles kurz und klein.«

Und sie huschte aus dem Zimmer.

Die beiden Männer sahen sich vielsagend an.

An den Wänden hing eine Riesenflagge mit dem deutschen Reichsadler. Orden und Militaria schmückten eine Wand, Friedrich Gontard erkannte den sogenannten »Gefrierfleischorden« aus dem Stalingradfeldzug von 1943 an rot-weiß-schwarzem Band. Ein grässlicher Begriff, den der Volksmund da geprägt hatte. Gekreuzte Schwerter und Dolche hingen an der Seite, an der das Bett stand. Auf einem großen Poster stand zu lesen:

Jud und Türk und Nigger: alle gleich.
Sie passen nicht ins deutsche Reich.

Ein Blick auf das Regal mit Musik-CDs und Video-Kassetten genügte, und man war im Bilde: *Zillertaler Türkenjäger. Blut und Boden. Bis das Blut vom Messer spritzt. Horch, was kommt von draußen rein, wird das nicht ein Türke sein*?

So hießen die Bands und ihre Titel.

Eine kleinere Banderole trug die Aufschrift in blutroten Lettern auf schwarzem Grund:

Die, Jew, die.

»Ekelhaft«, sagte Udo Schwerdtfeger.

Die Polizisten durchsuchten nun die Schubladen und wurden fündig: Schlagringe, mehrere Messer und zwei Pistolen. In der Ecke stand ein Baseballschläger. In einem Wandregal befanden sich einige Aktenordner. Sie enthielten Adressen von Ausländern: meist türkische, slawische, griechische Namen. Doch da war kein Drohbrief, an Georg Fuhrmann adressiert, keine Kopie der Briefe, die Lotte Simon in Gurs geschrieben hatte.

Beim Hinausgehen bückte sich Udo Schwerdtfeger und zog unter Carsten Tschukkes Bett einen Zettel hervor, der unter den Teppich geraten war. Es war eine Art Flyer mit einem gefährlich die Zähne fletschenden weißen Wolf auf blutrotem Grund. In der Schriftart, bei der Friedrich Gontard automatisch an jenes perfide Hetzblatt von Julius Schleicher, den *Stürmer*, erinnert wurde, war das Wort *Wasgauwölfe* zu lesen.

Udo Schwerdtfeger pfiff durch die Zähne und sagte: »Wenn das kein wichtiges Indiz ist! Klingt nach rechtsextremistischer Vereinigung.«

»Herr Kollege«, sagte Friedrich Gontard. »Wir haben an etwas nicht gedacht. Es wäre nicht gut, wenn Frau Barth, während wir hier nach Beweismaterial suchen, ihre Enkel anrufen würde.«

»Ich habe daran gedacht und heimlich den Stecker zur Telefonleitung rausgezogen«, antwortete Udo Schwerdtfeger.

»Ja, prima. Aber eigentlich glaube ich nicht, dass Frau Barth ... also ich glaube nicht, dass sie so gerissen ist und ihre Enkel warnen würde.«

»Die denkt tatsächlich, das seien die reinsten Engel«, erwiderte Udo Schwerdtfeger.

»So, und nun ins Zimmer des herzigen Enkeltöchterleins«, sagte Friedrich Gontard.

Pia Tschukkes Zimmer war mit einem einzigen riesigen deutschtümelnden Plakat geschmückt. Eine dralle blonde Maid mit Dirndl und einem Herzlebkuchen um den Hals stand da in ziemlich provozierender Pose und streckte die Zunge heraus. Man hätte es fast für ein Werbeplakat fürs Münchner Oktoberfest halten können, wenn auf dem Riesenherz nicht gestanden hätte:

Stolz, ein deutsches Mädel zu sein.

Im Hintergrund konnte man wie ein Graffiti hingekritzelt die Worte lesen:

Kaffern! Pfoten weg von uns.

Ansonsten hingen an den Wänden Fotos von Pia Tschukke in allen Variationen und allen Altersstufen, vom Kleinkind bis zur jungen Frau. Auch Fotos von Bruder Carsten: im Sandkasten mit der Schwester, allein mit Schultüte und als Kommunionskind mit Riesenkerze. Daneben Pia, ebenfalls am Tag ihrer Kommunion, eine kleine Braut Christi in unschuldigem Weiß mit Kerze und auf dem Haar ein Blumenkränzchen.

Ein Foto zeigte Pia und ihren Bruder als Teenager beim Badeurlaub, im Wasser tollend, wie ein verliebtes Paar. Da gab es wohl keinen Freund, keinen Liebhaber? Es gab ein Familienfoto aus Kindertagen mit den Eltern: Die Ähnlichkeit der Mutter mit ihrem Vater Pierre Barth und ihrem Sohn Carsten war verblüffend. Pia Tschukke hingegen war ihrem Vater wie aus dem Gesicht geschnitten. Aber sie hatte die gleichen gierigen Augen wie ihr Großvater, Pierre Barth.

Die CDs bestanden aus kitschigen Herz- und Schmerzschnulzen: Doch eine Gruppe nannte sich *Böhse Mädelz*. Udo Schwerdtfeger legte die CD mit dem Titel *Mädelz-Träume* auf.

Der harmlose Titel war trügerisch. Die Songs waren alle vom

gleichen Stil wie das Plakat mit der Lebkuchenherz-Maid. Und unmissverständlich gehässig und rassistisch.

»Ekelhaft«, sagte Udo Schwerdtfeger noch einmal, wie vorhin schon im Zimmer von Carsten Tschukke.

Keine Waffen waren hier zu finden, doch als Friedrich Gontard die untere Schublade aufmachte, fand er zuunterst zwischen gewagter Reizwäsche in Lack und Leder die Kopie von Lotte Simons Gursbriefen.

»Heureka«, rief er aus. »Das hier genügt hundertfach für eine Festnahme.«

»Der rassistische Kram und die Waffen im anderen Zimmer würden auch schon genügen«, sagte Udo Schwerdtfeger.

Hier hat einer was kapiert, dachte Friedrich Gontard für sich. Der junge Kripochef ist lernfähig. Ich habe mich in ihm getäuscht. Anna hat Recht: Ich bin voller Vorurteile.

Else Barth stand unten im Flur, als die beiden Männer die steile Treppe herunterkamen.

»Der Pierre schläft jetzt«, sagte sie erleichtert.

»Frau Barth, wir müssen Sie noch etwas fragen«, sagte Friedrich Gontard, und sein Blick zu dem jungen Kollegen hin drückte Entschuldigung dafür aus, dass er sich vordrängte.

»Wo waren ihre beiden Enkel Pia und Carsten vorletztes Wochenende? Genaugenommen in der Nacht von Samstag auf Sonntag?«

Er vermied den Satz »in der Nacht, als Herr Fuhrmann ermordet wurde«. Die alte Frau tat ihm leid, die gestraft war mit einem bösartigen invaliden Mann und zwei gewaltbereiten Enkeln, die höchstwahrscheinlich gemordet hatten.

»Hier, daheim, sie sind ja oft zusammen. Bessere Geschwister gibt es nicht. Bessere Enkel gibt es nicht. Die haben den Opa gehütet. Ich war an dem Abend weggegangen. Ich war nicht da.«

»Wo genau waren Sie?«

Hilflos sah sich die alte Frau um, dann stotterte sie: »Ich war spazieren. Oben an der Ruine. Ein wenig Luft schnappen.«

Sie sah zu Boden, wurde rot.

Lügen konnte sie wirklich nicht, die alte Frau Barth.

»Sie wollen Ihre Enkel beschützen, aber Sie schaden sich nur. Sie machen sich strafbar, wenn Sie uns die Wahrheit verschweigen.«

»Also gut, es hat ja eh keinen Zweck mehr. Die waren auf einer Versammlung unter Freunden. Sie sind um sieben Uhr abends weggegangen.«

»Und wann sind sie zurückgekommen?«

Friedrich Gontard ließ nicht locker. »Sie machen sich strafbar, wenn Sie der Polizei nicht helfen, Frau Barth.«

»Ich habe geschlafen, aber ich schlafe nicht fest. Gegen zwei Uhr in der Nacht sind sie heimgekommen. Zusammen. Ja, wie gesagt, sie machen fast alles zusammen. Die besten Geschwister der Welt.«

Plötzlich rief sie aus, als werde sie erdrückt von einer schweren Last: »Oh, womit habe ich das alles verdient? Ich hab es doch immer nur gut gemeint mit allen.«

Sie begann zu schluchzen, fing sich aber wieder und sagte: »Es wird weitergehen. Das Leben wird weitergehen. Wie immer. Nur nicht für Pierre.«

»Wir werden Maßnahmen ergreifen müssen, Frau Barth, Maßnahmen gegen Ihre Enkel.«

»Ich weiß«, sagte die alte Frau. »Ich habe es kommen sehen.«

Sie ist also doch nicht so naiv, diese Großmutter, dachte Friedrich Gontard.

»Guten Mut«, sagte Udo Schwerdtfeger völlig unerwartet zu der alten Frau, die aber schon in Richtung Hinterzimmer ging, wo man eine ungeduldige Stimme rufen hörte: »Else, wo bisch du?«

Zu Friedrich Gontard gewendet sagte Udo Schwerdtfeger: »Ich werde nun die Festnahme der Geschwister Tschukke veranlassen. Es ist Eile geboten, damit niemand Lunte riecht.«

»Und ich gehe kurz nach Lotte Simon schauen und komme dann zu Ihnen hoch ins Glashaus.«

»Was wir wohl in Alexander Fuhrmanns Zimmer finden?«, fragte Udo Schwerdtfeger.

»Man kann gespannt sein«, antwortete Friedrich Gontard und überquerte die Straße zum Gasthaus *Zur Sonne*.

Lotte Simon, sichtlich gefasst, saß in einem gemütlichen Eck der Gaststätte vor einem großen Becher Milchkaffee und einem nicht minder großen Stück Schwarzwälder Kirschtorte.

»Ich bin seltsam ernüchtert«, sagte sie. »Ruhig, ohne Hass oder Rachegefühle. Ich hätte es nicht für möglich gehalten, dass ich so reagieren würde. Da ist nur noch Platz für Mitleid mit dieser elenden Kreatur. Ich glaube, ich hätte, wenn ich ihn nicht gesehen hätte in all seiner Armseligkeit, ihm nicht verzeihen können. Aber nun ...« Sie ließ den Satz unvollendet.

»Ich glaube, ich verstehe dich, Lotte. Du wartest noch eine Weile hier auf Herrn Schwerdtfeger und mich? Vielleicht geht die Durchsuchung des Zimmers von Alexander Fuhrmann schnell. Ich berichte dir nachher, was wir gefunden haben.«

»Bis dann. Ich genehmige mir noch einen Kaffee.«

Pia Tschukke wurde gerade abgeführt, als Friedrich Gontard ins Glashaus kam. Sie warf ihm einen vernichtenden Blick aus ihren gierigen Glupschaugen zu und verzog das Gesicht zu einem undefinierbaren Grinsen.

»Der Bruder wird momentan in Kandel gestellt«, sagte Udo Schwerdtfeger. »Er ist da in einer Gastwirtschaft mit einem Kumpel. Offenbar auch einer aus der Szene. Die Schwester ist damit rausgerückt, nachdem ich ihr klargemacht habe, dass

Lügen ihr und ihm nichts mehr helfen würden. Die haben, wie es aussieht, tatsächlich fast alles zusammen gemacht, wie die Großmutter schon hat durchblicken lassen. Einer wusste, was der andere gerade macht. Eine seltsame Beziehung.«

»Und Alexander Fuhrmann?«, wollte Friedrich Gontard wissen, ohne auf die letzte Bemerkung seines jungen Nachfolgers einzugehen.

»Der ist an der Uni und kommt heute Abend zurück, wie seine Mutter mir gesagt hat. Er hat ihr versprochen, ihr bei Papierkram helfen.«

Gerlinde Fuhrmann gebärdete sich wie eine Löwenmutter, die ihr Junges verteidigt. Die beherrschte, kühle Frau war nicht mehr wiederzuerkennen. Sie wollte sich Udo Schwerdtfeger und Friedrich Gontard in den Weg stellen, welche Zutritt zum Zimmer ihres Sohnes erwirken wollten.

»Den Grund, meine Herren, bitte den Grund für Ihre Verdächtigung.«

Ihre Stimme klang hell und schrill, gar nicht mehr damenhaft kontrolliert.

»Das müssen wir Ihnen nicht sagen, Frau Fuhrmann. Wir haben den Durchsuchungsbefehl. Vielleicht finden wir nichts Belastendes. Dann können Sie uns auslachen, wenn Sie wollen.«

Die Aussicht darauf, die beiden Männer könnten sich lächerlich machen, schien Gerlinde Fuhrmann milde zu stimmen.

»Meinetwegen. Dann blamieren Sie sich eben. Tun Sie, was Sie nicht lassen können.«

Sie lachte ironisch und zeigte theatralisch nach oben: »*Voilà*! Da ist Alexanders Zimmer. Nach der Treppe die erste Tür rechts hinterm Spiegel.«

Da hingen keine verräterischen Poster an Tür und Wänden, es gab keine rassistischen Pamphlete und keine CDs rassistischer Bands. Es war das Zimmer eines Pennälers, nicht das eines Studenten. Alexander Fuhrmann hatte ein Studentenzimmer in Mannheim, dies hier war das Jugendzimmer, das er bewohnte, wenn er übers Wochenende oder in den Semesterferien bei den Eltern war. Im Regal überm Bett standen Lektüren aus seiner Gymnasialzeit. Schullektüren, gelbe Reclamheftchen en masse. Alte und moderne Klassiker. Da hing eine Geige. Es gab CDs mit klassischer Musik: Beethoven, Brahms und Wagner, diese drei Komponisten waren wohl seine Favoriten, denn es gab mehrere CDs von ihnen. Ein Foto neben dem Regal mit den CDs zeigte einen etwa vierzehnjährigen Alexander Fuhrmann, Geige spielend vor einem größeren Publikum. Eine Schulaufführung? Ein Weihnachtskonzert, wie die Dekoration von lila Kugeln und Glitzersternen im Hintergrund bei näherem Hinsehen vermuten ließ.

Friedrich Gontard stutzte, als er einen Geschichtsband im Regal entdeckte: *Versuch über die Ungleichheit der Menschenrassen*. Der Verfasser war Graf Arthur de Gobineau. Gontard erinnerte sich, dass Gobineau die Deutschen nicht zu den wertvollen Rassen gezählt hatte, wohl aber die Franzosen, vor allem den französischen Adel, dem er selbst angehörte. Die Nazis hatten Gobineaus Ideen übernommen und abgewandelt, indem sie die Deutschen mit auf die Liste der besonders wertvollen Rassen setzten. Da gab es auch etliche Bücher von Ernst Jünger. Jüngers *In Stahlgewittern* und Rilkes *Cornet*: Beide Werke waren umstritten, da in diesen Büchern, wie die Kritiker sagten, Heldentum und Heldentod verherrlicht werden. Alexander Fuhrmann hatte es wohl mit dem Heldischen.

Friedrich Gontard erklärte kurz dem jungen Kripochef, dem die Bücher nicht aufgefallen waren, wohl weil er den intellektuellen Hintergrund nicht besaß, weshalb er gerade diese Schriften für wichtig hielt. Es war etwas Fingerspitzengefühl seitens

Gontards nötig, denn er wollte Udo Schwerdtfeger nicht als ungebildet vorführen. Und er tat gut daran, denn kurz darauf deutete Udo Schwerdtfeger vielsagend auf einen Kunstband über Arnold Breker, den erfolgreichen Bildhauer und Architekten der Nazizeit, und einen Bildband der Fotografin Leni Riefenstahl, die auf dem Nachttisch von Alexander Fuhrmann lagen. Der junge Kripochef hatte gerade einen Artikel über die Riefenstahl und ihre dubiose Karriere unter den Nazis gelesen im Zusammenhang mit Arno Breker, dem die Nazis zu Füßen lagen.

»Ja, ja, die Künstler, die sich schwertaten, auf ihre Karriere zu verzichten. Da gibt es unzählige Beispiele«, sagte Friedrich Gontard. »Der Dirigent Furtwängler. Die Schauspieler Gustav Gründgens, Heinrich George und Heinz Rühmann, der sich von seiner jüdischen Frau losgesagt hat, weil sie seiner Karriere hinderlich war. Die Liste ist lang. Ihr Künstlerruhm ging ihnen vor allem anderen. Da machten sie lieber mehr oder weniger große Zugeständnisse ans Regime, als auf ihre Karriere zu verzichten.«

»Ja, davon habe ich gehört. Da gab es viele Mitläufer unter den Prominenten. Und der junge Fuhrmann hatte so seine Idole, wie man sieht«, sagte Udo Schwerdtfeger.

Doch genügten diese Bücher und Bildbände schon, Alexander Fuhrmann festzunehmen?

Nein. Das wusste Friedrich Gontard mit Sicherheit, dass man damit nicht durchkäme. In diesem Moment fiel ihm ein Zettel auf, der an der Pinnwand hing. Es war der gleiche Flyer, den er vorhin in Carsten Tschukkes Zimmer entdeckt hatte. Das gleiche Logo, die gleiche Überschrift: *Wasgau-Wölfe.*

Ein weißer Wolfskopf mit gefährlich blitzenden Reißzähnen auf blutrotem Grund. Darunter nur ein dickes Fragezeichen, sonst nichts.

Udo Schwerdtfeger sah Gontard an: »Dies hier reicht noch nicht für eine Festnahme, aber für eine Befragung. Ich werde gleich anordnen, dass meine Leute das Studentenzimmer von Alexander Fuhrmann durchsuchen. Dann stellen wir ihn den Tschukke-Geschwistern gegenüber. Da scheint es eine Verbindung zu diesen *Wasgau-Wölfen* zu geben. Ich kann nun leider nicht mitkommen zum Gasthaus.«

»Und den Vortrag über Gurs holen wir nach?«, fragte Friedrich Gontard. »Und, Herr Schwerdtfeger, was ich noch sagen wollte: Sie denken hoffentlich nicht, dass ich Sie belehren will. Ich bin halt ein alter Hase und hab mich auch viel mit all den alten Dingen befasst, ich habe sie ja teils selbst erlebt. Und ich möchte sie nicht noch einmal erleben. Sie müssen ein Nachsehen mit mir haben.«

»Ich verstehe schon. Ich bin Ihnen nicht böse.«

Den jungen Kripochef habe ich wirklich unterschätzt, dachte Gontard, und er schämte sich für seinen Gontardschen Privatsnobismus.

»Grüßen Sie Frau Simon von mir. Hoffentlich geht es ihr wieder besser.«

»Gerne. Sie rufen mich heute Abend an? Ab etwa achtzehn Uhr werde ich daheim in Hohenkirch sein.«

»Abgemacht.« Gemeinsam gingen sie die breite Treppe hinab.

Gerlinde Fuhrmann stand schon wartend an der Eingangstür.

»Nun, was haben die Herren Kriminalisten an verbrecherischen Machenschaften meines Sohnes entdeckt?«

»Wir haben uns wirklich blamiert, Frau Fuhrmann. Sie können sich von Herzen freuen. Ihr Sohn ist ein unschuldiges Lämmchen«, sagte Friedrich Gontard. »Wir beide bitten Sie auch vielmals um Entschuldigung.«

Gerlinde Fuhrmanns Gesicht drückte Genugtuung und

Schadenfreude aus. Den ironischen Unterton in Gontards Worten hatte sie offenbar nicht bemerkt.

Friedrich Gontard und Udo Schwerdtfeger sahen sich vielsagend an, als sie den gepflegten Kiesweg vom Glashaus zum Parkplatz hinuntergingen.

»Shakespeare hat im *Macbeth* mal gesagt, dass Sicherheit der größte Feind des Menschen ist. Wer sich in Sicherheit wiegt, der sieht die Gefahren nicht, die da lauern«, sagte Gontard.

»Und das erleichtert uns unsere Arbeit in Mannheim«, erwiderte Udo Schwerdtfeger. »Bei der Durchsuchung der Studentenbude von Fuhrmann Junior. Mami wird das Bübchen nicht warnen.«

Lotte Simon war froh, Friedrich Gontard zu sehen: »Gut, dass du da bist, ich hätte mir sonst noch ein drittes Stück Kuchen genehmigt. Ich wundere mich über mich selbst.«

Vor der Heimreise nach Hohenkirch machten sie noch einen kurzen Abstecher nach Landau. Sie schauten sich das Löbsche Haus an, wo Anne Franks Großvater gelebt hatte.

Um halb sechs abends kamen sie in Hohenkirch an. Um neunzehn Uhr klingelte das Telefon. Es war der mit Ungeduld erwartete Anruf von Udo Schwerdtfeger.

Die Stimme des jungen Kripochefs klang enttäuscht. In Alexander Fuhrmanns Studentenbude in der Quadratestadt war nichts Verdächtiges zu finden gewesen. Friedrich Gontard bedauerte ein wenig, nicht in Mannheim dabei gewesen zu sein, denn vielleicht wäre ihm Einiges aufgefallen, was Udo Schwerdtfeger als harmlos übersehen hatte. Er wollte dem jungen Kripochef keineswegs unterstellen, auf dem rechten Auge blind zu sein, aber ein bisschen blauäugig und naiv war er schon. Er selbst war doch sensibilisierter für das Thema. Und gebildeter? Sei kein Oberlehrer, schalt sich Gontard. Vielleicht hatte Gerlinde das Söhnchen doch warnen können, und

Alexander Fuhrmann war der Polizei zuvorgekommen und hatte alles auffällige Material beseitigt, bevor die Beamten in seiner Mannheimer Wohnung ankamen.

Gontard verkniff sich jegliche Bemerkung dem Kripochef gegenüber und ließ ihn reden.

Bei der Gegenüberstellung der Tschukke-Geschwister mit Alexander Fuhrmann war lediglich herausgekommen, dass die drei nur lose »befreundet waren, nicht mehr«.

»So sind die Tatsachen«, sagte Udo Schwerdtfeger. »Wir haben also nichts Konkretes in der Hand gegen die Tschukkes und den Fuhrmann junior. Pia Tschukke leugnet beharrlich, etwas von dem Gurs-Brief zu wissen. Den habe ihr jemand ins Zimmer geschmuggelt. Dass ich nicht lache. Es gibt keine Straftat, Herr Gontard. Was sollen wir tun?«

»Carsten Tschukke können wir wegen unerlaubten Waffenbesitzes und volksverhetzender Schriften belangen. Den Verfassungsschutz müssen wir einschalten. Die drei müssen beobachtet werden, unbedingt. Das können Sie doch veranlassen.«

»Ich werde die Geschwister hier behalten und sie morgen noch einmal wegen der Tatnacht in die Mangel nehmen. Die Alibis sind fadenscheinig. Kommen Sie morgen früh um zehn Uhr ins Präsidium? Ich möchte gerne, dass Sie dabei sind.«

Friedrich Gontard hatte einen unruhigen Schlaf in dieser Nacht. Er ließ den Tag Revue passieren, und da drängte sich ihm immer wieder ein Bild in seine Wachträume. Als er mit Udo Schwerdtfeger das Glashaus verlassen hatte, sah er zu Gerlinde Fuhrmann zurück, die mit ihrem breiten Mund hämisch grinsend den beiden lächerlichen Kriminalisten nachschaute – wie Isabelle Huppert, doch diesmal nicht als Emma Bovary, sondern als Jeanne, die perfide Jeanne aus *Biester*, der genialen Chabrolverfilmung, welche die Gontards erst neulich im Hemsbacher Programmkino gesehen hatten. Und hinterm

Zaun, vom Nachbargrundstück her, kam ein Mann auf das Glashaus zu. Bertram Blenker, der Glücksverkünder.

Ich habe etwas übersehen, dachte er, ich habe etwas übersehen, da ist ein wichtiges Puzzlestück. Aber er kam nicht darauf.

18. KAPITEL

Katz und Maus

»Wir können euch doch nicht ewig auf der Pelle hocken«, sagte James Mendel am nächsten Morgen beim Frühstück.

»Solch pflegeleichte Gäste, wie ihr sie seid, hatten wir noch nie«, meinte Anna. »Ihr seid ja immer unterwegs. Außerdem wollt ihr doch bestimmt abwarten, bis der Mordfall gelöst ist, oder? Wie sieht es aus, Friedrich? Meinst du, das dauert noch lange?«

»Mal sehen, Anna. Früher durfte ich nichts verraten, nun kann ich nichts verraten. Ich bin einfach nicht mehr nahe genug dran als Pensionär. Aber wir kriegen den Mörder. Oder die Mörder.«

»Wir? Also ist dein Nachfolger nun doch kooperativ?«

»Ja, mehr als zuerst vermutet. Ich muss auch gleich weg. Nach Ludwigshafen ins Kommissariat.«

»Und ihr beiden, was macht ihr?«, fragte Anna James Mendel und Lotte Simon.

»Wir zwei fahren heute in den Odenwald raus: Erbach, Michelstadt, vielleicht noch Amorbach mit seiner Barockbibliothek.«

Friedrich Gontard war voller Unruhe. »Die Katze lässt das Jagen nicht. Ich alter Kater bin einfach neugierig, was heute Neues herauskommt. Einen schönen Tag euch beiden, Lotte und James. Und dir heute ausnahmsweise nur mal liebe

Schüler«, sagte er zu Anna und gab ihr einen Kuss. »Nach dem Fall machen wir mal wieder was Schönes zusammen, versprochen«, ergänzte er.

»Das schlechte Gewissen regt sich? Schon gut, alter Kater«, sagte sie gutmütig und küsste ihn zurück.

In Ludwigshafen wurde Friedrich Gontard an diesem Morgen von einer ausgesprochen liebenswürdigen Ilona Schiller ins Chefzimmer geführt. Auf dem Schreibtisch lag, das sah Gontard im Vorbeigehen, eine Broschüre: *Xenia Krall's Nagelstudio*. Er musste sich zurückhalten, um nicht laut zu lachen. Xenia Krall, wie passend, und dann noch mit diesem komischen unmotivierten Apostroph, den man neuerdings überall sah. Anna hatte ihm neulich gesagt, die Elternbeirätin einer ihrer Klassen habe eine schriftliche Einladung zum Elternabend verteilt mit der Anrede: *Liebe Mutti's und liebe Vati's*.

Ilona Schiller hatte neue Fingernägel, hellrosa mit kleinen goldenen Herzchen bestückt. Vielleicht war sie deshalb heute so gut gelaunt.

Pia und Carsten Tschukke saßen mit störrisch-versteinerten Mienen vor Udo Schwerdtfegers Schreibtisch. Pia Tschukkes Mund war ein waagerechter Strich. Die Lippen hielt sie fest aufeinandergepresst.

»Herr Tschukke hier hat schon gestanden, dass die antisemitischen Schmierereien auf dem Auto Ihres englischen Freundes auf sein Konto gehen«, begrüßte Udo Schwerdtfeger den Eintretenden.

Überhaupt schien der Bruder mitteilsamer zu sein als seine verschlossene Schwester Pia.

»Wie kommt der Brief beziehungsweise wie kommen die Kopien, welche Frau Simon an Herrn Fuhrmann geschickt hat, in Ihr Zimmer?«

Hartnäckig beharrte Pia Tschukke darauf, was sie schon am Vortag behauptet hatte.

»Hat mir halt einer untergejubelt«, behauptete sie dreist.

Sie blieb bei der Aussage, doch zum Glück war Carsten Tschukke leichter auszufragen.

»Dann haben Sie also Ihrer Schwester die Kopien ins Zimmer geschmuggelt?«

»Ich, wieso ich? Sie hat doch die Idee gehabt, sie ...«

Ein bitterböser Blick ließ ihn verstummen.

»Idiot!«, zischte sie ihr Bruderherz an.

»Stimmt doch!«

Wie ein trotziger kleiner Junge stieß er diese Worte hervor. Nur ein Jahr war er jünger, aber die Machtverhältnisse waren klar. Die Hörigkeit auch.

»Von welcher Idee sprechen Sie eigentlich, Herr Tschukke?«, hakte Friedrich Gontard nach.

»Ich spreche von keiner Idee!«

Schwester Pia schaute scharf zu ihrem Bruder hinüber, wie eine Schlange das Kaninchen ansieht, das sie bannen oder fressen will.

»Kann es die Idee gewesen sein, Herrn Fuhrmann zu ermorden? Sie hatten diesen Brief im Haushalt Fuhrmann entdeckt. Den Brief, der Herrn Fuhrmann auf die Fährte eines Verbrechens gelockt hat. Schon lange verjährt, doch nicht ehrenvoll für Ihren Großvater. Den Großvater, den Sie verehrt haben, Herr Tschukke. Landserheftchen haben Sie zusammen gelesen, Sie haben sich die Kriegserlebnisse Ihres Großvaters angehört. In seinen Märchengeschichten war er ein Held, aber in Wirklichkeit war er ein Vergewaltiger und ein Sadist. Einer, der unschuldige Menschen, Männer, Frauen und kleine Kinder, in einem Internierungslager in Südfrankreich hat krepieren lassen. Gurs hieß der Ort in den Pyrenäen. Fragen Sie Lotte

Simon und James Mendel. Sie sind der Hölle von Gurs wie durch ein Wunder entkommen, aber ihre Familienmitglieder wurden nach Auschwitz gebracht und ermordet, soweit sie nicht vorher an Typhus oder Hunger gestorben sind. Das haben Sie doch kapiert, oder?«

Völlig unbeeindruckt blieb Pia Tschukke während Friedrich Gontards Ausführungen, aber in Carstens Gesicht zuckte ein verräterischer Muskel.

»Ihr Großvater war ein gemeiner Vergewaltiger, ein Krimineller und vielleicht auch ein Mörder. Zumindest ein potentieller Mörder. Er drohte Frau Simon, die damals ein Mädchen von siebzehn war, sie zu töten, wenn sie nicht schweigen würde.«

Pia blickte zur Decke, als sei sie genervt. Ihr Bruder hielt den Blick starr zu Boden gerichtet.

»Und diesen Kriminellen wollten Sie schonen, indem Sie beide zusammen Georg Fuhrmann, der auf der Fährte dieses Verbrechers war, ermordet haben. Grausam, wie es grausamer nicht mehr geht.«

Friedrich Gontard brüllte die letzten Worte aus sich heraus, mit der ganzen Wut des Mannes, der einen Freund, kaum wiedergefunden, verloren hatte.

»Sie sind sadistisch, wie Ihr Großvater sadistisch war!«

»Nein«, rief Carsten Tschukke. »Es war ganz anders. Ermordet haben wir ihn nicht. Einen Denkzettel wollten wir ihm verpassen. Ihn erschrecken. Verprügeln. Nicht ermorden. Er war … Er war doch schon tot, als wir …«

»Wer wir? Sie und Ihre Schwester. Also doch Sie beide. Immer alles gemeinsam machen, das ist Ihre Art, oder?«, griff Udo Schwerdtfeger ein.

»Ja.«

Pia Tschukke lachte kurz und verächtlich auf: »Waschlappen. Verräter.«

Dann sagte sie leise: »*Fuck.*«

Und dann erzählte Carsten Tschukke stockend, wie er und seine Schwester nachts gegen halb zwölf zum Glashaus gegangen waren, nachdem sie vorher mit Freunden »ein paar Bierchen und noch ein paar Wodkas« gekippt hatten. Da war alles dunkel, die »Gräfin«, so nannten sie Gerlinde Fuhrmann, war nicht daheim. Das hatte Pia ausgekundschaftet. Zu ihrer kranken Mutter war sie gefahren für ein paar Tage. Bei dieser Aussage verzog Pia Tschukke ganz kurz das Gesicht.

»Wie wollten Sie Herrn Fuhrmann denn einen Denkzettel verpassen?«

»Na ja, mit dem Baseballschläger halt …«

»… ein bisschen, nur ein ganz kleines bisschen krankenhausreif schlagen, ja?«

Friedrich Gontard konnte kaum an sich halten.

»Der war schon tot. Kein Härchen haben wir dem gekrümmt, stimmt's, Pia?«

Die große Schwester schwieg eisern. Aus ihrer Miene sprach die pure Verachtung für ihren Bruder.

»Furchtbar hat der ausgesehen, alles voller Blut. Die Drahtschlinge! Der Kopf fast ab. Ekelhaft.«

Pia Tschukke grinste vor sich hin.

»Die Standuhr im Flur hatte gerade zwölf geschlagen, und dann sind wir nichts wie weg. Abgehauen. Haben noch einen Absacker getrunken. Und dann ab ins Bett.«

Pia Tschukke kicherte.

»Danke, Herr Tschukke. Sie haben uns sehr geholfen«, sagte Udo Schwerdtfeger betont überhöflich. »Sie wissen, dass Sie sich strafbar gemacht haben, auch wenn Sie vielleicht kein Mörder sind? Unerlaubter Waffenbesitz und Verdacht auf rechtsextreme Machenschaften, Hausfriedensbruch und versuchte Körperverletzung, eventuell versuchter Mord.«

»Noch eins«, schaltete Friedrich Gontard sich ein. »Da gab es unter vielen belastenden Schriften eine Liste mit türkischen, griechischen, asiatischen Lokalen. Was wollten Sie mit einer solchen Liste eigentlich?«

Wie aus der Pistole geschossen kam es aus Pia Tschukkes bisher verschlossenem Mund frech und provokativ: »So eine dumme Frage. Wir essen halt gerne chinesisch und griechisch und wir sind verrückt nach Döner. Wir sind Multikulti drauf.«

»Und da gab es eine Adresse eines türkischen Schneidermeisters und eines Griechen, der einen Schlüsseldienstbetrieb hat? Wie erklären Sie sich diese beiden Adressen?«

»Sind Sie dumm. Ich lasse gerne beim Türken schneidern, und ich unterstütze die ausländischen Geschäftsleute. Und mein Bruder auch.«

Friedrich Gontard schüttelte ungläubig den Kopf ob solcher Dreistigkeit.

Doch Pia Tschukke schaute trotzig und provozierend von Gontard zu Schwerdtfeger und wieder zurück. Ein selbstzufriedenes Lächeln stand in ihrem Gesicht, als wolle sie sagen: Diesmal könnt ihr uns noch nichts nachweisen, aber ihr werdet noch von uns hören.

Carsten Tschukke blickte fast dankbar und erleichtert zur Schwester hinüber, die ihm abgenommen hatte, die heikle Frage zu beantworten. Die beiden wurden abgeführt. Der Kripochef befahl, dass man sie über Nacht noch in Polizeigewahrsam behalten solle. Friedrich Gontard sagte zu Udo Schwerdtfeger, dem die Enttäuschung im Gesicht stand, die Mörder immer noch nicht gefunden zu haben: »Ihre Arbeit der letzten Tage war nicht vergeblich. Wir haben zwar den Mordfall an Georg Fuhrmann noch nicht aufgeklärt, aber diese zwei hier sind

Täter und vor allem potentielle Täter der Zukunft. Tickende Zeitbomben, wenn Sie mich fragen. Wissen Sie, was ich Ihnen wünsche?«

Udo Schwerdtfeger zuckte mit den Schultern.

»Ich wünsche Ihnen, dass Sie auf dem rechten Auge wachsam bleiben. Und dass Sie den Mut und die Kraft haben, das auch Ihren Leuten zu vermitteln. Diese Wachsamkeit zu vermitteln, denn ich glaube und fürchte, aus dieser rechten Ecke kommt noch was auf uns zu. Der braune Sumpf ist noch lange nicht ausgetrocknet.«

Udo Schwerdtfeger schwieg eine Weile, dann sagte er nur: »Ja. Sie haben vielleicht Recht. Was nun?«

»Denken Sie an das Shakespeare-Zitat: *Sicherheit ist der größte Feind der Menschen*. Wenn sich der Täter allzu sicher ist, wird er Fehler machen. Und dann haben wir ihn.«

»Bald ist Georg Fuhrmanns Beerdigung«, sagte Udo Schwerdtfeger. »Sie sind doch dabei?«

»Die Witwe hat vom allerengsten Familienkreis gesprochen«, erwiderte Friedrich Gontard. »Und da gehöre ich nicht dazu. Ach, bevor ich gehe. Was hat eigentlich Alexander Fuhrmann zu diesem Flyer gesagt, den wir in seinem Zimmer gefunden haben? Dieser Flyer der *Wasgau-Wölfe*?«

»Nichts, als dass Carsten Tschukke ihm diesen Flyer zugesteckt hat. Er habe darüber gelacht. So eine dumme fixe Idee, eine solche Gruppe zu gründen. Und Carsten Tschukke und seine Kumpane seien alles hirnlose Proleten. Primitive Schlägertypen unter seinem Niveau.«

»Eine gute Ausrede, sehr clever dazu, und es ist nichts zu beweisen. Wir können niemand hinter Schloss und Riegel setzen, nur weil er *Lonsdale*-Klamotten trägt, Flyer zugesteckt bekommt oder Gobineau liest. Und Rilke und Wagner bewundere ich selbst auch.«

»So ist es. Fuhrmann junior können wir nichts anhängen.«

»Aber veranlassen, dass man auch ihn in Zukunft ein wenig beobachtet.«

»Wir sind eine Demokratie, kein Überwachungsstaat, oder?«, gab Udo Schwerdtfeger zu bedenken.

»Ja, ich weiß. Das Recht auf freie Meinungsäußerung. Freiheit vor Sicherheit, all das, ich weiß«, sagte Friedrich Gontard. »Ein heikles Thema. Und diese extremen Gruppen jeder Couleur berufen sich auf unsere Demokratie, auch wenn sie selbst auf die Demokratie pfeifen.«

»Ja, leider. Ich melde mich, Herr Gontard.«

Bevor Friedrich Gontard das Büro seines Nachfolgers verließ, drehte er sich noch einmal um und sagte: »Sie wissen gar nicht, wie viel es mir bedeutet, dass wir gemeinsam an dem Fall arbeiten. Adieu.«

Und er eilte mit einem freundlichen Gruß an Ilona Schiller vorbei, die gerade in einer Broschüre blätterte. Es war bestimmt die Broschüre von *Xenia Krall's Nagelstudio*. Wie ertappt legte sie sie beiseite und hämmerte mit ihren langen Krallen etwas in den Computer.

»Einen schönen Tag, Frau Schiller«, verabschiedete sich Friedrich Gontard.

»Scheener Daach«, kam es aus rosarot geschminktem Mund zurück.

19. KAPITEL

Das Spiel im Spiel

Am Morgen sagte Anna, bevor sie zur Schule fuhr: »Ich habe von meiner Kollegin Martina Kern zwei Karten für eine Aufführung des *Hamlet* im Nationaltheater in Mannheim für heute Abend bekommen. Soll Friedrich noch zwei Karten für euch dazu bestellen, Lotte und James?«

Lotte wehrte ab. »Shakespeare im Prinzip immer, aber ich habe erst vor einem Monat eine wundervolle Hamlet-Aufführung in Stratford-upon-Avon gesehen. Außerdem genügen mir momentan die echt erlebten Mordgeschichten.«

»Und ich habe auch wenig Lust, mitzugehen. Zumal ich wie Lotte das Stück erst neulich gesehen habe, allerdings in der Neuverfilmung mit Kenneth Branagh. Der beste *Hamlet,* den ich je gesehen habe. Lotte und ich hüten gerne mal Haus, Hof und Hund, während ihr im Theater seid.«

»Also wir zwei im trauten *Tête à Tête* bei Mord und Totschlag?«, sagte Anna zu ihrem Mann. »Wie ramondisch, wie der Kurpfälzer sagt. Ist mal was anderes.«

Sie gab ihm einen flüchtigen Kuss auf die Wange und schnappte ihre Schultasche. »Nun muss ich aber. Die Schüler in meinem Englisch-LK sehnen sich schon nach mir. In den ersten beiden Stunden schreiben sie eine Klausur. Allerdings nicht über *Hamlet,* sondern über *Macbeth.*«

Friedrich verbrachte mit den Freunden Lotte und James

einen Ausruhtag, wie sie es nannten. Sie plauderten und machten mit Belami einen Spaziergang den Höhenweg entlang, zur großen Freude des wuseligen Energiebündels, das ständig von einem zum anderen lief und bestimmt die doppelte Wegstrecke zurücklegte. Im Gasthaus *Zum Rebstock* in Geisenbach kehrten sie ein, einer urigen Odenwälder Äppelwoi-Kneipe mit Odenwälder Spezialitäten auf der Speisekarte: Odenwälder Krustenbrot zu Bratwurst und Sauerkraut, Kochkässchnitzel und Handkäse mit Musik.

Vom Spaziergang zurückgekehrt, ging Friedrich Gontard unruhig zum Telefon und war enttäuscht, dass auf dem Anrufbeantworter keine Nachricht für ihn aufgezeichnet war. Nichts Neues von Udo Schwerdtfeger. Es nagte an Friedrich Gontard, dass es so gar keinen Anhaltspunkt gab für ein Mordmotiv, nachdem die vermeintlichen Motive Raubmord und Mord aus rassistischen Gründen ins Leere geführt hatten. Eher widerwillig ging er ins Theater.

»Du bist nicht bei der Sache, stimmt's?«, fragte Anna, als sie in der Pause mit ihrem Mann an einem der kleinen Tische im Theaterfoyer saß und einen Sekt mit ihm trank.

»Nicht so ganz, aber ich geb mir Mühe, wach zu bleiben. Es war alles so anstrengend die letzten Tage. Einen Freund zu verlieren, dazu noch auf so grausame Weise. Fast vierzig Jahre bei der Kripo haben keinen kalten Kerl aus mir gemacht.«

Was er Anna nicht eingestand, das war diese seltsame Unruhe, die ihn im Laufe des Theaterstücks erfasst hatte. Da war etwas, das er nicht benennen konnte, zum Greifen nah und doch so vage. Es quälte ihn.

»Da, Liebling, iss ein Stück von meiner Butterbrezel, die Pause ist gleich vorbei«, sagte Anna und prostete ihm zu.

Nach der Pause kam jene berühmte Szene, das »Spiel im Spiel«. Hamlet, der seinen ermordeten Vater rächen will und seine Mutter Gertrud und seinen Onkel Claudius in Verdacht hat, die Mordtat begangen zu haben, beauftragt eine Gruppe von Wanderschauspielern, die zufällig zum Schloss kommt, ein kleines Theaterstück aufzuführen, das den Mord eines verbrecherischen Paares an einem gütigen alten König zum Inhalt hat. Hamlet beabsichtigt, aus der Reaktion seiner Mutter und seines Onkels Beweise für deren Schuld zu sichern.

Als der Schauspieler auftrat, der im »Spiel im Spiel« den mörderischen Ehebrecher darstellte, rang Friedrich Gontard nach Luft. War es ein Zufall, dass dieser Schurke, der im »Spiel im Spiel« Lucianus hieß und der den Mann der Geliebten, Baptista, umbringt, weil dieser dem Glück des ehebrecherischen Paars im Wege steht, ihn an einen Mann erinnerte, den er kannte?

Anna war so hineingezogen ins Geschehen auf der Bühne, dass sie nichts merkte von der Reaktion ihres Mannes auf das Stück. Sie hörte auch nicht, wie Friedrich Gontard leise zu sich selbst sprach: »So könnte es gewesen sein. So ähnlich.«

Und Hamlet erklärt den Zuhörern:

Er vergiftet ihn im Garten um sein Reich. Sein Name ist Gonzago: Die Geschichte ist vorhanden, und in auserlesenem Italienisch geschrieben. Ihr werdet gleich sehen, wie der Mörder die Liebe von Gonzagos Gemahlin gewinnt.

Friedrich Gontard sah die gestrige Szene vor sich, als er mit Udo Schwerdtfeger vom Glashaus weggegangen war und gesehen hatte, wie der Nachbar auf dem Weg zu Gerlinde Fuhrmann war. Die kleinen Gesten, das wie selbstverständliche Ausschenken der Getränke, als sei er der Hausherr, kaum war dieser tot, das erschrockene Auseinanderfahren der beiden bei Gontards Besuch. Vor seinen Augen spulte sich eine Szene ab: Der Mörder schleicht sich an das Opfer heran, würgt es mit einer Drahtschlinge zu Tode.

Während das Theaterstück auf der Bühne dem Ende zuging, drängte sich in die Szenerie, die sich parallel in Gontards Kopf abspielte, ein Gedanke, der ihn nicht mehr losließ. Gab es nur einen Mörder oder waren es zwei, die den Freund getötet hatten?

»Liebling. Du träumst. Das Stück ist aus«, vernahm er Annas Stimme wie durch eine Nebelwand hindurch.

In einem wirren Traum vermischten sich in dieser Nacht die Szene aus dem »Spiel im Spiel« und das grauenvolle Auffinden von Georg Fuhrmanns Leiche im Glashaus. Eine dritte Szene mischte sich unter die beiden. Eine Szene aus *Macbeth*. Isabelle Huppert, die Schauspielerin, wusch sich in Friedrich Gontards Traum als mörderische Lady Macbeth unentwegt die Hände, um sie vom vielen Blut zu reinigen, das ihre Mordtat hinterlassen hatte.

Wer konnte denken, dass der alte Mann noch so viel Blut in sich gehabt?, rief sie händeringend, und vor ihr lag ein Mann in einer Blutlache, dessen Hals mit einer Drahtschlinge zugezogen war.

Anna rüttelte ihren Mann, der im Traum geredet hatte: »Ich ersticke, ich ersticke«, röchelte er.

»Schlaf weiter, Liebling«, sagte sie zu ihm. »Es ist alles gut.«

»Ich habe von Shakespeare geträumt«, flüsterte er. »Von Hamlet und von Lady Macbeth. So ein Quatsch ...«

Anna zitierte, ein wenig schlaftrunken, die Zeilen aus dem Musical von Cole Porter – *Kiss me Kate*:

Schlag nach bei Shakespeare, bei dem steht was drin.
Kommst du mit Shakespeare, sind die Weiber gleich ganz hin.

Sie seufzte ein wenig wie im Traum, drehte sich um und war schon wieder eingeschlafen. Um ihren gesunden Schlaf war sie wahrlich zu beneiden.

Vielleicht keine so schlechte Idee, bei Shakespeare nachzuschlagen, dachte Friedrich Gontard.

Ihm gingen die Zeilen aus *Kiss me Kate* durch den Kopf, und er summte ganz leise vor sich hin:

Deklamierst du'n paar Zeilen aus Othello,
lässt die Gnäd' je sich streicheln wie'n Cello.
Selbst die kälteste Frau aus Chicago kriegst du 'rum,
bist du zynisch wie Jago.

Er nahm sich vor, am nächsten Vormittag eine kleine Fahrt an die Bergstraße zu machen.

Der Besuch war längst überfällig.

20. KAPITEL

Die Mutter

Lotte und James waren nach Frankfurt gefahren, um sich im Städelschen Museum umzusehen und anschließend eine in Schwalbach wohnende Kusine von James zu besuchen. Als das Haus leer war, wollte Gontard die Nummer von Schwerdtfeger wählen, aber er besann sich anders und suchte im Telefonbuch nach einer Nummer in Heppenheim.

Er hatte Glück: Den Namen Köster gab es nur zweimal.

Erika Köster, Goethestraße 33. Das war Gerlinde Fuhrmanns Schwester, die er in Lützelbrunn getroffen hatte, das jüngere, sanftere, hübschere Double der älteren Schwester. Mathilde Köster, Donaustraße 45b. Das musste die Mutter sein. Mutter und Tochter wohnten nicht zusammen. Es war ein Abenteuer, ein notwendiger Schritt, lange überfällig. Er würde es darauf ankommen lassen. Mehr als täuschen konnte er sich nicht.

Friedrich Gontard war gespannt auf Gerlinde Fuhrmanns Mutter. Ob sie eher damenhaft kühl und ebenso resolut war wie die ältere Tochter, Gerlinde, oder ängstlich und zaghaft wie die jüngere Tochter, Erika?

Auf sein Klingeln am Haus 45b, einem netten Reihenhäuschen in einer gepflegten Gegend mit kleinen, ebenso gepflegten Vorgärten, öffnete eine korpulente Frau Mitte fünfzig, die unmöglich die Mutter von Erika Köster und Gerlinde Fuhrmann sein konnte.

Sie sprach ganz gut Deutsch mit polnischem Akzent und

schien zunächst ziemlich misstrauisch zu sein. Dies hier war wohl die Pflegerin der Mutter, die betreut werden musste. Gerlinde Fuhrmann hatte ihn ja darüber informiert. War das Misstrauen daher zu erklären, dass die polnische Betreuerin nicht ganz legal hier arbeitete und befürchtete, hier komme ein Kontrolleur, der ihre Arbeitsstelle gefährden würde?

Friedrich Gontard stellte sich als Freund von Frau Kösters Schwiegersohn in der Pfalz vor. Er wolle ihr einen Besuch abstatten, mit ihr über den Verstorbenen reden. Offenbar wusste die Polin vom Tod Georg Fuhrmanns, nicht aber von der Art und Weise, wie er umgekommen war. Hatten die Schwestern Erika und Gerlinde die invalide Mutter sowie die polnische Betreuerin schonen wollen und ihnen deshalb nichts von einem Mord erzählt? Möglich.

»Ich bin Jola«, sagte die Frau, die nun ihre Angst verloren zu haben schien. »Frau Köster heute ganz gut«, sagte sie in ihrem gebrochenen Deutsch. »Sie haben Glück. Kommen Sie mit. Aber sie wird leicht müde.«

Jola führte den Besucher in ein Zimmer, das im typischen Oma-Stil eingerichtet war. Möbel aus den Vierziger- und Fünfzigerjahren, ein Plüschsofa mit gehäkelten oder gestrickten Sofakissen, die in der Mitte geknickt waren, Spitzendeckchen auf Tisch und Sideboard und Nippeskram in der Vitrine. Sammeltassen und Brezelhalter und Teekannen mit Schaumgummitropfenfängern. Eine Standuhr aus der Gründerzeit mit gedrechselten Säulen aus ganz dunklem Holz. Kunterbunte Teppiche und Läufer und gehäkelte Stuhlkissen und Überwürfe. Reproduktionen von Landschaften an den Wänden, hier und da ein Aquarell, vielleicht von einem Hobbykünstler in der Familie gemalt. Von Erika? Von Gerlinde?

Fotos auf einem Regal unter einem pseudobarocken Spiegel: Friedrich Gontard erkannte die Schwestern Erika und Gerlinde als Kinder, als Teenager, bei der Konfirmation. Dann Gerlinde Fuhrmann im Hochzeitskleid, das den kleinen Babybauch nicht verbergen konnte. Sie schaute triumphierend in die Kamera. Georg Fuhrmann daneben, ernst. Man hätte ihn eher für den Brautvater als für den Bräutigam halten können. Im Hintergrund Erika, mit undefinierbarem Gesichtsausdruck. Gerlinde und Georg als stolze Eltern, Kleinkind Alexander auf dem Arm des Vaters.

Dann erst nahm Friedrich Gontard die Frau im Rollstuhl wahr. Statuesk saß sie da in der Ecke gegenüber der Standuhr, eingemummelt in eine karierte Wolldecke. Starr blickte sie geradeaus. Das graue schüttere Haar war streng nach hinten gekämmt und zu einem Knoten zusammengefasst. Die Hände ruhten auf ihrem Schoß, zittrig. Die Haut sah glatt und glänzend aus, fast wächsern. Sie hat Parkinson, dachte Friedrich Gontard. Eine von Annas Tanten hatte vor ihrem Tod vier Jahre lang an dieser Krankheit gelitten, die den Menschen zuerst erzittern und dann erstarren lässt. Tremor und Rigor. Das Zittern und die Starrheit. Die Starrheit vor der Totenstarre. Eine grausame Krankheit.

»Was wünschen Sie?«, fragte die Frau im Rollstuhl mit leicht verwaschener Aussprache.

»Ich bin ein Freund Ihres Schwiegersohns«, sagte er. »Friedrich Gontard. Ich möchte Sie einfach besuchen.«

Verlogen kam er sich nun vor, und es fiel ihm ein, dass er doch Blumen hätte mitbringen sollen. Er würde nachträglich welche schicken. Die Frau im Rollstuhl schien mit der Antwort zufrieden zu sein. Bestimmt bekam sie nicht viel Besuch und freute sich über die Abwechslung.

»Der war ein guter Mensch, der Georg«, sagte Mathilde Köster. »Gerlinde hat einen so guten Mann gar nicht verdient.«

Wie unverblümt und direkt, dachte Friedrich Gontard. Wie Annas Tante. Die war durch ihre Krankheit auch so unverblümt und direkt geworden. Und am Ende, kurz vor ihrem Tod, war sie klarsichtig, fast philosophisch gewesen.

»Warum das? Ist Gerlinde keine gute Tochter?«

»Nein, sie war seit Wochen nicht mehr da. Was sag ich: seit Monaten. Erika schon, die kommt jede Woche mindestens zweimal vorbei. Die andere fast nie. Wissen Sie, mein Herr, das war schon immer so. Auch als die beiden Kinder waren. Erika hat sich gekümmert. Die andere hat immer nur an sich gedacht. Kalt und herzlos wie ihr Vater. Der hat mich sitzen lassen mit den Mädchen, als sie noch klein waren.«

Das Zittern in den Händen der kranken Frau wurde stärker.

»Und nun ist Georg gestorben, wie Erika mir gesagt hat. Nun hat er seine Ruhe.«

Mathilde Köster wusste offenbar wirklich nichts von seiner grausamen Ermordung.

Sie wurde nun unruhig, die kranke Frau im Rollstuhl, und Jola, welche sich die ganze Zeit über im Hintergrund gehalten hatte, machte dem Besucher ein Zeichen, welches aussah wie: Sie will schlafen, sie ist erschöpft.

Friedrich Gontard sagte: »Frau Köster, das war so lieb, dass Sie mich empfangen haben, wo ich doch ein Fremder für Sie bin.«

Und er nahm ihre zittrigen Hände in die seinen.

Sie schaute zu ihm hoch.

»Sie sind ein guter Mensch. Wie Georg einer war.«

Dann sagte sie überraschend: »Sind Sie zufrieden mit Ihrem Besuch? Haben Sie etwas herausgefunden?«

Wie man diese Kranken unterschätzt, dachte Friedrich Gontard. Dabei kriegen sie doch so vieles mit.

Beim Verlassen des Zimmers fiel Gontards Blick auf ein recht großes Ölgemälde hinter der Tür, das er beim Eintreten vorhin nicht bemerkt hatte. Es stellte eine junge hübsche Frau in einem ausgeschnittenen Kleid mit Brosche dar, das volle, wellige dunkle Haar zu einer Hochfrisur gesteckt. Hohe Stirn und dunkle Augen.

»Das bin ich«, kam es vom Rollstuhl her. »Als alles noch gut war.«

»Wunderschön«, entfuhr es Friedrich Gontard. »Wirklich wunderschön.«

»Ich komme gleich zurück, Frau Mathilde«, sagte Jola zu ihrem Schützling. »Ich führe nur den Herrn hinaus.«

Im Flur fragte Friedrich Gontard die Betreuerin: »Frau Köster hat kein Zeitgefühl mehr, oder? Sie hat gesagt, dass ihre Tochter Gerlinde seit Wochen, sogar seit Monaten nicht mehr hier gewesen ist. Ist das denn wirklich wahr?«

»Ja, das stimmt. Frau Mathilde ist nicht dement. Sie ist ganz klar im Kopf. Es gibt manchmal Ausfälle, kleine Halluzinationen. Das gehört zur Krankheit. Aber sonst ist sie wach und nicht verwirrt. Ich bin seit fast einem Vierteljahr um Frau Mathilde herum und ich weiß, dass die ältere Tochter nicht ein einziges Mal hier war. Erika kommt oft, dann habe ich ein bisschen frei für zwei oder drei Stunden.«

»Eine schwere Aufgabe für Sie, Jola. Da wünsche ich Ihnen noch viel Kraft für Ihre Arbeit.«

An einem Blumengeschäft hielt er an und bestellte einen schönen Herbststrauß, den er an Frau Köster und an Jola adressierte. Gontard fuhr nach Hohenkirch zurück und wählte die Nummer des Polizeipräsidiums. Er hatte Glück. Der junge Kripochef war da.

»Gerlinde Fuhrmann hat kein Alibi für die Mordnacht«, sagte Friedrich Gontard.

Und er erzählte Udo Schwerdtfeger von seinem Besuch bei der Schwiegermutter des Mordopfers in Heppenheim.

»Dann sollte Gerlinde Fuhrmann festgenommen und verhört werden«, sagte der Kripochef.

»Ich würde anders vorgehen, wenn ich das mal so sagen darf. Erwirken Sie die Erlaubnis für eine Durchsuchung des Nachbarhauses. Am besten für morgen früh. Wochenende hin, Wochenende her. Lassen Sie aber Gerlinde Fuhrmann vorerst mal noch in Ruhe. Sie soll das Gefühl haben, sicher zu sein. Sie soll denken, dass keiner Verdacht gegen sie hegt. Wenigstens noch bis morgen.«

»Hoffentlich ist das nicht leichtsinnig, Herr Gontard.«

»Es ist vorsichtig, nicht leichtsinnig. Glauben Sie mir. Adieu und bis morgen in Lützelbrunn.«

»Ja, sagen wir um zehn Uhr am Parkplatz Fuhrmann-Blenker. Ich werde bis dahin alles in die Wege geleitet haben für die Durchsuchung des Nachbarhauses. Ich denke auch, wir müssen ohne Aufschub handeln.«

James Mendel und Lotte Simon kamen sehr spät aus Frankfurt zurück, da sie mit James' Kusine noch schön essen gewesen waren.

Lotte deutete an, dass James und sie nun doch bald abreisen wollten. Zu lange waren sie den Gontards schon zur Last gefallen, wie sie sich ausdrückte. Und außerdem könnten sie doch nun nichts mehr beitragen zur Lösung des Falls. Sie hatten alles ausgesagt, was sie wussten.

»Eure Ungeduld kann ich verstehen«, meinte Friedrich Gontard. »Eine Last seid ihr aber nicht. Und der Fall steht kurz vor der Auflösung. Bleibt noch zwei bis drei Tage. Bis dahin wissen wir, wer Georg umgebracht hat.«

Der Wunsch ist der Vater des Gedankens, dachte er. Und die Aussage, der Fall sei bald aufgeklärt, ist eine sehr verwegene Aussage.

Lotte Simon und James Mendel versprachen, noch zwei Tage zu bleiben und dann nach England zurückzukehren.

21. KAPITEL

Ein Tod

Friedrich Gontard kam wegen eines Staus infolge eines Unfalls auf der Autobahn bei Hockenheim mit einer halben Stunde Verspätung in Lützelbrunn an. Er wunderte sich über die vielen Polizeiautos, die auf dem Privatparkplatz Fuhrmann-Blenker standen.

Der Aufgang zu den beiden Anwesen war abgesperrt. Friedrich Gontard lief, so schnell er konnte, den steilen Weg hinauf. Auf dem ganzen Gelände wimmelte es von Polizisten. Udo Schwerdtfeger stand am Eingang des Hauses Blenker. Als er Gontard erblickte, winkte er ihn zu sich und führte ihn schweigend um das Haus herum zum Holzschuppen.

Gut, dass Anna und Lotte diesmal nicht hier sind, das war sein erster Gedanke, als der Kripochef die knarrende Tür zum Schuppen aufstieß und sich ihm eine Szene bot, die an Grässlichkeit derjenigen im Glashaus neulich weit überlegen war.

Der Tote lag mit zerschmettertem Schädel auf dem Steinboden. Lediglich an der Kleidung, der hellbrauen Bundfaltenhose, dem schwarzen Pulli und den schicken Collegeschuhen erkannte Friedrich Gontard in dem Ermordeten den Hausbesitzer, Bertram Blenker.

Der »Mann der Zukunft«, wie er sich selbst genannt hatte, war mit einer Axt erschlagen worden. Das Tatwerkzeug lag neben dem entstellten Toten.

»Den Sohn haben wir in flagranti erwischt. Als wir zur Hausdurchsuchung gekommen sind, hat niemand aufgemacht. Wir sind ums Haus herumgegangen, da hat im Schuppen der Sohn … wie heißt er noch?«

»Florian«, sagte Friedrich Gontard.

»Da hat dieser Florian auf dem Boden gekniet, in der Hand die Axt. Er ist im Haus. Im Wohnzimmer. In Handschellen und drei von meinen Leuten sind zur Bewachung bei ihm. Er starrt wild vor sich hin, wie ein Irrer. Kein Wort kriegt er heraus. Es war bestimmt eine Affekthandlung.«

»Ich möchte mit Florian sprechen«, sagte Friedrich Gontard. »Was sagt der Gerichtsmediziner?«

»Der ist noch nicht da. Wir erwarten ihn jede Minute. Ich bleibe hier, bis er kommt.«

Friedrich Gontard ließ sich von einem Polizisten ins Haus geleiten.

22. KAPITEL

Florian

Florian Blenker saß zusammengesunken auf dem schwarzen Kunstledersofa im Wohnzimmer, in Handschellen und flankiert von zwei Polizeibeamten. Ein dritter Polizist stand an der Tür.

Friedrich Gontard nahm sich einen Stuhl und setzte sich dem jungen Mann gegenüber.

Über dem Sofa hing ein riesiges Foto von Bertram Blenker, der am Podium eines großen Saales stand, die Arme ausgebreitet, in einer beschwörenden Pose. Wie Billy Graham, der amerikanische Erweckungsprediger, dachte Friedrich Gontard. Ein Glücksmissionar. Eine Menschenmenge schaute zu ihm hoch. Man konnte erkennen, dass viele Frauen unter den Zuhörern waren. Einige Gesichter in der ersten Reihe blickten verzückt zu ihrem Messias empor. In einem Regal links neben dem Sofa thronte ein dickbäuchiger Buddha, daneben stand ein weißer Elefant zusammen mit anderen Glückssymboliken.

Die Bücher im Regal trugen zumeist Bertram Blenkers Namen, in großen roten Lettern hervorgehoben. Der junge Mann auf dem schwarzen Kunstledersofa sank noch mehr in sich zusammen, als Friedrich Gontard ihn prüfend ansah.

»Sie sind in einer mehr als verfänglichen Lage angetroffen worden, Herr Blenker. Sie haben vor ihrem Vater gekniet, die Mordwaffe in der Hand. Sie wissen, dass Sie nun wegen Mordes angeklagt werden?«

»Ich war es nicht, ich war es nicht. Er war doch schon tot!«

Er schrie es hinaus.

»Ich hab ihn gesucht. Und da hab ich ihn liegen sehen.«

Er barg das Gesicht in den Händen.

»Warum haben Sie ihn gesucht?«

»Mein Gott, es war schon gegen halb zehn. Ich habe später Dienst heute, Wochenendschicht, und ich hab mich gewundert, dass er nicht da war.«

»Warum gewundert?«

»Na ja, er hat mir doch immer Leitsätze mitgegeben für den Tag. Ich war so eine Art Versuchskaninchen für ihn. Was er mir vortrug, das trug er später seinen ... seinen dummen Verehrerinnen vor.«

»Sie haben ihn gehasst?«

Florian Blenker schwieg.

Nun war es an Friedrich Gontard, laut zu werden: »Sie haben Ihren Vater gehasst und umgebracht. Grausam getötet. Sie haben ihrem eigenen Vater den Schädel gespalten.«

Gontards Direktheit zeigte Früchte.

»Gehasst, ja ...« rief der junge Mann. Dann fuhr er leise fort, fast im Flüsterton: »... aber nicht getötet.«

»Warum haben Sie ihn gehasst? Er war doch so beliebt. So berühmt. Verehrt von so vielen.«

Friedrich Gontard deutete auf das Riesenfoto über dem Sofa. Der Glücksprophet, die Schar seiner Jüngerinnen zu ihm hochblickend.

»Seine Weiber, ja, die haben ihn geliebt. Nicht nur die da oben auf dem Foto. Die zählen ja nicht.«

Er fügte bitter hinzu: »Meine Mutter ist daran zerbrochen.«

»Wie meinen Sie das, sie ist daran zerbrochen?«

»Mama war depressiv, er hat sie beschimpft, er hat sie verachtet. Er hat sie mit seinen läppischen Glücksrezepten vollgestopft. Einmal hat er geschrien: ›Eine Verrückte hab ich geheiratet. Ja, ich hab gedacht, ich krieg sie in die Reihe, die Melancholikerin, aber ich habe mich geirrt. Ein Jammerlappen bist du. Arbeite endlich mal an dir. Reiß dich zusammen und nimm dein Glück in beide Hände. Lass dich nicht immer so gehen.‹«

Florian Blenker schaute zu Boden.

»Und dann seine endlosen Weibergeschichten. Immer wieder. Da hat Mama sich umgebracht. Mit Tabletten. Ich war siebzehn. Das war vor sechs Jahren. Er hat sie auf dem Gewissen, der Lebenskünstler. Ein Lebenskünstler auf Kosten der anderen.«

Er schluchzte verzweifelt auf.

»Ich dachte, Ihre Mutter ist an Krebs gestorben?«

»Nein, es war nicht so. Mein Vater wollte das nicht wahrhaben. Es hätte seinem Ruf als Glücksberater geschadet, wenn bekannt geworden wäre, dass seine Frau eine Selbstmörderin war. Genau genommen war es eine Art von Krebs, Herr Gontard.«

Friedrich Gontard erwiderte: »Ich glaube, ich weiß was Sie meinen. Seelenkrebs.«

Florian Blenker nickte stumm.

»Und Sie, Florian?«

Unwillkürlich fuhr Gontard diese Anrede heraus, dieser junge Mann war in Lillis Alter, es kam ihm nun vor, als säße ein Sohn vor ihm.

»Was meinen Sie damit?«

»Danach, wie hat er Sie danach behandelt, nach dem Tod Ihrer Mutter?«

»Danach?« Florian Blenker lachte kurz auf. »Danach ging es erst richtig los. Er hat mir seine ganze Verachtung gezeigt, ich war ja wie meine Mutter. Ich nahm alles so schwer. Ich habe einen sozialen Beruf ergriffen, um anderen Menschen zu helfen. Er nahm es mir übel, dass ich das Abi schmiss und lieber gleich arbeiten wollte statt zu studieren. Und wenn ich auf einer Demo war, hat er mich ausgelacht: ›Mein Sohn ist ein Weltverbesserer.‹ Ich wollte bald ausziehen, ich hielt es hier nicht mehr aus.«

Udo Schwerdtfeger kam ins Zimmer: »Na, haben Sie schon ein Geständnis, Herr Gontard?«

Da war wieder der schnippische Udo Schwerdtfeger der ersten Tage.

»Nein. Und warum auch? Warum sollte ein Unschuldiger einen Mord gestehen, den er nicht begangen hat?«

Florian Blenker schaute verwundert zu dem älteren Herrn, der ihn eben ausgefragt hatte.

»Dann hat der Gerichtsmediziner doch Recht mit seiner ersten Diagnose«, erwiderte Udo Schwerdtfeger.

»Und die wäre?«

»Dass der Tote allem Anschein nach schon seit zehn bis zwölf Stunden tot ist. Das haben die Leute von der Spurensicherung auch schon vermutet. Das Blut auf dem Boden. Das trocknet nicht in einer Stunde ein.«

»Interessant«, sagte Friedrich Gontard. »Ich habe noch eine wichtige Frage an Sie, Florian: Sie haben von Weibergeschichten gesprochen, die Ihr Vater immer hatte. Was meinen Sie damit?«

»Die Frauen, die meine Mutter in den Selbstmord getrieben haben.«

Schwerdtfeger sah Gontard fragend an.

Er gab ihm zu verstehen, dass er ihm berichten würde, was Florian vor seinem Eintreten ausgesagt hatte.

»Die vielen Frauen, das sind die Verehrerinnen seiner Bücher?«

»Ja, aber mehr noch die anderen zwei. Die feine Nachbarin und die Nazi-Tussi. Die Ordinäre.«

»Ich verstehe nicht ganz.«

»Gerlinde Fuhrmann und Pia Tschukke.«

Sie wollen sagen, dass Ihr Vater ein Verhältnis mit diesen beiden Frauen hatte?«

»Ja, und dann noch mit der Schwester.«

»Mit welcher Schwester?«

»Mit Erika Köster.«

Gontard brachte vor Überraschung keinen Ton heraus.

Er schluckte, sah zu Udo Schwerdtfeger hinüber, der sich auf einen der beiden schwarzen Kunstledersessel plumpsen ließ.

»Das sind aber doch Vermutungen. Haben Sie Beweise?«

»Und ob ich die habe. Ich bin doch Hobbyfotograf.«

»Und Sie haben Ihren Vater in verfänglichen Situationen geknipst?«

»Er hat sich ja keine Mühe gegeben, seine ... seine Weibergeschichten zu verheimlichen.«

»Und Sie haben ihn erpresst?«

»Doch nicht ihn. Ich habe auch überhaupt nie jemanden erpresst. Ich bin kein Verbrecher. Ich verdiene das Geld, das ich brauche, auf ehrliche Weise.«

»Sie haben niemanden erpresst, aber Sie haben die Fotos ... nicht geheim gehalten, oder?«

»Ich hatte so eine Wut auf sie, diese falsche Schlange. Sie war ja auch schon der Auslöser für Mamas Tod gewesen.«

»Wen bitte meinen Sie mit der falschen Schlange?«

»Mit der falschen Schlange meine ich Gerlinde Fuhrmann, wen sonst? Die Affäre hat nach Mamas Selbstmord damals aufgehört, aber sie haben vor einigen Monaten wieder angefangen, sich zu treffen, wenn Herr Fuhrmann weg war.«

»Haben Sie Herrn Fuhrmann Fotos geschickt?«

Friedrich Gontard wollte zum Punkt kommen.

»Ja, anonym. Aber ich habe kein Geld gefordert. Nie.«

»Was meinen Sie, Florian, wie hat Herr Fuhrmann reagiert?«

»Ich glaube, er war sehr eifersüchtig. Bald darauf war er tot.«

Udo Schwerdtfeger und Friedrich Gontard tauschten wieder schnelle Blicke. Der junge Kripochef war zu perplex, Fragen zu stellen. Er überließ dem alten Hasen das Feld.

»Und wann haben Sie Gerlinde Fuhrmann die kompromittierenden Fotos geschickt? Fotos, die ihren Vater mit Frau Fuhrmanns Schwester zeigten? Und mit Pia Tschukke?«

»Die Fotos von Pia Tschukke und meinem Vater habe ich ihr gar nicht gezeigt. Ich habe gedacht, die hebe ich auf, als Superballon sozusagen. Den wollte ich später steigen lassen. Na ja, da waren die Fotos von meinem Vater und Erika Köster. Das war ... das war gestern.«

»Gestern!«

Friedrich Gontard rang förmlich nach Luft. Schwerdtfeger trug einem Polizisten auf, ein Glas Wasser für Gontard zu bringen.

»Es geht schon wieder. Es geht schon wieder. Danke. Sie wissen, was das hier bedeutet?«

»Ja«, antwortete der Kommissar. »Es ist ungeheuerlich.«

»Danke«, fuhr Friedrich Gontard fort. »Danke, Florian, oder lieber nicht. Sie wissen, was Sie angerichtet haben, als Sie Gerlinde diese Fotos zuschickten?«

»Ich hab das alles nicht gewollt. Ich hab doch nicht ahnen können. Obwohl ...«

»Obwohl?«

In diesem Moment ging die Tür auf, Gerlinde Fuhrmann erschien wie auf Knopfdruck, weiß wie der Tod, zitternd im Wohnzimmer, und sie rief: »Nun fassen Sie doch endlich diese Mörderbande, die meinen Mann und Bertram ... Herrn

Blenker auf dem Gewissen hat. Hier sitzen Sie untätig herum, nichts geschieht, es wird gemordet und gemordet.«

»Ach«, rief sie, als sie Florian Blenker in Handschellen dasitzen sah. »Du hast deinen Vater umgebracht?«

Sie lief auf ihn zu und packte ihn am Arm. »Das musste ja einmal so kommen. Bertram hat gesagt, dass er Angst vor dir hat. Du hast ihn doch gehasst, oder?«

»Das wissen wir bereits, aber nun zu Ihnen, Frau Fuhrmann«, sagte Friedrich Gontard seelenruhig. »Wo kommen Sie eigentlich her? Sie waren vorhin nicht zuhause, Sie haben nichts mitbekommen von diesem Polizeiaufgebot?«

»Ich komme geradewegs von der Bergstraße. Von Heppenheim. Da hab ich …«

»… da haben Sie Ihre kranke Mutter besucht, ich weiß, Frau Fuhrmann. Wie schön für Ihre Mutter, dass sie in ihrer Not eine solch aufopfernde Tochter hat. Sie waren gestern und heute genauso wenig bei Ihrer kranken Mutter wie in der Nacht, in der Ihr Mann ermordet wurde. Sie lügen, Frau Fuhrmann, und ich sage Ihnen auf den Kopf zu: Sie haben Ihren Mann ermordet und Ihren Liebhaber Bertram Blenker auch. Ihren Liebhaber aus rasender Eifersucht und Ihren Mann, weil er rasend eifersüchtig war und vor allem in seiner Ehre gekränkt.«

»Alles aus der Luft gegriffen. Weshalb sollte mein Mann eifersüchtig sein, weshalb sollte ich eifersüchtig sein?«

»Es gibt Beweise *en masse*, Frau Fuhrmann. Fotos, die Sie mit Herrn Blenker zeigen. Fotos, die Herrn Blenker mit Ihrer Schwester zeigen. Ihr Mann wollte sich von Ihnen trennen, stimmt's?«

»Im Gegenteil, der hat doch geklammert, wollte mich enterben, wenn ich ihm Schande mache, ihn verlasse, wie er gesagt hat. Die Ehe sei heilig, und schließlich habe er doch auch auf seine große Liebe verzichtet vor über zwanzig Jahren, damals in Cambridge.«

»Lotte Simon, ja, das war seine große Liebe, nicht Sie!«

»Ha, die alte Frau.«

»Die alte Frau war nicht immer alt. So wie Sie nicht immer jung sein werden, verehrte Frau Fuhrmann.«

Ein Blick voller Hass traf ihn, und sie schleuderte ihm ins Gesicht: »Der Gutmensch mit seinen Nazigeschichten und seinem Geschwafel von Gerechtigkeit. Er hat damit ja auch Alexander vergrault. Kein Wunder, dass er ...«

»... in die rechte Szene abgedriftet ist, ein intellektueller Rechtsradikaler, aus Protest gegen diesen Vater, der so anders war als die anderen Väter, welche die deutsche Vergangenheit verdrängen und schönreden? Das wollen Sie doch sagen, oder nicht?«

Gerlinde Fuhrmanns breiter Mund glich einem schmalen Strich. Die Lippen hielt sie fest aufeinandergepresst, ein kleiner zuckender Muskel nur verriet ihre innere Erregung. Doch dann brach es aus ihr heraus. »Sie verstehen doch nichts, rein gar nichts. Jahrelang mit einem Langweiler verheiratet zu sein, der nur ... nur Gutes im Schilde führt, das nervt, da sucht man nach Abwechslung.«

»Und der nette Nachbar hat Ihnen diese Abwechslung geliefert.«

»Beweise haben Sie keine. Für nichts.«

»Sie vergessen die Fotos. Die mit Ihnen und Herrn Blenker. Mit Herrn Blenker und Ihrer Schwester. Herrn Blenker und Pia Tschukke.«

Bei diesen letzten Worten fuhr Gerlinde Fuhrmann hoch wie von der Tarantel gestochen.

»Mit der primitiven Schlampe hat er es also auch getrieben?«

Sie schaute vor sich auf den Boden, saß wie erstarrt.

»Ich weiß, ich weiß«, sagte Friedrich Gontard. »Erika war die geliebte Tochter Ihrer Mutter, und wenn man dann noch von der eigenen Schwester den geliebten Mann weggeschnappt kriegt ...«

Gontard hielt inne.

»Dann kann es schon mal vorkommen, dass man sich vergisst, wenn man den geliebten Mann zur Rede stellt, im Holzschuppen. Und wenn dann noch eine Axt zur Hand ist ...«, ergänzte Udo Schwerdtfeger den unvollendeten Satz des Kollegen, »dann vergisst man sich soweit, dass man diesem Mann den Schädel spaltet. Mit der ganzen Wucht der Eifersucht, des Zorns, der Demütigung.«

Er ging auf Gerlinde Fuhrmann zu und sagte: »Frau Fuhrmann, ich verhafte Sie, denn Sie stehen dringend unter Verdacht, Ihren Liebhaber und Ihren Mann ermordet zu haben.«

»Alles können Sie mir nicht in die Schuhe schieben. Alles nicht. Und nun sage ich kein Wort mehr.«

Sie wollte beleidigt das Zimmer verlassen, weil sie wohl immer noch daran zweifelte, dass es Schwerdtfeger ernst war mit seinen Worten. Der Polizist, der die Tür bewachte, ergriff Gerlinde Fuhrmanns Handgelenk. Die anderen beiden Polizisten kamen hinzu, denn sie versuchte erbittert, sich zu befreien.

»Das war kein Kasperletheater, verehrte Frau Fuhrmann«, sagte der junge Kripochef.

»Führen Sie die Frau ab«, sagte er zu den Polizisten. »Und Sie halten sich zu unserer Verfügung, Herr Blenker, bis Ihre Unschuld endgültig bewiesen ist«, sagte er zu dem jungen Mann, der während der ganzen Zeit ganz ruhig auf dem Ledersofa gesessen hatte. »Übrigens, wir waren ja unterbrochen worden vorhin, als Gerlinde Fuhrmann ins Zimmer kam. Was wollten Sie denn sagen, Florian? Sie konnten nicht ahnen, dass Gerlinde Fuhrmann Ihren Vater umbringen würde, obwohl ...?«

»Na ja, sie hat einmal gedroht, ihn umzubringen, falls er ihr untreu werde, das habe ich zufällig gehört. Aber das hat vielleicht nicht so viel zu sagen. Man lässt das mal so fallen, ohne es zu meinen.«

»Und manchmal sagt man es nicht nur so lässig dahin, man meint es ernst und man tut es.«

Zu Schwerdtfeger gewendet sagte er: »Und nun zur Hausdurchsuchung.«

»Ja, der eigentliche Zweck unseres Hierseins. Die Durchsuchung von Blenkers Haus. Das wird gerade gründlich gemacht. Mal sehen, was unsere Leute da alles finden.«

»Man kann gespannt sein«, erwiderte Friedrich Gontard.

Beim Hinausgehen streiften seine Blicke noch einmal die Titel im Buchregal:

Das Einmaleins der Lebenskunst

Sei deines Glückes Schmied

Der leichte Weg zum Glücklichsein

Er ging in den Holzschuppen, um mit dem Gerichtsmediziner zu sprechen, der sich gerade an der Leiche des »Mannes der Zukunft« zu schaffen machte.

23. KAPITEL

Dies und das

Die beiden Hausdurchsuchungen förderten, wie von Friedrich Gontard angenommen, neben wichtigen Beweisstücken auch unvermutete Indizien zutage. Die Fotos, von denen Florian Blenker gesprochen hatte, befanden sich alle im Original oben in seinem Zimmer.

»Falls die Abzüge an Herrn Fuhrmann und seine Frau, die ich verschickt habe, nicht mehr da sind: hier«, sagte er nur und reichte den beiden Kriminalisten einen Aktenordner.

Mehrere Fotos zeigten Gerlinde Fuhrmann mit dem Glückspropheten beim Liebesspiel. Im Ehebett des Glashauses, auf dem Sofa im Wohnzimmer. Im Haus der Blenkers, auf dem schwarzen Sofa. Über dem Liebespaar sehr grotesk das Riesenfoto, das Bertram Blenker darstellte, angehimmelt von seinen vielen Verehrerinnen. Ein Foto von Blenker und Gerlinde Fuhrmann im Holzschuppen. Im Hintergrund, im Nachhinein ebenfalls grotesk anmutend, der Holzklotz mit der Axt.

Erika Köster und Bertram Blenker hatten sich oben an der Burg Lützelbrunn getroffen, in Blenkers Auto und im Wäldchen. Durch die Bäume hindurch schimmerte das erleuchtete Haus der Fuhrmanns.

Auch die Fotos von Pia Tschukke und dem umtriebigen Nachbarn waren im Freien aufgenommen. Mehrmals oben auf der Burg, oder in einem Auto. Einmal erkannte man das flotte knallrote Auto, das Carsten Tschukke gehörte. Hatte er es seiner Schwester zum Rendezvous ausgeliehen? Pia Tschukke schien die eher ausgefalleneren Sexwünsche des Glücksgurus zu befriedigen. Ihm das zu geben, was er von den Schwestern Gerlinde und Erika nicht bekam. In hohen Schaftstiefeln, mit schwarzer Maske und knappem Lederoutfit, schwang sie auf allen Fotos die Peitsche. Die Fotos, die Florian Blenker vor der Kulisse der Burgruine Lützelbrunn geschossen hatte, wirkten gespenstisch. Wie aus einer mittelalterlichen Folterkammer. Die gierig hervortretenden Augen der Peitsche schwingenden Domina zeigten, wie sehr sie es genoss, auf den flehenden Mann einzudreschen. Sie wäre die perfekte Nazi-Schergin geworden, dachte Friedrich Gontard beim Anblick der widerlichen Fotos.

Als der Kripochef Gerlinde Fuhrmann diese Fotos kurz danach zeigte, bekam sie einen hysterischen Anfall. Ein Arzt musste herbeigerufen werden, der ihr eine Beruhigungsspritze verpasste. Wieso sie die Liebesspuren der Rivalin am Körper von Bertram Blenker nicht bemerkt hätten, wurden Gerlinde und Erika Fuhrmann gefragt. Die ältere Schwester lachte anzüglich und meinte, so ganz und gar spießig und zimperlich sei sie selbst auch nie umgegangen mit dem Geliebten. Erika wurde über und über rot und berief sich darauf, es sei ja immer dunkel gewesen bei ihren Stelldicheins.

Die Abzüge der Fotos, die Erika Köster und Bertram Blenker beim Liebesspiel zeigten, fanden sich bei der Hausdurchsuchung des Glashauses im Papierkorb der Witwe, in viele kleine Schnipsel zerrissen. Wie sicher sie sich gewesen war. Wie wenig sie daran gedacht hatte, dass man sie verdächtigen könnte, einen Mord begangen zu haben.

Voller Stolz förderte Peter Pfannhuber eine zerknitterte Hotelrechnung zu Tage, welche er in der Manteltasche der Hausherrin an der Garderobe gefunden hatte. Sie war bei der ersten

Hausdurchsuchung übersehen worden. Die Rechnung erklärte Gerlinde Fuhrmanns wahren Verbleib während ihres angeblichen Besuchs bei der kranken Mutter in Heppenheim. Ihr Geliebter musste sie in dieser *Pension Brigitte* in Eschbach an der Weinstraße telefonisch kontaktiert und sie auf dem Laufenden gehalten haben über die Ereignisse nach dem Mord. In Absprache mit Blenker wartete sie darauf, bis ihr bühnenreifer Auftritt zuhause fällig war.

Vergeblich suchten die Leute von der Spurensicherung jedoch nach den Fotos, welche Florian Blenker an Georg Fuhrmann geschickt hatte: die Fotos mit seiner Frau, in flagranti beim Ehebruch mit dem netten Nachbarn ertappt. Gerlinde Fuhrmann gab später zu, dass sie diese Fotos unmittelbar nach dem Tod ihres Mannes verbrannt hatte. Da war nicht mehr vieles zu finden im Haus, das schon nach dem Mord an Georg Fuhrmann durchsucht worden war. Dafür war die Durchsuchung des Blenkerschen Hauses umso ertragreicher.

In einem Safe, der hinter einem großen gerahmten Autorenfoto des erfolgreichen Glücksgurus verborgen war, fand die Spurensicherung Gerlinde Fuhrmanns Schmuck, der angeblich in der Tatnacht geraubt worden war. In einer Schublade des Schreibtischs des toten Hausherrn lag ein weiterer unschlagbarer Beweis für Bertram Blenkers Täterschaft. Da lag, fein säuberlich zusammengefaltet, der Zeitungsartikel aus den *Dernières Nouvelles d'Alsace* über den Mord an Maurice Rapp, dem Antiquitätenhändler aus Seebach.

Das Wort für Drahtschlinge war rot unterstrichen und der Satz, in dem berichtet wurde, dass man die Wohnung verwüstet hatte, war am Rand mit einem großen Ausrufezeichen versehen.

»Das waren also doch Trittbrettfahrer, die Georg Fuhrmann umgebracht haben«, sagte Udo Schwerdtfeger mit Nachdruck, als wolle er sagen: Ich hatte doch Recht, ein wenig zumindest. »Aber die Parallele zu Seebach haben Sie sofort klar erkannt, Herr Gontard.«

»Ja, und beinahe wäre es den beiden gelungen, den perfekten Mord zu begehen, wäre Bertram Blenkers unermüdliche Suche nach erotischer Selbstfindung ihm nicht im Weg gestanden, oder?«

»Ja, und es wird sich noch herausstellen müssen, inwieweit Gerlinde Fuhrmann beteiligt war. War sie nur die Anstifterin, oder hat sie aktiv mitgewirkt, als ihr Mann von Blenker umgebracht wurde?«, sagte Udo Schwerdtfeger.

Während die Fingerabdrücke auf der Tatwaffe zusammen mit allen anderen Indizien im zweiten Mordfall eindeutig Gerlinde Fuhrmann überführten, ihren Geliebten aus rasender Eifersucht getötet zu haben, war ihre Mittäterschaft an der Ermordung ihres Ehemanns nicht eindeutig zu klären. Sie leugnete hartnäckig, bei dem grausigen Geschehen mitgewirkt zu haben. Sie gab lediglich zu, den Geliebten angestiftet zu haben, den Ehemann zu beseitigen, bevor er sie enterben konnte. Sie habe dabei geholfen, die Glassammlung zu zertrümmern, damit es aussehe, als haben die Seebacher Raubmörder auch hier zugeschlagen. Sie hatte sowieso eine Wut auf diese »Glasdinger und den ganzen Kram«, den ihr Mann die ganzen Jahre über wie ein Verrückter gesammelt hatte. Und dann wollte er das Zeug auch noch an ein Museum geben, das es noch gar nicht gab. Ein geplantes Museum in Wingen-sur-Moder. Er hatte gerufen, während er in seinem Blut lag: Ich habe alles schon dem Mann vermacht, der mit mir zusammen das Lalique-Museum gründen will. Nun wird er es allein gründen. Mein Tod nützt euch nichts. Und dann hatte es gar nicht gestimmt. Nichts hatte er irgendjemand vermacht. Da hätte sich doch wer gemeldet! Sie lachte, und ihr Lachen verriet ihren

Geisteszustand. Sie war froh, das Zeug zertrümmert zu haben. Gerlinde Fuhrmann schwieg nach diesem Ausbruch beharrlich und war nicht dazu zu bewegen, auch nur ein weiteres Wort zu sagen.

Carsten Tschukke kam zu Friedrich Gontards Bedauern viel zu glimpflich davon. Unerlaubter Waffenbesitz, Planung einer rechtextremen Vereinigung, Besitz volksverhetzenden und rassistischen Materials. All dies reichte für eine längere Freiheitsstrafe nicht aus.

Doch dann gab es eine Wende, als auf Pia Tschukkes Konto die Überweisung einer enormen Geldsumme von 65 000 DM auftauchte, die von Bertram Blenker stammte. Die Überweisung war zwei Tage nach dem Mord an Georg Fuhrmann erfolgt.

»Eine solche Summe ist für Ihre Liebesdienste eher ein wenig zu hoch, das waren ihm die Sadomaso-Spiele mit Ihnen doch wohl nicht wert?«, wurde Pia Tschukke gefragt.

Bei einer näheren Überprüfung der Konten der beiden Geschwister Tschukke stellte sich heraus, dass Pia Tschukke ihrem Bruder von den 65 000 DM den Betrag überwiesen hatte, der exakt dem Preis für seinen flotten roten Flitzer entsprach, den er zwei Wochen zuvor gekauft und noch nicht bezahlt hatte.

Es waren einige mühsame Verhöre notwendig, um die Wahrheit herauszubekommen. Die Geschwister hatten Bertram Blenker erpresst, den sie, als sie ins Glashaus gingen, um Georg Fuhrmann einen Denkzettel zu verpassen, zu seinem Haus hatten gehen sehen, in Begleitung von Gerlinde Fuhrmann. Gerlinde Fuhrmann hatte wohl nichts gewusst von der Erpressung. Das hatte, warum auch immer, Blenker im Alleingang geregelt. Man würde den Grund nie herausfinden.

Der Tatbestand der Erpressung brachte sowohl Pia als auch Carsten Tschukke hinter Gitter.

»Das andere ist für mich viel schwerwiegender«, sagte Friedrich Gontard zu Udo Schwerdtfeger, und der nickte nur. Er wusste, was der alte Hase damit meinte.

»Wir werden auf die beiden aufpassen, wenn sie wieder frei sind.«

»Ihr Wort in Gottes Ohr«, erwiderte Friedrich Gontard. »Und noch eins: Vergessen Sie nicht, den jungen Fuhrmann im Auge zu behalten.«

»Ich tu, was ich kann. Solange es unseren Gesetzen entspricht. Versprochen.«

Friedrich Gontard schwieg nachdenklich.

Gerlinde Fuhrmann erhängte sich vor dem letzten Verhandlungstag in ihrer Zelle. Ihre Rolle während der Tatnacht im Glashaus würde ein ewiges Geheimnis bleiben.

24. KAPITEL

Abschied und Zukunft

»Nun hast du wirklich nicht zu viel versprochen«, sagte James Mendel. »Wir können abreisen.«

Sie saßen beim Abendessen, und Friedrich Gontard hatte den Anwesenden von der Aufklärung der beiden Fälle berichtet.

»Genugtuung?«

Lotte Simon schaute ihn von der Seite her an.

»Ich weiß nicht, wie ich beschreiben soll, was in mir vorgeht. Ich bin alles andere als eine Verfechterin des alttestamentarischen Prinzips: *Auge um Auge, Zahn um Zahn.*«

»Ein Prinzip, das man ja uns Juden generell unterstellt und übelnimmt, oder?«, sagte James Mendel. »Da ist immer dieses Bild von Shylock, der wie bei Shakespeare in *Der Kaufmann von Venedig* sein Stück Fleisch einfordert.«

»Gerechtigkeit, das meine ich«, fuhr Lotte Simon fort. »Gerechtigkeit lässt sich nicht messen, nicht abwiegen. Wie ein Stück Fleisch.«

Sie stützte den Kopf in die Hände und strich ihr schönes, volles Lockenhaar aus der Stirn.

»Vergebung, das ist es, was ich anstrebe. Und was ich hier gelernt habe.«

»Pierre Barth, ja«, schaltete sich Friedrich Gontard ein. »Er war kein *Malgré-nous*. Er war einer von den willigen Helfern, die Hitler und seine Bande in allen besetzten Ländern unterstützten und die sich nach dem Krieg darauf beriefen, all die Gräuel nur unter Zwang begangen zu haben. In Wirklichkeit hatten sie Spaß am Quälen und am Töten.«

Lotte schwieg ein Weilchen, dann entgegnete sie: »Schuld und Sühne. Eine alte Geschichte. Es gibt viel Schuld auf dieser Welt, aber echte Sühne gibt es nicht, und nur die Opfer können den Tätern ihre Schuld vergeben.«

Belami, der mit dem untrüglichen Instinkt des Tieres merkte, dass hier jemand Trost brauchte, schmiegte sich dicht an Lotte Simon an.

»Das mit dem Vergeben habe ich auch üben müssen, ich muss es noch immer üben«, sagte James Mendel. »Aber ich muss zugeben, Vergebung ist meine schwerste Übung. Allein die Namen, die man mir im Laufe meines langen Lebens gegeben hat. Soll ich sie euch mal aufzählen?«

Anna legte James die Hand auf den Unterarm.

»Ja, bitte doch, James.«

»Also, mein Vater hieß mich manchmal einen frechen Bengel, das war wohl auch nicht ganz falsch hie und da. Meine Mutter, die Berlinerin war, nannte mich ihr Jungchen, das war was Liebes. Für die Weinheimer war ich das ›Juddebiewel‹, und das war noch nicht einmal böse gemeint, die Leute drückten das so aus in ihrem Dialekt, der übrigens auch mein Dialekt war. Dann wurde der Ton schärfer, und meiner Familie und mir schrieb man an die Hauswand: ›Saujuden‹. Der Nazipädagoge Dr. Hellenbrand nannte mich ›Israel‹. Dann kam ich 1940 ins Internierungslager nach Gurs. Dort war ich für die Franzosen der *Boche*, das Schimpfwort für die Deutschen. Als ich der Hölle von Gurs entkommen war, hätten französische Bauern mich einmal fast totgeschlagen, weil ich Deutsch gesprochen habe. Dann, während meines schrecklichen Intermezzos in der Fremdenlegion, als ich gegen die Hitlertruppen kämpfte, gaben sie mir hundert andere Namen. Hässliche Namen in allen möglichen Sprachen. Nach dem Krieg, als ich in England Zuflucht gefunden hatte, schimpften sie mich ›Kraut‹, denn ich sprach wie die verhassten Deutschen und war für sie ein Deutscher, solange, bis ich ihre Sprache perfekt beherrschte. Und selbst dann gab es keine Ruhe. Immer wieder wurde ich *that bloody German* genannt. Und neulich hat man mich wieder daran erinnert, wer ich war: ein Jude, der den Tod verdient.«

Belami, der kleine Hund, löste sich von Lotte Simon und legte sich auf James Mendels Füße.

»Das ist Belamis größter Liebesbeweis«, sagte Anna.

»Lass die Bitterkeit, James«, sagte Lotte Simon. »Sie höhlt uns nur aus, sie verhindert, dass wir das Schöne im Leben sehen. Dass wir glücklich sind.«

»Du klingst wie Bertram Blenker«, sagte Friedrich Gontard.

»Aber nein. Ich meine doch nicht dieses billige Glücklichsein nach Rezeptbuch, von einem geldgierigen Guru verfasst. Von einem Blender. Ich meine was ganz anderes.«

»Verzeih, Lotte, ich habe das auch nicht ernst gemeint. Ich weiß genau, was du meinst. Das Glück, das jeder für sich selbst finden muss, davon sprichst du. Ohne Rezeptbuch, ohne Bevormundung. Da kann kein anderer dabei helfen. Glück ist eine sehr private Sache.«

»Wie die Trauer, aber auch wie die Liebe«, sagte Lotte Simon und lächelte James Mendel an.

Dieser lächelte zurück und wollte etwas sagen, aber Belami schoss wie von der Tarantel gestochen unterm Tisch hervor. Ein Auto war in der Einfahrt angekommen. Scheinwerfer blitzten auf, erloschen. Man vernahm das Geräusch von Autotüren, die zugeschlagen wurden. Da waren Schritte auf der Treppe zur Veranda hoch. Die vier Menschen im Gontardschen Wohnzimmer hielten den Atem an. Belami gebärdete sich wie toll, sprang an der Terrassentür hoch, bellte, wedelte wie verrückt mit dem Schwanz. Die Terrassentür flog auf.

»Überraschung«, rief eine fröhliche junge Stimme. Lilli stand im Türrahmen.

Belami hüpfte um sie herum, leckte sie ab vor lauter Freude und Begeisterung. Sein Bellen klang fast wie ein Weinen.

»Hallo, Belami, *Chéri*«, rief Lilli. »Und ihr alle anderen natürlich auch. Hallo.«

Sie umarmte zuerst ihren Vater, dann Anna, dann küsste sie James und Lotte zur Begrüßung links und rechts auf die Wange.

»Unser französisches Kind ist da. Wie schön«, rief Anna.

»Ja, das französische Kind hat Sehnsucht nach Hohenkirch bekommen. Nach dem Odenwald. Ich war so frei und habe mir einfach vorgezogene *Vacances de la Toussaint* genommen. Zumal ich mit meiner Seminararbeit gerade fertig geworden bin. Man muss sich manchmal selbst belohnen. Und ich bringe auch einen Überraschungsgast mit.«

Belami hatte den Überraschungsgast schon gewittert.

Er lief auf die Terrasse hinaus, kläffte.

Da war die Stimme eines jungen Mannes draußen zu hören: »*Arrête. Arrête.*«

Lilli lief hinaus ins Dunkel und schob den Überraschungsgast vor sich her ins Wohnzimmer.

»Also, das hier ist Fabrice. Fabrice Tavernier.«

Der junge Mann, ein wenig verlegen, entschuldigte sich in recht gutem Deutsch dafür, dass er eine »Attacke auf die Familie Gontard« mache. »Lilli 'at misch gezwungen«, sagte er.

»Ja, so ist sie, unsere Tochter. Rabiat. Das hat sie von der Mutter«, sagte Gontard. »Wenn sie sich mal was in den Kopf gesetzt hat, dann zieht sie es auch durch, und es gibt kein Entkommen.«

Das war etwas viel Deutsch für den jungen Mann, und Lilli

musste übersetzen. Fabrice lachte. Er war gut aussehend mit seinem dunklen Haar und den hellgrauen Augen.

Anna sagte: »Aber nun setzt euch doch mal, Kinder. Wir trinken auf euch Franzosen. Und auf den Besuch aus England. Die einen reisen ab, die anderen kommen an.«

Nun erklärte Lilli, dass Fabrice und sie schon seit fast einem Vierteljahr zusammen waren und es an der Zeit war, ihn den Eltern mal vorzustellen.

Fabrice zog Lilli an sich und drückte ihr einen zarten Kuss auf das kurzgeschnittene rotblonde Haar.

»Isch liebe diese rote 'ex«, sagte er, »und die Sonnensprossen.«

»Sommersprossen«, korrigierte Lilli.

»Prost«, sagte Friedrich.

»Auf das junge Glück«, sagte James.

»Und auf das alte. Auf das neue alte Glück«, bemerkte Lotte. Sie schmiegte sich an James. Er nahm sie in die Arme und sagte: »Das ist unsere Überraschung.«

Er fuhr fort: »Im Juni in Somerset? Zu unserer Hochzeit. Mein Städtchen heißt Somerton, in der Nähe von Stonehenge, und man kann da schön Urlaub machen. Im Park von Stourhead Garden werden dann die Rhododendron- und Azaleenbüsche blühen.«

»Nun ist mir auch klar, weshalb ihr so viel Verständnis dafür hattet, dass ich nicht zu eurem Ausflug mitgekommen bin. Ich hätte nur gestört«, sagte Anna und lachte.

»Zwei gutgehütete Geheimnisse an einem einzigen Abend, das kann ich nur mit einem Zigarillo verkraften«, sagte Friedrich und kramte sein Etui aus der Jackentasche hervor. »Ihr erlaubt?«

»Wegen James lasse ich es mal sein, das Qualmen«, sagte Lotte. »Wenn das kein Liebesbeweis ist!«

Die anderen erhoben ihre Gläser und prosteten sich gegenseitig zu.

Belami, der spürte, dass die Menschen ihn vorläufig nicht brauchten, trottete in seinen Hundekorb.

25. KAPITEL

Glas

Es war einige Tage nach der Abreise der Gäste. Anna war gerade aus dem Haus gegangen. Friedrich Gontard saß noch beim Frühstück und las in Ruhe seine Tageszeitung.

Das Privileg der Pensionäre, dachte er, als das Telefon klingelte.

Es war Lotte Simon, die aus England anrief, um den Gontards noch einmal für ihre Gastfreundschaft zu danken. James und sie würden im nächsten Frühjahr nach Südfrankreich reisen, um sich, wie sie es ausdrückte, den Schatten der Vergangenheit zu stellen. Zu zweit würden sie es schon schaffen, Gurs, die Stätte ihres Leids, zu besuchen. Lotte freute sich aber vor allen Dingen, im Juni die Gontards vollzählig in Somerset begrüßen zu dürfen.

Friedrich Gontard hatte gerade aufgelegt und wollte zu seiner Zeitungslektüre zurückkehren, als das Telefon noch einmal schrillte.

»Bin ich hier richtig bei Friedrich Gontard in Hohenkirch im Odenwald?«

Die Stimme des offenbar schon älteren Mannes am anderen Ende der Leitung hatte eine leicht saarländische Färbung. Ein Dialekt, den Friedrich Gontard besonders liebte.

»Entschuldigen Sie, Herr Gontard, dass ich störe. Mein Name ist Wolfgang Bossert, und ich wohne in Blieskastel.«

»Blieskastel, das Barockstädtchen im Saarland?«

»Ja, genau. Ich bin Geschäftsmann und ein Freund von Georg Fuhrmann. Ich war einige Wochen in den USA bei meiner Tochter, die dort verheiratet ist. Ich bin gestern zurückgekommen und wollte Kontakt mit Georg aufnehmen, aber da meldet sich niemand.«

»Da muss ich Sie auf eine schlimme Nachricht vorbereiten, Herr Bossert. Georg Fuhrmann ist tot. Ermordet.«

Dem völlig schockierten unbekannten Gesprächspartner schilderte nun Friedrich Gontard, was sich in den letzten Wochen zugetragen hatte. Die Reaktion von Wolfgang Bossert war überraschend: »Also hat Georg doch den siebten Sinn gehabt, als er mir vor meiner Abreise die Lalique-Sammlung zur Aufbewahrung gegeben hat. Er hat gesagt: Bei mir daheim hat man kein Verständnis für schöne Dinge.«

»Aber die Lalique-Sammlung ist komplett zerstört worden!«

»Nicht aber die wertvollsten Stücke, die für unser geplantes Museum in den Nordvogesen bestimmt waren. Die sind in meinem Besitz und in Sicherheit. Georgs Frau hat davon offenbar gar nichts bemerkt, was ihr völliges Desinteresse an der Glassammlung ja klar beweist. Außerdem hat Georg in kluger Voraussicht einige der Pretiosen *peu à peu* durch handwerklich gut gemachte Duplikate ersetzt.«

Und Wolfgang Bossert berichtete dem erstaunten Friedrich Gontard, wie er Georg Fuhrmann vor fünf Jahren bei der wundervollen Ausstellung der Glaskunst von René Lalique kennengelernt hatte. Das war im *Musée des Arts Décoratifs* in Paris im Jahre 1991 gewesen. Damals war die gemeinsame Vision eines Museums in den Nordvogesen entstanden, genau genommen an dem Ort, an dem Lalique 1921 eine Glasfabrik gegründet hatte.

»Aber Sie wussten davon, Herr Gontard?«

»Sehr, sehr vage. Georg hatte etwas angedeutet von einer Vision. Er wollte mir mehr darüber erzählen bei einem späteren Treffen. Es sollte anders kommen. Aber woher haben Sie meine Adresse, Herr Bossert?«

»Nach meiner Rückkehr aus den Staaten fand ich unter meiner Post einen Brief von Georg, der das Datum des 4. Oktober trug.«

»Das war gleich am Tag nach unserem unverhofften Wiedersehen im Café *Rebert*!«

»Ja, genau. Georg schreibt ganz hocherfreut, dass er in Wissembourg zufällig Friedrich Gontard, einen ehemaligen Klassenkameraden, getroffen habe, der ein begeisterter Antiquitätensammler und ein Experte sei. Er sei vielleicht als Dritter im Bunde dafür zu gewinnen, dass die Vision des Glasmuseums in Wingen-sur-Moder realisiert werden könne. Mit mir als Mäzen und Geldgeber, Georg als Sammler und Ihnen als zusätzlichem Kunstliebhaber und beratendem Experten. Georg nannte den Ort Hohenkirch im Vorderen Odenwald. Die Telefonauskunft hat mir weitergeholfen. *Et voilà*!«

»Ich denke«, antwortete Friedrich Gontard, der kaum verbergen konnte, wie tief bewegt er war, »ich denke, Herr Bossert, Sie unternehmen sehr bald eine kleine Reise vom Saarland in den Odenwald und dann besprechen wir, wie Georgs Vision umzusetzen wäre. Der Traum von einem eleganten Lalique-Glasmuseum inmitten der lothringischen Wiesen, umgeben von grasenden Rindern.«

Das Leben ist voller Überraschungen, dachte er zum hundertsten Mal. Er freute sich riesig auf den Besuch, der für den übernächsten Tag arrangiert wurde.

* * *

Lilo Beil

Lilo Beil wurde im südpfälzischen Klingenmünster geboren. Die Pfarrerstochter verbrachte Kindheit und Jugend in Dielkirchen bei Rockenhausen und in Winden bei Landau. Ab 1966 studierte sie in Heidelberg Romanistik und Anglistik. Sie unterrichtete von 1972 bis Januar 2008 an der Martin-Luther-Schule in Rimbach bei Heppenheim an der Bergstraße. Die Autorin hat drei erwachsene Töchter und lebt mit Mann und Hund im vorderen Odenwald.

Seit frühester Jugend interessierte sich Lilo Beil für Literatur und Kunst. Ihr liegt, sagt sie, das Satirische, aber es finden sich in ihren Geschichten genauso romantische und nostalgische Elemente, Spannungsmomente und die kritische Auseinandersetzung mit Geschichte und Gesellschaft. Gelobt wird außerdem immer wieder die klare, sorgfältige Sprache.

1997 erschien »Maikäfersommer – Eine Pfälzer Kindheit in den 50er Jahren« im Verlag Pfälzer Kunst/Dr. Blinn. Weitere Erfolge wie die Aufnahme ihrer Kurzgeschichte »Der Nussknacker« in eine Anthologie des Rowohlt-Verlages ermutigten Lilo Beil. 1999 veröffentlichte sie unter dem Titel »Sonnenblumenreise« Geschichten für Reisende und Nichtreisende; 2002 folgte der Kriminband »Heute kein Spaziergang. 43 Krimigeschichten«. 2005 erschien ihre Geschichtensammlung »Schattenzeit«. 2006 folgte eine zweite Ausgabe »Maikäfersommer und andere Geschichten aus Pfalz und Kurpfalz« in der Edition Tintenfaß. 2010 erschien die erweiterte Taschenbuchausgabe »Maikäfersommer – Kindheitsgeschichten« im Conte Verlag. Kommissar Gontard ermittelte erstmals 2007 in »Gottes Mühlen«, 2008 und 2009 folgten »Das Licht unterm Scheffel« und »Die schlafenden Hunde«, 2011 »Die Nacht der grauen Katzen«, 2012 »Die Mauern des Schweigens«. 2010 erschien der Non-Gontard »Die Kinder im Brunnen« und 2013 »Mord auf vier Pfoten – 22 tierische Krimigeschichten«. Im Übrigen beteiligt sich Lilo Beil an zahlreichen Anthologien mit Kurzprosa – Krimis und Nicht-Krimis gleichermaßen. So ist sie in mittlerweile zehn Anthologien des Wellhöfer Verlages vertreten.

Danksagung

Besonders möchte ich meinem lieben Freund Peter Paisley (vormals Herbert Peiser, geb. 1921) danken, der den Holocaust in Form der Hölle von Gurs überlebt und mir Einblicke in seine bewegende Lebensgeschichte gewährt hat.

Ferner: Margot Seewi, geb. Rapp (gest. 2012), die mir durch ihren Bericht über den »Kristallmorgen« in Weinheim ebenfalls als Zeitzeugin geholfen hat.

Ferner: Monika Endriß und Ronja Topp für wichtiges Material zu Gurs.

Folgende Bücher und Schriften waren hilfreich für mich:

- H. Peter Paisley (vormals Herbert Peiser), Blick zurück – doch nicht im Zorn. Private Erinnerungen
- Bulletin Trimestriel de l'Amicale du Camp de Gurs, *Gurs, souvenez-vous* und andere Ausgaben (Freundeskreis Gurs)
- Paul Niedermann, Auf Hass lässt sich nicht bauen, Lindemanns Bibliothek 2011
- Hrsg. Dorothee Freudenberg-Hübner und Erhard Roy Wiehn, Abgeschoben – Jüdische Schicksale aus Freiburg 1940-1942, Hartung-Gorre Verlag Konstanz
- Angelika Grunenberg, Die Welt war so heil, List 2006
- Carola Stern, Kommen Sie, Cohn, Rororo 2008
- Regina Scheer, Wir sind die Liebermanns, List 2009
- Dieter Gräbner, Ich sterbe ruhig und mutig, Conte Verlag 2010
- Ulrich Wiedmann, Der Kislau-Prozess – Ludwig Marum und seine Henker, Edition Tintenfaß 2009
- Betty Jean Clifton, The King of Children – a biography of Janusz Korczak, Farrar, Straus and Giroux N.Y. 1988
- Alois Prinz, Hannah Arendt oder Die Liebe zur Welt, Insel Taschenbuch 2013
- André Weckmann, Zeitenwende – elsässische Erinnerungen, Conte Verlag 2012
- Manfred Forell, Glaubensstark – »sehr zum Leidwesen der Braunen«, Dr. Albert (Abbé) Münch, ein mutiger Priester in schwieriger Zeit, Eigenverlag Kolpingsfamilie Bensheim, 2012
- Ferner: Der Zeitzeugenbericht von Wolfgang Daffinger *Von klirrenden Scheiben und starken Bäumen* (in den *Weinheimer Nachrichten*) und diverse Zeitungsartikel von Heinz Keller über jüdische Spuren in der Zweiburgenstadt
- Katalog des Museums in Wingen-sur-Moder, *Musée Lalique*
- Sammlerzeitschrift *Trödler und Sammler*, Lalique-Riemerschmid, November 2005

Lilo Beils Krimis im Conte Verlag

Lilo Beil
Gottes Mühlen
Kommissar Gontards erster Fall

184 Seiten
ISBN 978-3-936950-49-6
9,90 €

»Kein schonungsloser Nervenkitzel, sondern intelligente Spannung, die zum Nachdenken anregt, weit über Ort und Zeit hinweg.«
Bonner General-Anzeiger

Lilo Beil
Das Licht unterm Scheffel
Kommissar Gontards zweiter Fall

178 Seiten
ISBN 978-3-936950-72-4
9,90 €

»Intelligenter Krimi mit außergewöhnlicher Handlung«
Odenwälder Zeitung

Lilo Beils Krimis im Conte Verlag

Lilo Beil
Die schlafenden Hunde
Kommissar Gontards dritter Fall

194 Seiten
ISBN 978-3-936950-87-8
9,90 €

»Ein Kriminalroman, den man schon nach den ersten Zeilen nur noch schwer aus der Hand legen kann.«
Weinheimer Nachrichten / Odenwälder Zeitung

Lilo Beil
Die Nacht der grauen Katzen
Kommissar Gontards vierter Fall

202 Seiten
ISBN 978-3-941657-28-1
11,90 €

»Die Autorin wagt, was viele umgehen oder verharmlosen: die direkte Auseinandersetzung mit den Täterinnen und Tätern der Nazizeit.«
Neue Wetzlarer Zeitung

Lilo Beil im Conte Verlag

Lilo Beil
Mord auf vier Pfoten

218 Seiten
ISBN 978-3-941657-88-5
11,90 €

»*Vergnüglich, ironisch, hintersinnig und immer wieder auch spannend sind diese Geschichten, in denen Tiere nicht nur beobachten und ermitteln, sondern auch selbst zu Tätern werden.*«
Mannheimer Morgen

Lilo Beil
Maikäfersommer

128 Seiten
ISBN 978-3-941657-23-6
9,90 €

»*Ein Lesevergnügen – auch für Sommer ohne Maikäfer.*« Rheinpfalz